Hugo Garrels

Posener Kartoffeln in der Griesen Gegend

Erzählbericht, Teil 1

Bibliografische Information der Deutschen Nationalbibliothek:
Die Deutsche Nationalbibliothek verzeichnet diese Publikation in der
Deutschen Nationalbibliografie; detaillierte bibliografische Daten
sind im Internet über http://dnb.d-nb.de abrufbar.

2. Auflage 2018
© 2018 Bernd Garrels
Herstellung und Verlag:
BoD – Books on Demand, Norderstedt

ISBN: 9783748168553

Inhaltsverzeichnis

Familienschicksal

Schmalenbach, gelegen vor den Toren Halvers, an der Straße nach Radevormwald im Rheinland ist die Heimat meiner Mutter. Meine Mutter Helene ist eine geborene Schmalenbach.

Der Name des Stammhofes unserer Familie geht zurück auf eine Niederlassung an einem schmalen Bach. Der schmale Bach mündet in die Ennepe und die Ennepe in die Ruhr. Bekannt ist auch die Ennepe-Talsperre.

Der Stammvater der Schmalenbachs wurde durch den Erzbischof von Köln mit dem Hof belehnt. So erhielten Hofbesitzer, Hof und Ort ihren Namen und ein Wappen nach dem schmalen Bach.

Leider besitze ich keine Urkunde; aber Hans Turck aus Mühlheim hat eine Kopie der Urkunde.

Schmalenbach liegt in einer hügeligen Landschaft der Grafschaft Mark im Sauerland. Zu Mutters Zeiten war der Hof 300 Morgen, also 75 ha groß. Der Personenname Schmalenbach ist dort recht verbreitet.

Im Mittelalter führten wichtige Handelswege durch das Sauerland zu den Nord- und Ostgemarkungen Deutschlands mit deren Anbindungen nach Skandinavien, zum Baltikum und anderen Ostländern. Sie spielten in der Geschichte unserer Ahnen eine große Rolle.

Zum Süden und Westen führten die Handelswege in die Nachbarschaft zur Energiebasis Ruhrgebiet und weiter nach Süddeutschland, Italien, Frankreich, Flandern, London, Holland. So entwickelte sich in dieser Region Handwerk und Gewerbe, Manufaktur und Merkantilismus - später Kapital und Monopolkapital.

Ich will keine voreiligen Schlüsse ziehen, inwieweit Handel und Wandel auf Aktivität und Intelligenz der dortigen Menschen Einfluß genommen hat, aber eins sei festgestellt: Die Schulen in Westfalen müssen ein beachtliches Niveau gehabt haben! Jedenfalls die Volksschule in Halver in Westfalen war in der Tat sehr gut.

Meine Mutter war eine sehr gute Rechnerin, die wirtschaftliche und andere Vorgänge rechnerisch zu durchdringen vermochte, auch in kurzer Zeit überschlagsmäßig im Kopf.

Mein Kollege Rupprecht, Berufsschullehrer aus Gadebusch, erzählte mir von ihren Rechenkünsten, die sie sogar in hohem Alter noch beherrschte. Er war in den fünfziger Jahren dienstlich nach Rosenhagen gekommen und hatte dabei Oma und Opa Garrels besucht. Er betonte wiederholt, er hätte angesichts ihrer mathematischen Experimente, die sie nicht ohne Stolz dem Besucher vorführte, regelrechte Komplexe bekommen.

Unsere Mutter war die Beste in ihrer Klasse. Sie erzählte, daß in ihrer Klasse 70 Schüler waren. Der Lehrer, wenn er aus der Klasse keine Antwort mehr bekam, verließ sich dann immer ganz auf sie und sagte: "Na, Schmalenbach, dann sag du uns das 'mal."

Meine Mutter war bis ins hohe Alter praktisch fehlerfrei in Deutsch, mündlich und auch schriftlich. Natürlich hatte sie veraltete orthographische Regeln intus, z.B. "th" statt "t". In Rechnen konnte sie sogar Quadratwurzeln ziehen. Sie sagte auch, daß sie ohne Hilfsmittel rechnerisch Kubikwurzeln gezogen hätten. Vielleicht war das im rechnerischen Gebrauch übertrieben. Auf jeden Fall wäre das heutzutage für einen durchaus guten Mathematiker zu kompliziert, er würde letztendlich doch zur Logarithmentafel greifen oder ohne besondere Mühe zum Taschenrechner.

Für einen Landwirt war die "Schmalenbach" keine ideale Wirkungsstätte. Das Sauerland ist bekannt ob seines rauen Klimas. Die Westdrift beherrschte diesen Teil Europas. Die rheinische Tiefebene, begünstigt durch herabgleitende, sich dabei erwärmende Luft, ist dem Sauerland westlich vorgelagert. Bei Westdrift steigt die Luft an den Höhen des Sauerlandes bergan, kühlt ab und der Kondensationspunkt sinkt, so daß sich Niederschläge bilden. Schlechtwetterlagen mit kalten Regen und rauen Lüften und die Hügellandschaft mit ihren weit gedehnten Hängen erschweren die landwirtschaftlich-ackerbauliche Nutzung.

Wahrscheinlich deshalb waren die Bauern immer darauf angewiesen, nebenbei Erwerbsquellen zu erschließen. Soviel ich weiß, spielte auch die Verpachtung eine Rolle, sicher wichtig - in Parzellen aufgeteilt - für das sich entwickelnde Proletariat, für das Kleingärtner- und Siedlertum.

Meine Mutter hatte nie Sehnsucht nach Westfalen. Sicherlich auch wegen der landwirtschaftlich extremen Bedingungen. Hinzu kam, daß ihr Mann keine Beziehung zu Westfalen hatte. Auch seine Heimat Ostfriesland konnte nicht mit den landwirtschaftlichen, insbesondere ackerbaulichen Möglichkeiten in Mecklenburg (und bestimmt auch in Posen) mithalten. Außerdem glaube ich, daß meine Mutter Komplexe ihres Vaters wegen hatte und sich nie wieder dort angesiedelt hätte.

Die Schmalenbachs besaßen einen Fuhrbetrieb, der Warentransporte auf den durchs Sauerland führenden Handelsstraßen und darüber hinaus übernahm. Meine Mutter berichtete, daß der Fuhrbetrieb eingestellt wurde, als die Gegend verkehrsmäßig durch die Eisenbahn erschlossen wurde. Sie berichtete, daß sie in dem damals schon leerstehenden Pferdestall viele Akten aus der früheren Fuhrgewerbetätigkeit etc. gestapelt gesehen hätte.

Die Familien-Tragödie ihres Vaters, des Schmalenbach-Besitzers Heinrich Schmalenbach, prägte das Wesen meiner Mutter.

Mein Urgroßvater, Hermann Heinrich Schmalenbach, geboren 1800, wird in den abstammungskundlichen Unterlagen noch als Handelsmann und Landwirt geführt. Seine erste Ehe, aus der eine Tochter hervorging, endete nach fast elf Jahren durch den Tod der Ehefrau. Drei Jahre später heiratete er wieder: Elisabeth Linepper von der Ölmühle Golsberg. Ihre Kinder sind zwei Töchter, dann mein Großvater Heinrich Schmalenbach und der jüngste Sohn Ernst. Als mein Großvater drei Jahre alt war, starb mein Urgroßvater. Die Urgroßmutter-Witwe führte den Handel und das Fuhrgewerbe weiter.

Nach Großvaters Schulentlassung, also schon mit vierzehn Jahren, mußte er mit auf Fuhrmanns-Tour. Sicher wird er dabei das freiere Wanderleben der Fuhrleute kennengelernt haben, auch die Aufenthalte in den Schenken und Herbergen. Und er wird die eine oder andere Kurzweil oder Langeweile überbrückt haben durch Kartenspiel, und bestimmt wurde auch Alkohol getrunken.

Hier liegt die Ursache für den schlechten Leumund, der ihm nacheilte: Heinrich Schmalenbach sei ein Kartenspieler und Trinker gewesen.

Urgroßmutter, geborene Linepper muß stark unter dem Einfluß von Lehrer Stahl gestanden haben, der durch seine Heirat mit der ältesten

4

Tochter Einfluß erlangte und zeitweise sogar Vormund über die jüngeren Geschwister seiner Frau gewesen sein soll. Er wird Wege und auch Mittel gesucht und gefunden haben, um die Familie in seinen Griff zu bekommen.

Die geistige Situation der Familie, besonders der Frauen, war unwahrscheinlich bigott, tief gläubig protestantisch mit ausgeprägten puritanischen Zügen wie totale Alkoholabstinenz, Züchtigkeit, ständige Übung der christlichen Glaubenssätze.

Den Ursprung solcher Glaubenshaltung kann ich mir nur so erklären, daß die evangelischen Lutheranhänger in Westfalen in einer Diaspora gelebt haben. Nicht in allen Regionen hatte sich die Gegenreformation des katholischen Klerus durchgesetzt. Für die Evangelischen bedurfte es einer starken Glaubensfestigkeit. Auch meine Großeltern in Westfalen übten seelentief ihre Religion, besonders am Herd der Familie, im Herrschaftsbereich der Frau und Mutter. Wir wurden von Kindesbeinen dazu angehalten, den Glauben zu pflegen.

Auf jeden Fall finde ich die Überlegung anregend, warum die Frauen in unserer Familie im Glauben so familienbestimmenden Einfluß ausgeübt haben. Meine Mutter war jedenfalls sehr wirksam christlichgläubig erzogen worden, durch ihre Mutter, eine geborene Feckinghaus, und sie übte einen entsprechenden Einfluß vor allem auf ihre Töchter aus.

Als die Urgroßmutter, geborene Linneper 1877 starb, war mein Großvater 26 Jahre alt und gerade mit Lisette, geborene Feckinghaus verheiratet. Lehrer Stahl war bereits sieben Jahre mit der ältesten Tochter des Hauses verheiratet. Die zweite Tochter lebte im Hause der Familie Stahl und blieb unverheiratet.

Mehr schlecht als recht führte Urgroßmutter Linneper die Landwirtschaft und das Gewerbe weiter, wobei Lehrer Stahl es sicher verstanden hat, seine angeheirateten Rechtsansprüche gegenüber dem Betrieb zu wahren.

Augenscheinlich hatte Urgroßvater Schmalenbach keine testamentarischen Festlegungen getroffen, und in der Erbfolge ging das Vermögen bestimmt de jure zu gleichen Teilen an die Kinder. So konnte sich Lehrer Stahl die Erbteile seiner Frau und seiner Schwägerin sichern.

Großvaters Bruder Ernst war 1853 geboren und starb 1914. Nach den Erzählungen meiner Mutter soll er ein Handwerk erlernt haben. Als Jung-Geselle wurde er vom Lehrer Stahl, der sein Vormund war, auf die damals übliche Wanderschaft geschickt und mit einem für die damaligen Verhältnisse erheblichen Betrag -meine Mutter sprach von mehreren tausend Mark - ausgestattet. Natürlich hat der junge Ernst Schmalenbach bald kundige Anhänger gefunden, und mir-nichts-dir-nichts war der Mammon zerschmolzen. Er kam dann wohl als reumütiger Junge nach Hause.

Lehrer Stahl soll den jungen Mann dann betrunken gemacht haben, damit er seine Unterschrift gab, daß "er" nicht in der Lage sei, sein Vermögen zu verwalten und er es der Obhut seines Schwagers anvertraue.

So erlangte Lehrer Stahl drei der vier Anteile, die seiner Verfügungs-gewalt unterstanden. Ernst Schmalenbach soll später als Penner ein ziemlich elendes Dasein gefristet haben. Als Mensch wurde er im Gedächtnis der Schmalenbach-Gens gestrichen.

Mein Großvater versuchte die wirtschaftliche Initiative an sich zu nehmen, um die Landwirtschaft in Größe von 75 ha wieder ertrags-fähig zu machen. Dazu war es notwendig, Kapital zu investieren; denn die Wirtschaft in der Hand der Urgroßmutter hatte erheblich abgebaut. Deshalb ließ Großvater eine Fläche Wald abholzen und das Holz verkaufen.

Er gelangte aber nicht an das Geld, weil Lehrer Stahl es in Beschlag legte. Es war klar, daß die Anwartschaft des Lehrers Stahl auf dreiviertel des Vermögens an der Schmalenbach nicht beglichen war.

So war m.E. mein Großvater gezwungen, sich "stotterhaft" über die "Wirtschaftsrunden" zu helfen, bestimmt gepaart mit Verdruß über seine Lage. Auch wird er hier und da ein Gläschen getrunken haben, bestimmt zum tiefen Betrübnis von Frau und Kindern.

Die Kinder müssen diese Zeit noch bewußt miterlebt haben. Meine Mutter erzählte, daß sie wiederholt für einen Groschen Schnaps einkaufen mußte. (Wie viel wird es damals für einen Groschen gegeben haben?)

Einige Jahre vor 1900 wurde, so meine Mutter, ein Sohn von Lehrer Stahl auf einer Lehranstalt des Diebstahls bezichtigt und mußte die

Anstalt verlassen. Der Vater soll dann spekuliert haben, daß sein Sohn die Schmalenbach übernehmen könnte, und ließ den Hof zwangsversteigern.

Das Ersteigerungsgebot konnte Lehrer Stahl aber nicht halten. Den Hof erwarb dann eine verwandte Familie meiner Großmutter Lisette, geborene Feckinghaus. Ob und wieviel mein Großvater von der Ersteigerungssumme bekommen hat, ist uns nicht bekannt. Es kann aber nicht viel gewesen sein, denn mein Großvater konnte die Raten einer abgeschlossenen Lebensversicherung, die baldig vor der Auszahlung stand, nicht zahlen.

Diese Raten hatte darauf Lehrer Stahl finanziert, unter der Bedingung, daß er einen erheblichen Anteil von der auszuzahlenden Versicherung zurückhalten könne.

So geschah es, daß meine Großeltern die Schmalenbach verlassen mußten, und ihnen die Fama nacheilte, daß sie Trinker und Spieler wären und an ihrem Unglück selbst schuld.

Zu diesem schlechten Ruf, unter dem die Familie meiner Mutter litt, hatte erheblich der Lehrer und Schwager August Heinrich Stahl beigetragen. Was z.B. einem Professor Eugen Schmalenbach als hochehrenswert angerechnet wurde, daß er sich öfter im Gasthaus mit Bürgern traf, einen trank und Karten spielte, wurde Heinrich Schmalenbach als Charakterlosigkeit angelastet.

Die Familie ließ sich in der Nähe von Posen nieder. Die älteren Kinder gingen in Dienste. Großvater war auch irgendwo verdingt auf Taglohn. Tante Mariechen ging nach Kassel und hatte dort ihren späteren Mann kennengelernt. Dieser muß ein echter Ehrenmann gewesen sein. Tante Mariechen war unglücklicherweise, als sie von einer Straßenbahn absprang, mit ihrem langen Kleid hängen geblieben, und ihr wurde ein Bein in Höhe des Unterknies abgefahren. Herr Diefenbach, Angestellter oder angehender Beamte, heiratete Tante Mariechen trotzdem.

Meine Mutter war als Mädchen zu ihrer Tante, Frau Turck, nach Posen gekommen, danach als Mädchen zu Onkel Feckinghaus, auch in der Provinz Posen. (Wenn ich immer schlechthin von Posen spreche, dann meine ich die Provinz Posen, nicht die Stadt Posen.).

Mit Strebsamkeit und Fleiß kam die Familie meiner Mutter wieder zu wirtschaftlicher Position. Vor allem hatten die Kinder dazu beigetragen, die Grundlagen für einen Neuanfang zu schaffen.

Mit geringem Kapital besorgten sich die Schmalenbachs in Posen, m.W. Deutscheck, um 1900 einen Pachthof, den sie später kauften. Trotzdem blieb mein Großvater als solcher wohl ein armer Mann, der in der neuen Wirtschaft kaum mit Verantwortung bestallt wurde. Die eigentliche Führung hatte sein Sohn Walter Schmalenbach übernommen.

Alle Schmalenbach-Kinder waren durchsetzungsstark, die Schwestern Alma, und Mariechen und desgleichen meine Mutter.

Mutters jüngere Schwester Alma war ein besonderes Kaliber. Sie hatte großen Einfluß auf meine Mutter. Sie tat sehr vornehm und schätzte sich als besonders klug ein. Sie war sehr stolz darauf, daß sie in Posen schon nach der 7. Klasse von der Schule abgegangen war. Tante Alma war 13-jährig nach Posen gekommen. Der Lehrer in der dortigen Schule hatte ihr erklärt, daß er ihr, Alma Schmalenbach, nichts mehr beibringen könne.

Vielleicht hätte ihr aber eine abgeschlossene Schulausbildung menschlich gut getan. Ihr Benehmen im Umgang mit anderen Menschen ließ zu wünschen übrig. Sie war sehr dominant und streitsüchtig und in der Regel die Siegerin.

Die Wirtschaft in Deutscheck muß rentabel gewesen sein. Die Familie konnte ihr Leben freier gestalten. Meine Mutter, die sich in den ersten Jahren als Magd verdingt hatte, besuchte in Rawitsch die Haushaltsschule. Davon hat sie viel profitiert, so beliebte sie es wiederholt kundzutun.

Schon damals mußten verdingte Arbeitskräfte kranken- und rentenversichert gewesen sein. Als für meinen Vater die Rente beantragt wurde, verzichtete meine Mutter auf einen Antrag ihrerseits; sie hätte es eidesstattlich bestätigen müssen, daß sie als Mädchen versichert gewesen war. Sie wußte aber genau, daß sie zwar für die Turcks und Feckinghaus' gearbeitet hatte, aber diese nicht daran gedacht hatten, für sie zu kleben. (Die Versicherten hatten damals eine Karte als Dokument, in die Marken für die gezahlten Versicherungsbeiträge geklebt wurden.)

8

Der Dienst bei Verwandten und guten Bekannten brachte meist wenig ein. Es gibt zwar immer fromme Sprüche, aber keine leistungsgerechte Bezahlung. So mußte meine Mutter auf eine mögliche Rente verzichten, die in der damaligen Situation - von dem Hoferben allein gelassen - sehr nötig gewesen wäre.

Um 1905 kam die Werbung meines Vaters um meine Mutter und Anfang 1907 die Heirat. Sie betonte später, er wäre ein sehr hübscher und flotter Mann gewesen und gedienter aktiver Soldat bei der Reitenden Artillerie in Sagan/Schlesien.

Ein waschechter Ostfriese

Mein Vater war ein schweigsamer Mann. Ich habe wenig über seine Familie erfahren. Meine Mutter wußte da mehr über ihre Familie zu erzählen. Dabei hätte er unbedingt ebensolche Aufmerksamkeit verdient.

Der Name Garrels kommt von dem Vornamen Garrel. Garrels bedeutet also Sohn des Garrel.

Die Friesen sind ein sich in Jahrhunderten entwickelnder selbständiger, eigenständiger, in Küstenland, Marsch, Geest und Niederungen bodenständiger germanischer Stamm, der die Mannesfreiheit bis in die historische Neuzeit wahren konnte. Sie sind mit den urdeutschen Germanenstämmen verwandt.

Bonifacius, der Apostel der Deutschen und erster deutscher Bischof, wurde 754 von einer heidnischen Friesenschar erschlagen.

Vaters Eltern hatten in Wolthusen, heute ein Vorort von Emden, in Ostfriesland eine Ziegelei mit Landwirtschaft. Als der Ems-Jade-Kanal gebaut werden sollte, wurde das Grundstück aufgekauft, und dort, wo der Kanal heute fließt, ist der Ort, wo das Haus- und Gewerbegrundstück der Garrels lag, etwa 100 m entfernt. Heute steht auf der Grundstücksparzelle ein modernisierter Altbau der Kinder des Pächters und späteren Käufers.

9

Die Großeltern pachteten einen 300-Morgen-Hof, m.W. in Schott bei Marienhave, Amt Aurich. Vater erwähnte diesen Namen wiederholt, auch die Stadt Norden.

Aus seiner frühen Kindheit erzählte er, daß sie als Kinder über die Rohlinge - das sind die rohen, ungebrannten Lehmsteine, die zum Trocknen gelagert werden - gelaufen seien. Wenn das bemerkt wurde, wurden die Fußabdrücke "verpaßt", und für den Überführten setzte es dann 'was.

Auf Schott hatte Vater viel mit Pferden zu tun. Sie haben wohl sehr viel geritten. Die Pferde wurden, sicher aus wirtschaftlichen Gründen, täglich von den entfernten Weiden geholt und abends wieder dorthin gebracht.

Die Landschaft Ostfrieslands ist geprägt durch z.T. auenartiges, anmooriges oder sogar mooriges Niederungsland. Zur Besiedlung und Nutzung haben die Einwohner Gräben und Kanäle gezogen, in unwahrscheinlicher Anzahl und Vielfalt, durch die Arbeit von Generationen. Für Eroberer, z.B. die Oldenburger Herzöge, bot sich das Wasser als Feind, ganz besonders dann, wenn das Land geflutet wurde. So ist zu verzeichnen, daß Ostfriesland nicht in Abhängigkeit regionaler Fürsten kam. Es werden aber auch die freien Hansestädte Schutz und Trutz geboten haben. Störtebecker soll in Ostfriesland entlang der Nordsee Unterschlupf gefunden haben.

Die Landschaft zwang also die Jungs (ortsübliche Benennung, die auch in unserem persönlichen Sprachgebrauch sehr vertreten ist), Wege und Brücken einzuhalten, wenn sie mit den Pferden unterwegs waren. Der Rückweg bzw. Hinweg zu Fuß wurde aber abgekürzt. Dazu lagen an bestimmten Stellen sogenannte Priele, lange Stangen, mit deren Hilfe sie über die Wasserhindernisse sprangen. Ich weiß, daß die Priele auch in Mäthus von Vater und den älteren Brüdern an der Rögnitz zur Anwendung kamen.

Vater hatte zwei Schwestern und einen jüngeren Bruder. Tante Marta heiratete einen Ulfert. Sie verkauften 1918 ihren Hof in Posen und wollten wohl - so schien es - ihr Leben als Rentier in Berlin gestalten. Es ist auch möglich, daß sie sich um einen neuen Hof nicht rechtzeitig gekümmert haben. Die Inflation machte mit ihrem Geldvermögen schnell Schluß. Sie mußten in der Zeit der Weimarer Republik und später ihr Leben in einer Gartenlaube fristen, die sie nach und nach wetterfester und wohnlicher gestalteten.

Eine Tochter von ihnen, meine Cousine Tilly, später verheiratet mit einem Oberkellner aus dem „Hotel Adlon" in Berlin, war ein attraktives und temperamentvolles Frauenzimmer, die natürlich aus Berlin den Nimbus der großen Welt mit aufs Dorf brachte. Sie war ziemlich oft bei uns zu Besuch und suchte auf dem Lande Erholung von der Großstadt.

Während eines Besuches bei uns bekam sie eine Blinddarmentzündung und mußte zur Operation ins Krankenhaus „Stift Bethlehem" in Ludwigslust. Das kostete damals alles in allem 120 Reichsmark. Die mußte mein Vater bezahlen, weil Ulferts nicht in der Lage waren, das Geld aufzubringen.

Von der Familie weiß ich weiter nur, daß die Kinder es verstanden haben, sich der Berliner Welt anzupassen.

Die andere Schwester meines Vaters war Tante Meta, verheiratete Onnen. Sie wohnten nach der Ausweisung aus Polen in Bickhusen bei Boizenburg, nach 1945 direkt an der Grenze zum Westen. Sie hatten noch einen Bauernhof erwerben können, allerdings mit sehr leichtem Boden. Ihre Tochter Johanna, kurz Hanna, war verheiratet mit einem Polizeibeamten Barz in Berlin. Evakuiert in östliche Gebiete von Berlin konnte sie bei Kriegsende gerade noch nach Bickhusen flüchten. Sie bewirtschaftete dann mit ihrem Mann, der heil aus dem Krieg zurückgekehrt war, den Hof. Sie wurden zur DDR-Zeit zwangsausgesiedelt und lebten mit ihren vielen Kindern in der Gegend von Bützow in großer Armut.

Mutter erzählte, daß sie Hanna bei einem Besuch Unterstützung gewährt habe. Die Barz' gingen bald nach drüben: Er wurde wieder als Polizeibeamter eingestellt.

Die zweite Tochter, Eva, heiratete Leonhard Reinschmidt, seinerzeit zuerst Handelsvertreter für das Magarineunternehmen RAMA. Er gründete eine Käsefabrik in Hagenow. Sie wohnten in Vellahn, Kreis Hagenow. Der Krieg brachte für ihn wirtschaftlichen Aufschwung, besonders durch seine Lieferungen an das Militär. Mein Bruder Hermann erinnerte sich nicht gern an den Reinschmidt-Stinkerkäse, auch Harzer genannt, den ich persönlich ganz gern mag.

Leonhard Reinschmidt war ein cleverer Handelsmann. Die Front kannte er meines Wissens nicht; er war ja ein kriegswichtiger Produzent. 1945 bei Kriegsschluß zog er kurz vor dem Russeneinmarsch mit Sack und Pack, einschließlich Fabrikausrüstung (m.W.), in den Westen. In Quakenbrück/ Niedersachsen gründete er eine neue Käsefabrik.

Tante Meta's Sohn Bubi war als Soldat kurz vor Kriegsende zu Hause, stellte sich aber wieder der Truppe. Seither gilt er als vermißt. Tante Meta war eine liebenswerte Frau. Die Garrels pflegten guten Kontakt zur Familie Onnen.

Einmal, ich ging noch nicht zur Schule, waren meine Mutter, mein Bruder Alfred und ich in Bickhusen zu Besuch. Da habe ich mich, wie es bestimmt alle aufgefaßt haben, sehr schlecht benommen. Die Älteren saßen auf einem Treppenvorbau und haben den ausgehenden Sommertag genossen. Plötzlich, ganz aus heiterem Himmel, habe ich Bubi die Treppe hinuntergestoßen. Ich habe mir dabei natürlich den Unmut aller Anwesenden zugezogen. Ich kann heute noch die Situation klar analysieren. Mein Bruder Alfred harmonierte mit Bubi Onnen so gut, daß ich mich links liegengelassen fühlte. Es beachtete mich keiner. Es muß in mir die Eifersucht wohl so angewachsen sein, daß ich mich mit diesem Treppensturz rächte.

Opas Bruder Theodor erhielt die väterliche Wirtschaft, verließ Posen 1921 vor der Übernahme durch Polen und konnte, wahrscheinlich mit Hilfe seiner Schwiegereltern Lübking, erst einen Hof in Kauern bei Brieg/ Schlesien und später eine kleines Gut in Leuthen kaufen. Lübkings selbst hatten ein kleines Gut in Schlesien, das 1945/46 im Rahmen der Bodenreform aufgesiedelt wurde. Die Familie Theodor Garrels muß in überaus gutem Wohlstand gelebt haben. Onkel Theodor mußte allerdings sein Gut wieder verkaufen, weil seine Frau „durchdrehte", so daß er den alten Hof zurückkaufen mußte mit einer entsprechenden Abfindung an den ehemaligen Kaufpartner.

Mit der Familie hatten wir wenig Verbindung, im gewissen Maße auch wegen der geringen Abfindung, die mein Vater bei seiner Heirat vom elterlichen Hof erhielt. Eine versprochene spätere Abfindung wurde nicht gezahlt. Die beiden Töchter waren normal ausgesteuert worden.

Mein Vater war ein besonderer Mann. Er dachte sehr eigenwillig und hatte, wenn es um die Organisation und Führung der Wirtschaft ging „seinen Kopf für sich".

Meine Eltern

Das Zepter lag in Mutters Hand. Aber sie stand stark unter dem Einfluß ihrer jüngeren Schwester. Diese hatte hochgesteckte Ziele. Uns Garrels gegenüber benahm sie sich immer etwas von oben herab. Ein Steinchen für ihre Überheblichkeit war der Garrelssche Kinderreichtum: Meine Mutter hatte sieben Kinder geboren. Ihr zweites Kind, Alfred, war mit vier Jahren an Diphtherie verstorben.
Die Familien Schulte/Garrels hatten in Posen gut laufende Landwirtschaftsbetriebe. Garrels bei 100 Morgen, 25 ha; es war ein sogenannter Resthof, also Gebäude vom ehemaligen Gut Stefanshofen, polnisch Stepankowo. Den Hof übernahmen sie etwas nach 1900.
Noch vor dem Kriege, also vor 1914, haben meine Eltern für die damalige Zeit ein recht komfortables Wohnhaus gebaut, dessen Baupläne sie selbst angefertigt hatte. Meiner Tochter Annelie zeigte sie diese mit berechtigtem Stolz.
Mein Vater wurde 1914 Soldat. Meine Mutter führte den Hof allein und muß wohl recht gut gewirtschaftet haben. Der Kontostand war beachtlich. In der Inflation habe sie die vielen Tausender von der Bank abgehoben und dafür nicht einmal einen ordentlichen Einkauf für den Haushalt tätigen können.
Meine Mutter kam auch bestens mit den polnischen Arbeitern und einem gefangenen Deutschrussen aus. Sogar mit dem französischen Militär der Entente, das sich bei ihr einquartiert hatte, lebte sie in gutem Einvernehmen. Sie verstand es auch immer recht gut, mit fremden Leuten Umgang zu pflegen. Sie war nicht so absolut wie Opa, eine Eigenschaft, die mir manchmal gefehlt hatte. Die mir nachgesagte Genauigkeit war nicht immer der Weisheit letzter Schluß. Im fortgeschrittenen Alter habe ich mein Verhalten, das ich

leider auch hie und da bei meinen Kindern durchgesetzt habe, doch als gewissen Mangel und als Sturheit bereut.

Kurz vor Kriegsende 1918 war mein Vater auf Urlaub. Meine Mutter beeinflußte ihren Mann, nicht wieder zurück zur Truppe zu gehen. Ihre Begründungen, daß er auf dem Hof gebraucht würde, müssen akzeptabel gewesen sein. Jedenfalls mußte mein Vater nicht mehr zurück an die Front. In diesem Fall eine wichtige und richtige Entscheidung.

Die darauf folgende Zeit war für meine Eltern bestimmt sehr bedrückend. Die Polen hatten das Sagen. Es durfte nicht deutsch gesprochen werden: Die Kinder besuchten die Schule, in der nur noch polnisch gesprochen wurde.

Kurz vor der Inflation hätten sie Gelegenheit gehabt, ihren Hof gegen Dollar an einen Polen aus Amerika zu verkaufen, aber sie zögerten, sicher, weil sie sehr mit dem Hof verbunden waren. Bei der Abstimmung stimmten meine Eltern für Deutschland und mußten dann als Folge ihrer Entscheidung Anfang 1922 Polen verlassen.

Schultes hatten ihren Hof schon früher verkauft. Sie hatten sich in Mecklenburg, in Kummer-Ausbau bei Ludwigslust angesiedelt. Über ihre Entschluß nach Mecklenburg zu gehen, erzählte man sich in der Familie folgende Fama, die mir von Schwester Leni übermittelt wurde.

Als Opas Bruder Theodor schon recht frühzeitig von Posen nach Schlesien umsiedelte, da soll Tante Alma gesagt haben: So nah an die Grenze wolle sie nicht ziehen; denn, wenn es wieder einmal zum Krachen käme, dann wären die an der Grenze wieder die ersten, die dran glauben müßten. Also ging sie entsprechend gemachter Äußerungen eines Bismarcks nach Mecklenburg; denn dort würde die Welt hundert Jahre später untergehen.

Schultes kauften uns in Kummer-Ausbau den Nachbarhof. Das war damals sehr wichtig, da unsere Eltern so ihr Geld anlegen konnten. Ganz wichtig, daß das noch vor der Inflation geschah. Das sei Tante Alma sehr gedankt, auch wenn vor Ankunft der Familie Garrels die Höfe schnell getauscht wurden.

Die Umsiedlung nach Mecklenburg

Die Stimmung in der Familie, als sie in den ersten grauen Februartagen des Jahres 1922 im Zug von Posen nach Berlin saßen und dann nach dem Umsteigen im Zug von Berlin nach Ludwigslust, wird nicht rosig gewesen sein.

Der Termin der Abreise war von der polnischen Behörde zu kurz befristet worden. Alles geschah in großer Eile. Ein zahlungsfähiger Käufer mußte rasch gefunden werden für den in etwa zwanzig Jahren gut aufgebauten Hof mit einem großen, fast neuen Wohngebäude. Der Kaufpreis war für den polnischen Käufer günstig. Es wurden von den polnischen Behörden nicht erlaubt, lebendes Inventar mitzunehmen, und für Möbel und totes Inventar wurde ein kleinerer als der bestellte Waggon zur Verfügung gestellt. Viele Sachen mußten zurückgelassen werden. Das der Familie noch verbliebene Geld hatte später kaum noch Papierwert. Um so wertvoller war der Hof in Kummer-Ausbau, das später Mäthus hieß. Wir sollten die Hufe 13, ein Hof m.W. etwa von 40 Hektar übernehmen.

Auch Walter Schmalenbach, der Bruder unserer Oma, war nach Mecklenburg gekommen und hatte bei Grevesmühlen eine Gastwirtschaft gepachtet. Zunächst optimistisch offeriert, hatte er die Sache doch wohl etwas zu spekulativ angefaßt. So mußte er in der Krisenzeit 1929 den Offenbarungseid erklären. Ich kann mich erinnern, daß Onkel Walter nach Kummer kam und, wie ich später erfuhr, um Geld gebeten hatte.

Onkel Walter hat sich mit dem geliehenen oder geschenkten Geld in Pastow bei Wismar eine 60-Morgen-Siedlung ankaufen können. Bei seinen Söhnen Rudolf und Walter zeigte die Gastwirtszeit insofern Nachwirkungen, da sie später stark mit der SS liiert waren.

Wer sich in der Familie Garrels des notgedrungenen Umzugs bewußt war, schaute sicher mit bangen Gefühlen in die Zukunft. Vater wird sich als gewesener Soldat des verlorenen Weltkrieges mit der Niederlage insofern schneller abgefunden haben, weil schon neue, schwere Aufgaben seiner harrten, besonders als Vater einer großen Familie.

Nachdenklich und in Schweigen zurückgezogen, wird er vielleicht mit angestautem Unmut und einem gewissen Trotz mitgegangen sein. Meine Mutter hatte die Umsiedlung entschieden und schweren Herzens Stefanshofen aufgegeben. Mit unendlichem Gottvertrauen ging sie zur Tagesordnung über. Zwei ältere und zwei junge Schulkinder und ein Kleinkind werden ihr nicht viel Zeit zum Nachtrauern gelassen haben. Arbeit war genug da. Außerdem trug sie mich unter dem Herzen.

Unserem ältesten Bruder Otto waren noch oft die Bilder des verlassenen Zuhauses gegenwärtig. Aber in seinem Alter werden auch die Neugier, die Gedanken an das, was kommt, manches verdrängt haben. Für meinen Bruder Hermann war die Aussiedlung ein harter seelischer Schock, er war damals acht Jahre alt. Noch schlimmer war es für meine Schwester Elisabeth. Als wir später von Kummer nach Rosenhagen zogen, erwachte ihr Trauma erneut; sie konnte sich kaum fassen angesichts des trostlos-chaotischen Empfangs in der Rosenhagener Einöde. Ihr erschütterndes Weinen habe ich nicht vergessen.

Leni und Alfred werden der Mama auf der langen Fahrt tüchtig am Schürzenzipfel gehangen haben.

Mit banger Erwartung, doch auch mit etwas Hoffnung wird meine Mutter die Ankunft erwartet haben, warteten doch am Ende der Reise ihre Mutter und ihre Schwester auf sie.

Meine Geburt

Als sechstes bzw. siebentes Kind wurde ich am 26. April 1922 geboren. Die Kirschen standen in voller Blüte.

Bestimmt hat meine Tante Alma die Nase gerümpft. Was noch ein Kind! Auf jeden Fall kam mich der fünfjährige Nachbarjunge Gustav Lange besuchen. Ihm lag die Frage auf der Zunge: "Kann hei denn all lopen?" Als die Nein-Antwort kam, spottete er: "Dann purt Schied man in!"

Was für eine charaktervolle Darstellung meiner werten Persönlichkeit!

Es soll für mich nicht einmal Milch vorhanden gewesen sein. Als gute Fee schloß ich die alte Frau Reimers in mein Herz. Sie war für mich wie eine Großmutter. Sie hat mich mit vorgekautem Brot gefüttert, so die Moritat. Ich bin daran nicht gestorben!

Meine richtige Großmutter, Lisette Schmalenbach, wohnte bei Schultes. Ich kann mich nur an einen Besuch erinnern und später an die Aussage, sie sei gestorben. Wenn wir im Kirchdorf Picher waren, haben wir ihre Grabstelle besucht. Warum sie nicht bei ihrem Sohn Walter, dem Hoferben geblieben war, weiß ich nicht, aber allein die enge Bindung einer Mutter an ihr jüngstes Kind, ihre jüngste Tochter, kann es wohl nicht gewesen sein.

Im Alter von etwa drei Jahren wurde ich von einem Pferd geschlagen. Meine Mutter hatte mich wiederholt gemahnt, nicht auf die Pferdekoppel zu gehen, der „Moritz" könne schlagen.

Ich habe mir eine Rute oder einen Stock besorgt, bin zur Pferdekoppel hin und habe dann den Moritz an seinen Hinterbeinen streicheln wollen. Ich glaube, nicht einmal bösartig - sonst wäre das Unglück noch viel schlimmer ausgefallen -, schlug der Moritz nach hinten aus. Er traf mich mit einem nicht zu starken Schlag rechts an den Mund.

Meine Mutter erzählte später, sie habe einige Zähne angefaßt und rausgezogen. Ansonsten wurde das Unglück nicht als lebensgefährlich angesehen. Jedenfalls wurde kein Arzt aufgesucht.

Als meine zweiten Zähne verfrüht kamen, zeigten sich Mängel: Der erste obere Schneidezahn rechts behielt einen gelben Fleck, eine Folge der Aufbau-Unregelmäßigkeit. Der zweite Schneidezahn kam gar nicht. Es entstand eine Lücke, die dann mehr und mehr durch den Eckzahn geschlossen wurde. Ich habe durch diese Blessur immer etwas Hemmungen gehabt, die nicht einmal 1946 ganz wichen, als über den unschönen Schneidezahn eine Porzellankrone gesetzt wurde. Zahnarzt Trost aus Schwerin machte es möglich.

Oft habe ich als Junge vor dem Spiegel gestanden und die Sache hin und her begutachtet. Als Trost blieben mir die Narben im

Mundwinkel, die meine Eitelkeit nicht störten, dokumentierten sie doch ein mögliches Trugbild, es könnten Studentenschmisse sein.

Wie ein Erinnerungsblitz erschien mir ein Bild: Vor der Tür zum Tenneneingang zum Kuhstall steht jemand und wiegt mich in den Armen. Sicher wurde mir etwas Tröstendes erzählt, und ich muß ein angenehmes Gefühl gehabt haben. Wer es war, ob Mann oder Frau, ich weiß es nicht.

Familiengründe

Das Familienklima war geprägt durch wirtschaftliche Anfangs-schwierigkeiten, Schwärmerei über Posen und durch eine tiefe christliche Pietät.

Wir wurden anfänglich durch Familie Schulte und den benachbarten Bauernehepaar Reimers unterstützt. Von der Not und den Mühen dieser Zeit habe ich nichts mitbekommen.

Der Kontakt zur Dorfbevölkerung war nicht groß, auch begründet durch die abgeschiedene Lage von Kummer-Ausbau. Meine Mutter sorgte dafür, daß Leni und Elisabeth, manchmal auch Hermann, Alfred und ich als mitlaufende kleine Buben Verbindung zur christ-lichen Gemeinschaft in Ludwigslust, insbesondere zum Prediger Frost bekamen. Über dessen Töchter und mit anderen Jugendlichen fanden Elisabeth und Leni zum christlichen Jugendbund.

In diese christlichen Organisationen gliederten wir uns als Zuwan-derer schneller ein als in die pastorale Kirchengemeinde, in der die Einheimischen fest und hierarchisch verankert waren. Wir besuchten regelmäßig Veranstaltungen und pflegten die christliche Gemein-schaft mit Predigt und Beten und geselligem Beisammensein. Besonders Elisabeth und Leni beteiligten sich. Sie spielten Gitarre und Laute.

In diesem Kreis verkehrten viele einfache, offenherzige und gute, d.h. besonders fromme Leute. Für Familie Schulte waren das natürlich nicht die richtigen Leute.

Meine Eltern haben die guten Zeiten in Posen nicht vergessen können. Auch die Tatsache, daß wir durch die Polen von Haus und Hof vertrieben worden waren, und Opas Vorliebe für Pferde und für das Militär führten dazu, daß er seine Soldatenzeit glorifizierte und politisch mit dem „Stahlhelm" sympathisierte. Der Stahlhelm war eine deutsch-nationale Partei in der bestehenden Wahlliste und hatte auch eine Jugendorganisation, den „Scharnhorst". Mich hatte stets ihre Uniform beeindruckt, nach Soldatenuniform geschnitten und in Farbe feldgrau, mit Koppel und Schulterriemen und grauer betreßter Schirmmütze. Der operative Teil der deutsch-nationalen Partei, der „Stahlhelm" war Auffangbecken für die ehemaligen Kriegsteilnehmer.

Mein Vater war drei Jahre lang bei der Reitenden Artillerie in Sagan in Schlesien gewesen. Besonders stolz war er auf seinen "Stangenreiter beim ersten Geschütz". Im 1. Weltkrieg diente er im serbischen, rumänischen, ungarischen Raum beim Train (Nachschub). Dort hat er sich bei einem Fliegerangriff, als er von einem Wagen heruntersprang, das Knie gebrochen - mit nachhaltiger Schädigung. Später war er im einem Pferdelazarett. Dort zog er sich einen doppelten Leisten- und Hodenbruch zu. Die Soldaten hatten ein verletztes Pferd mit Stangen angehoben, und aus welchen Gründen auch immer ließen die anderen die Stangen plötzlich los, nur er hielt sein Ende fest. Durch die rückschlagartige Belastung zog er sich diese Brüche zu.

Sein Dienstgrad war Wachtmeister, auf den er sehr stolz war und den er gern und oft erwähnte.

Natürlich prägte auch mich die christliche Erziehung meiner Mutter, die sie sehr dogmatisch vollzog. Sie moralisierte über die Liebe und sah in jedem Mann einen Taugenichts, der nur Alkohol und Kartenspiel im Kopf hatte. Ihre ablehnende Haltung haben das Leben von Elisabeth und Nichte Erika beeinflusst.

Mein Vater war anders. Die Garrels waren, wie in Ostfriesland verbreitet, evangelisch-reformiert. Die Lehre der Reformierten geht im Ursprung auf Calvin (Kalvinisten) und z.T. auch wohl auf Zwingli zurück. Für den Kalvinismus ist charakteristisch: enge Bindung an die Bibel, einfache gottesdienstliche Formen und die Lehre von der Prädestination. Prädestination, wörtlich übersetzt, bedeutet

Vorausbestimmung. Die Begriffsdefinition dafür: Die Größe der Auserwähltheit zeigt sich in der Größe des Arbeitserfolges.

Das war Wasser auf die Mühlen des aufstrebenden Bürgertums und der Auswanderer. Im Hause Garrels muß diese treu-christliche Haltung verankert gewesen sein. Ich kenne sie von Opas Schwesterfamilie Meta Onnen in Bickhusen - allerdings nur als Betrachter von außen, fortgesetzt bei den Familien der Töchter Johanna und Eva. Die christliche Haltung war echt, menschenfreundlich und treu. Onkel Theodor, Bauer in Kauern/Schlesien und später Rentner in Erkner bei Berlin war sehr bigott. Typisch für ihren Umgang mit anderen Menschen, daß sie christliche Glaubensäußerungen in die alltäglichen Gespräche miteinbezogen. Das war auch bei meiner Mutter in gewissen Maßen üblich.

Wir Brüder Garrels fühlten uns weniger mit der Kirche verbunden, wenn auch der Sinn für kirchliche Rituale und Bekenntnisse beiblieb. Dadurch habe ich mir eine gewisse Nächstenliebe bewahrt, und vor allem Mitgefühl und die Stärke, Menschen in der Not beizustehen. Mir waren die Punier immer lieber als die Römer! Allerdings habe ich dadurch auch berufliche Nachteile in Kauf nehmen müssen. Dabei war ich durchaus strebsam und wollte etwas erreichen.

Meiner Mutter zuliebe habe ich mich nie getraut, gegen die christliche Anschauung aufzutreten, auch wenn ich, durch Schule und Beruf bedingt und durch das Studium der Philosophie und der Glaubensgeschichte, ganz anders dachte. Meine Weltanschauung war seit Anfang der 50er Jahre materialistisch.

Jedoch hing ich der Lehre des Marxismus-Leninismus nur bedingt an. Das schreibe ich meiner bäuerlichen Herkunft zu. In der DDR fiel es mir schwer, die Vorstellung der Machthaber über das Eigentum nachzuvollziehen. Ich kam nicht zurecht mit der Diktatur der SED, nicht der des Proletariats und insbesondere nicht mit der Rolle und dem Einfluß der sowjetischen Besatzungsmacht und der damit verbundenen Prägung stalinistischer Ideologie und der DDR. Ich kam nicht zurecht mit der jovialen, ja, väterlichen Bevormundung durch den Staat. Insbesondere störte mich der Führungsanspruch der Sowjetunion und der daraus ermächtigte Führungsanspruch der SED bis hinein in meine persönlichen Gefühle. Offensichtlich hat sich das bei mir auch in abgelegten mündlichen und schriftlichen Prüfungen während meines Studiums bemerkbar gemacht. In den ideologisch geprägten Fächern müssen die Prüfer bei mir doch wohl Lücken festgestellt haben. Ich habe andere bewundert, mit welcher Treffsicherheit sie solchen Fragen begegnen konnten.

Ich selbst lehne mich gegen jegliche religiöse, ideologische und politische Bevormundung auf und gegen jedermann, der eine andere Anschauung verteufelt und kriminalisiert - ausgenommen es sind menschenfeindliche und kriminelle Auffassungen.

Ich muß allerdings zugeben, daß sich Karl Marx in seiner grundlegenden Philosophie nicht geirrt hat, auch wenn man es heute gerne so dargestellt haben möchte.

Als Konsequenz meiner materialistischen Auffassung bin ich nach dem Tode meiner Mutter aus der Kirche ausgetreten - eigentlich feige, aber ich hatte immer das Gefühl, daß ich sie tödlich verletzt hätte, wenn ich diesen Schritt zu Lebzeiten vollzogen hätte. Ihr zuliebe war ich scheinheilig.

Arbeitsteilung

Mutter und Vater kamen in Posen trotz des einsetzenden Kindersegens wirtschaftlich gut zurecht. Es waren sehr erfolgreiche Jahre, sowohl von der Rentabilität her als auch bei der Investition an Gebäuden und Inventar. Im Kriege waren sie ebenfalls erfolgreich gewesen, auch wenn Mutter allein vor den Aufgaben stand. In ihrem Patriotismus hatte sie Staatsanleihen gezeichnet, von denen sie nach dem verlorenen Krieg nichts wiedergesehen hat.

Leider hatte mein Vater mit seinem Leistenbruch schwer zu tun. Ich kenne ihn nur so, daß er morgens das Bruchband, eine Art Druckklammer, anlegte und beim Zubettgehen wieder ablegte.

Ich wundere mich heute, daß er niemals operiert worden ist. Im Krieg wird der "Soldatenklau" eine gründliche Operation verhindert haben. Nach dem verlorenen Krieg, wieder im Zivilleben, hat sich keine

Institution für die Kriegsbeschädigten eingesetzt, bewahre denn die Bereitschaft gezeigt, für die Kriegsopfer zu sorgen. Vater hätte die Kosten privat tragen müssen. In den ersten Jahren nach dem Krieg fehlte ihm das Geld dazu, und später hatte er wohl nicht mehr die Traute.

Mein Vater war sehr arbeitsam. Ich will nicht sagen, daß er nur die Arbeit kannte. Er war ein guter Arbeitsvorbereiter und -organisator. Ich glaube, er war auch ein guter Ausbeuter seiner Knechte und Arbeiter, aber auch seiner eigenen Kinder. Für uns als Gymnasiasten hatte er nie ein lobendes Wort geäußert, wenn es um die Schule ging. Dafür verstand er es, uns zur Arbeit anzuspornen. Jedenfalls kann ich das von mir sagen, und wenn ich an meine Schwester Leni denke, was sie auf dem Felde geschuftet hat, wollen wir lieber darüber schweigen. Otto und Hermann waren auch flotte Arbeiter.

Ich war etwa vierzehn Jahre alt, als ich mit meinem Vater Eichenpfähle aus Eichenstämmen spaltete, d.h. mein Vater legte keinerlei Hand an, er sagte nur was und wie ich es zu tun hatte. Es kam darauf an, den Faserverlauf im Stamm richtig zu beurteilen und den Stamm oder die schon gespaltene Stücke richtig anzuschlagen und dann im Anschlag den Keil anzusetzen. Ein zweiter Keil wurde dann, wie vorher getan, ein Stück weiter angesetzt, selten nur ein dritter. Wenn das alles richtig gemacht war, spalteten sich die Teile so, daß keine oder nur geringe Holzfasersträhnen die Spaltung behinderten.

Mein Vater lenkte die Arbeit, und mir gelang sie wohl so gut, daß er mich derartig lobte und ich in meinem Arbeitseifer kaum zu bremsen war. Er sagte sogar, daß ihm selbst die Arbeit gar nicht so gut gelungen wäre. Er verstand es also auch, den Leuten Honig ums Maul zu schmieren!

Er zeigte mir für die Arbeit so manchen Kniff, so z.B. daß man Mieten (Kartoffelmieten ...) stets "über Hand" zudeckt und der Spatenaushub Erde auf dem rutschigen Eindeckstroh mit einem leichten Spatenanschlag in feste Lage gebracht wird.

Von all den Fachleuten, die ich angetroffen habe, hat das keiner gewußt. "Überhandarbeiten" ist ansonsten bei jeder Handarbeit verpönt. Es gibt sogenannte Rechts- und Linksarbeiter. Ich als

Linksarbeiter habe mir die Fähigkeit eingeübt, fast genauso gut und dauerhaft rechts zu arbeiten, wenn die Situation dafür günstiger war.

In die Hausarbeit hat mein Vater sich kaum eingemischt. Da war meine Mutter zu resolut. Bei groben und zubringenden Arbeiten sprangen schon die Männer ein. Bei den Hauschlachtungen war mein Vater draußen tonangebend, aber sobald das Schlachtgut im Haus war, wurden die Männer kaum noch gesehen. Der angeheuerte Schlachter arbeitete nur mit den Frauen zusammen.

Die Leute verstanden ihr Handwerk, und wenn es dann noch einen "Kleinen" dazu gab, flutschte die Arbeit. Mutter paßte dennoch auf, daß dem Durst nicht zu sehr nachgegeben wurde.

Am meisten kam Schlachter Tünschel zu uns. Er machte eine sehr gute Wurst. Schultes waren nicht so von ihm eingenommen. Dafür kam Tante Alma wiederholt zu uns, um für ihren Sohn Erich, der seinerzeit studierte, eine Mettwurst einzuhandeln.

Schlachter Tünschel litt unter epileptischen Anfällen, die zwar nicht oft auftraten, aber einmal habe ich so einen Anfall miterlebt. Er fiel hin und strampelte mit den Gliedern, hatte auch Speichelauswurf. Er wurde dann kräftig festgehalten, und nach einiger Zeit trat die Beruhigung ein. Nach einer kurzen Ruhepause war er wieder normal arbeitsfähig.

Schwester Elisabeth stand sehr unter Mutters Obhut. Sie brauchte nicht so viel auf dem Felde mitzuarbeiten. Es gab in der Hauswirtschaft genügend zu tun.

Die Erziehung, die wirtschaftliche Rechnungsführung, Korrespondenz und Strategie und den gesellschaftlichen Umgang überließ mein Vater meiner Mutter.

So sind der Verkauf von Stefanshofen, die Ansiedlung und später der Verkauf von Mäthus und der Ankauf in Rosenhagen vor allem auf die Initiative von Mutter zurückzuführen. Meine Mutter war der Wirtschaftsstratege und pflegte den Schriftverkehr und den Umgang mit den Behörden. Die Verhandlungen mit Schlachttierhändlern, Getreidehändlern, Müllern, Landmaschinenbetrieben etc. und den Pferdehandel u.a. betrieb mein Vater.

Meine Mutter hat mit ihren Verhandlungen und durch ihre Schreiben an Ämter, Lieferbetriebe, Baufirmen etc. so manches Plus buchen können. Sie war bei den Behörden eine angesehene Persönlichkeit und kam dort immer gut zurecht. Sie hat auf diese Weise z.T. mehr Geld eingenommen als Vater mit seiner Arbeit in der Landwirtschaft. So hat sie es erreicht, daß wir eine Entschädigung für "Posen" in Höhe von 28.000 RM (Reichsmark) in den zwanziger Jahren erhielten, und 1936 machte sie eine nachträgliche Entschädigung von 10.000 RM locker. Das Geld wurde gespart für die Auszahlung an die Kinder. Otto und Leni wurden bei ihrer Heirat davon ausgesteuert. Der Rest ist 1945/48 der Geldentwertung anheimgefallen.

Tante Alma hingegen hatte bei den Behörden keinen guten Leumund; sie war wegen ihres lockeren Mundwerks mehr oder weniger gefürchtet. In der Familie erzählte man, daß die betreffenden Beamten sich oft verleugnen ließen, weil sie Frau Schulte lieber gehen als kommen sahen.

Unsere Pferdewirtschaft

Mein Vater war ein Pferdenarr und mit allen Fasern seines Wissens, Könnens und Fühlens mit den Pferden verbunden.

Mein Bruder Hermann, Vaters Busensohn und Liebling, verstand ebenfalls viel von Pferden, aber vielleicht mit dem Unterschied, daß bei meinem Vater die Liebe zum Pferd weniger kommerziell, weniger ehrgeizig war.

Bei Hermann diente die Pferdehaltung sehr stark seiner persönlichen Aufwertung. Er benutzte seine "Reitkunst" und seinen "Pferdeverstand", seit er in Westfalen lebte, für seine gesellschaftliche Anerkennung. Er hatte Zucht- und Turniererfolge. Er sonnte sich gerne in der Nähe von Pferdesportgrößen, Pferdezüchtern und Ex-Offizieren. Er liebte es, in Offiziersreithosen und Offiziersstiefeln aufzutreten. Meines Wissens wurde er als Offizier angesehen, und er tat nichts dafür, die Leute aufzuklären.

Ich will das meinem Bruder nicht als Manko ankreiden; auf jeden Fall hatte er für die westdeutsche Marktwirtschaft die richtige "Masche" drauf. Eine Fähigkeit, die mir persönlich total abgeht.

Wenn einmal im Monat der Pferdemarkt in Ludwigslust war, fand mein Vater immer die Möglichkeit, diesen Tag für sich frei zu machen, oft auch für seine Söhne Otto und besonders für Hermann.

Auf den Pferdemärkten trafen sich Pferdehändler, Bauern, Zigeuner und sonstige Liebhaber und Interessierte.

Nur einmal hatte mein Vater den Pferdemarkt mehrmals versäumt. Er hatte auf dem Pferdemarkt zuvor ein Warmblutpferd gekauft, sehr gut gebaut, gesund und im besten Alter und mit bester Gangart, ein wunderbares Pferd, nur mit einem Mangel behaftet, den er auch mit allen möglichen Tricks nicht auskurieren konnte. Das Pferd zog nicht, d.h. es war als Zug- und Arbeitspferd vollkommen ungeeignet. Es schob den Wagen eher zurück, als daß es ihn vorwärts zog. Auf seine Artgenossen wirkte diese negative Eigenschaft ansteckend. Dadurch war Vater manchmal nicht imstande, im Viererzug die Dreschmaschine oder den schweren Benzolmotor hin- und herzufahren.

Also wollte Vater diesen Gaul loswerden und zog mit ihm zum Pferdemarkt. Als dann der "Tanz um das Pferd" auf dem Pferdemarkt begann, ließ mein Vater, ich glaube durch Hermann, auch sein Pferd vorführen. Alles war fasziniert und neugierig. Interessenten und Zuschauer scharten sich um das Pferd. Mein Vater blieb cool, wie man heute sagt.

Der hartnäckigste Interessent für den Kauf war ein Zigeuner. Zuerst konnten sie sich nicht über den Preis einigen - eine zu niedrige Preisforderung hätte sofort auf Fehler am Pferd hingedeutet! Da bot der Zigeuner ein Kaltblutpferd zum Tausch, das er als pflasterlahm von einem Ludwigsluster Fuhrunternehmer gekauft hatte. Da mein Vater das Pferd wohl richtig beurteilte, eben daß sich der Makel auf dem Acker beheben würde, ging er auf den Tausch ein. Ich glaube sogar, daß er noch Geld zubekam. Mein Vater brach nach dem Geschäft sofort seine Zelte ab und zog mit seinem "guten Stück" nach Hause. Die nächsten Märkte hat Vater peinlichst gemieden.

Der Zigeuner soll mehrmals und bei den verschiedensten Marktbesuchern nach seinem "Geschäftspartner" gefragt haben. Sicher hätte es für Vater 'was gesetzt, der Zigeuner hatte ja Brüder und Genossen. Das eingetauschte Pferd, unsere geschätzte Stute Eva, hat uns stets treu und brav gedient und uns sogar ein Fohlen gebracht.

Mir haben sich die Pferdemärkte so nachhaltig eingeprägt, weil Vater stets vom Schlachter Lange in Ludwigslust "Gekochte" und vom Bäcker Brötchen mitbrachte. Wir als Kinder, zumindest ich, haben ihn dann sehnlichst erwartet. Die Wurst schmeckte so gut, wie bislang ich eine bessere nie wieder gegessen habe. Erst heute bietet der Bülower Schlachter Lück eine wirklich gute Gekochte an, die meiner Vorstellung von der damaligen Qualität ziemlich entspricht. Wurstmachen ist eine Kunst. Die Wurst wird zu leicht falsch gebrüht.

Mäthus - Ausbau

Vor unserer Hofeinfahrt standen vier ausgewachsene Linden. Intensiv erlebten wir die Blüte, den Duft, das Gesumme und den emsigen Fleiß der Bienen, wie sie von Blüte zu Blüte eilten. Mit welchem Eifer sie nach dem Honignektar forschten und zur Ausbeute gelangten, beflissentlich die Blüten übergehend, die schon von anderen Bienen besucht worden waren. Die von Blütenstaub behafteten hinteren Gliedmaßen sahen aus wie kleine Keulen.
Auf der anderen Seite des Landweges stand eine Reihe Birken. Wir haben sie wiederholt angezapft und Birkenwasser gewonnen. Das sollte schön machen! Ich habe zwar nichts davon gemerkt, aber meine Schwestern haben es gesagt. Sicher war ich schon schön genug!
Die Birken waren uns auch deshalb sehr sympathisch, weil ihr erstes junges, sprießendes Grün das deutlichste Zeichen für uns war, daß der Winter endlich vorbei war.
Unser Vater hatte einen Sinn für Bäume und beließ so manchen Wildwuchs. Oder hatte er dafür nur keine Zeit?
Vor dem Hof, durch die Gebäude eingegrenzt, standen zur offenen Seite hin vier riesige Birken. Sie überragten sogar unsere Scheune. Das höchste Wahrzeichen unseres Hofes war hinter unserem Hausgarten eine alles überragende schlanke Tanne, weithin sichtbar.
Mich persönlich befriedigt noch heute die Einstellung meines Vaters, daß er nie auf den Gedanken kamen, diese prächtigen Bäume zu fällen. Vielleicht wußte er um ihre Bedeutung. Hing es mit dem

hohen Grundwasserstand zusammen, weshalb bei Gewittern die Blitzgefahr für die Gebäude sehr groß war?

Der Hofnachfolger sah wohl nur die Kubikmeter Holz und fällte die Bäume. Bei einem Gewitter brannte die Scheune durch Blitzschlag ab.

Wenn ich bei späteren Besuchen den Hof gesehen habe, vermißte ich immer den Anblick der großen Birken und der hohen Tanne.

Wir Kinder sind in großer Freiheit aufgewachsen. Unser Haus- und der Obstgarten boten viel Möglichkeiten des Stöberns, des Herumtollens, aber auch des Auskundschaftens, des Lernens und des Erprobens.

Einprägt haben sich mir zwei Ziersträucher mit vielen roten Beeren; deren Früchte waren uns verboten, weil sie giftig wären. Das war bestimmt übertrieben. Unser Obstgarten war recht verwildert, mit viel Unterwuchs, mit besonders vielen aus den Obstkernen gewachsenen Wildlingen. Beste Möglichkeiten, sich zu verdrücken, wenn man nicht "gebraucht“ werden wollte!

Auf dem Hof war ein Brunnen, mecklenburgische Bezeichnung dafür "Sod oder Sood". Er war durch Bohlen abgedeckt, und vor unserer Zeit wurde das Wasser mit Hilfe eines Seilzuges bzw. eines waageähnlichen Hebebaums - mit einer langen Stange an einem Ende, daran ein Eimer, und ein Gegengewicht auf der anderen Seite - durch eine Luke eimerweise geschöpft.

Schultes hatten noch solch einen Hebebaum an ihrem Brunnen. Unser Vater stellte über den Brunnen eine Pumpe auf, mit einem langen Schwengel und einer Wasserrinne, die das Vollpumpen der Krippen zum Tränken der Pferde und Kühe ermöglichte. Später wurden Rohre zum Kuhstall verlegt und dort eine weitere Pumpe angeschlossen. Man muß sich einmal vorstellen, daß vorher zum Beispiel im Winter das Wasser für das Vieh eimer- bzw. kannenweise etwa dreißig bis vierzig Meter weit in den Stall gebracht werden mußte.

Ich beobachtete gerne das Hühnervolk. Wie stolzierte der Hahn in seinem Harem von Hennen, stets darauf bedacht, daß seine Schar ihm auch hörig blieb. Die Hennen wirkten so gleichgültig. Es gab auch Hahnenkämpfe, weil bei einer Hühnerschar von über hundert Hennen ein Hahn zumeist nicht genügte.

Gänse hielten wir uns selten, weil mein Vater sie nicht duldete. Er vertrat die Meinung: Wo eine Gans weidet, dort frißt keine Kuh und kein Pferd mehr. Ihre Hinterlassenschaften waren auch zu penetrant. Eine Ausnahme wurde für Bruder Hermann gemacht. Seine Gänse durften aber nur im Obstgarten weiden.

Unter Ungeziefer hatten wir wenig zu leiden. Im Haus gab es neben Hunden und Katzen Schrotflinten, Kugelbüchsen, Teschinge und Luftgewehre. Füchse und Marder liebten solche Sachen nicht sehr. Mehr hatten wir es mit Habichten zu tun. Diese haben wiederholt ein Huhn geschlagen.

Als wir von einer Horde Wanderratten überfallen wurden, die sich unter dem Fundament des Schweinestalles vergruben, fühlten wir uns belästigt. Vater kaufte einen 6 mm Tesching mit glattem Lauf und Schrotpatronen dazu. Wir zwei Jüngsten gingen dann zur Futterzeit der Schweine auf Anstand. Die Ratten kamen aus ihren Schlupflöchern und liefen durch die Jaucheabflußrinnen in die Stallungen, um vom Schweinefutter zu fressen. Aus dem Dunkeln an das Tageslicht kommend, machten sie ganz kurz halt, und diesen Moment nutzen wir, um auf sie zu schießen. Wir erledigten so viele Ratten, aber was wohl wichtiger war, wir verletzten auch einige von ihnen. Diese zogen sich dann in den Bau zurück, einige siechten dahin, starben und verwesten. Diese Umstände mußten für die Ratten unerträglich gewesen sein. Eines Tages waren sie verschwunden. Irgendein Anwohner wird das belastende Erbe angetreten haben.

In meinen noch ganz jungen Jahren geschah es, daß der Sturm das Dach vom Schweinestall abgehoben hatte. Für die Eltern natürlich eine nicht eingeplante Geldausgabe. Für Alfred und für mich war das Richten des neuen Daches eine sehenswürdige Begebenheit. Balken, Bretter, Dachpappe ... Zimmerleute und Dachdecker kamen. Es gab allerhand Holzabfälle, abgesägte Teile von den Balken, Brettern und Latten.

Besonders auf Alfreds Initiative hin schaffte wir einen Teil der Holzabfälle in den Obstgarten und bauten uns eine Hütte, die wir dann wieder abrissen und neu bauten. Ständig hatten wir was zu ändern und beschäftigten uns stundenlang. Ausstaffierung innen, rein, raus, Katz und Hund wurden auch eingeladen!

So erlernten wir die Anfänge des Sägens, Nagelns und des Zimmerns und auch des Bauens. Die Fantasie wurde angeregt und handwerkliche Geschicklichkeit geübt. Ich bedenke noch heute, daß unser Vater das zugelassen hat. Immerhin wurden allerlei Nägel verbraucht, Säge, Beil, Hammer, Zange waren vonnöten. Die ganze Angelegenheit wurde von Vater und von Mutter nicht weiter kommentiert. Eine bestimmt brauchbare Erziehungsweise.

Mein Bruder Alfred hatte gewisse Haltungsschwächen. Der Arzt hatte empfohlen, daß er aus orthopädischen Gründen mit Ringen turnen sollte. Vater baute uns ein hohes Gestell, an dem Ringe, noch verlängert durch zwei Strangketten, angebracht wurden. Die Ringe hatten einen Schwingradius von 5 bis 6 Metern. Es war außerdem möglich, daraus schnell eine Schaukel herzurichten. Die Ringe wurden von uns beiden Kleinen sehr genutzt, sogar in gefährlicher, halsbrecherischer Art und Weise, z.B. wer aus dem Schwung heraus den weitesten Absprung schaffte.

Ich bin der Meinung, daß sich die Ringe für unsere Körperhaltung gut ausgewirkt haben, und die Mutproben haben keine Nachteile gebracht.

Auch die Scheune bot, besonders bei schlechtem Wetter, viel Gelegenheit zum Klettern und zum Springen. Wir probierten an den Maschinen und an den Geräten draußen und in den Schuppen, spielten auf den Acker- und den Kutschwagen und lernten auf diese Art und Weise, sie zu handhaben.

Wir kletterten auch auf das Dach unseres angebauten Hühnerstalls. Bei dessen Neigung nach Süden haben wir dort oft die Frühjahrssonne genossen. Außerdem wurde das Teerdach auch leicht warm.

Radfahren erlernte ich schon mit fünf Jahren. Wir sagten radfahren und nicht wie heute Fahrrad fahren. Letzteres ist meinem Sprachgefühl nach auch doppelt gemoppelt. Ich hatte wiederholt gesehen, wie andere mit dem Rad freihändig fuhren. Ich habe das dann auch versucht, also gutes Tempo - und den Lenker losgelassen. Aber es klappte nicht nach meiner Vorstellung, und ich stürzte. Ich kam mit erheblicher Blessur nach Hause, eine etwa 5 cm lange dreieckige Wunde unter dem Knie. Vater mußte anspannen und mit mir zu unserem Hausarzt Dr. Pfautsch fahren. Der klammerte die Wunde, umstrich sie mit Jod und verband sie.

Wir waren wie versessen auf das Radfahren. Da wir übertrieben, wurden die Räder in der elterlichen Schlafstube eingeschlossen. Dann und wann haben wir aber die Eltern austricksen können. Alfred oder ich, einer ließ sich, ohne daß Mutter das merkte, mit einschließen. War die Luft rein, dann haben wir das Fahrrad aus dem Fenster gehievt. Hinterher wurde das Rad auf gleichem Wege wieder in die Schlafstube gebracht. Meines Wissens wurden wir dabei nie geschnappt. Die Großen hatten schließlich auch anderes zu tun, als auf uns aufzupassen.

Neidvoll beäugelten wir Vaters Fahrrad, Marke Wanderer, stabil, alles dran, elektrisches Licht und vollständiges Zubehör, so auch ein sicheres Fahrradschloß. Es hatte einen sogenannten Gesundheitslenker. Vor allem war das Fahrrad immer tipptopp in Ordnung.

Die alte Damenschese (chaise) hatte dauernd Krankheiten, und wir mußten viel basteln, um die Karre wieder hinzubekommen. Vater hat kaum einen Handschlag getan, um uns bei Radpannen zu helfen. Ich verdächtigte ihn, daß er der Meinung war: "Wer fahren will, muß sein Rad in Ordnung halten, sonst muß er laufen!" Die ersten und guten Ratschläge bekamen wir von Otto, der inzwischen auch ein eigenes Fahrrad besaß.

Unser Vater hatte seine Lieblinge. Hermann war sein Männe. Otto war wohl mehr Mutters Sohn. Noch eindeutiger war es der Fall bei meinen beiden Schwestern. Hier war es Leni.

Alfred war als Kind schwächlich, mehr eine Folge der Mängel in seiner Ernährung in den "armen" Jahren 1922 und danach. Vielleicht war Vater deshalb Alfred gegenüber reserviert und Mutter um so fürsorglicher.

Als siebtes Kind war ich in Tante Almas Augen ein kleiner Schandfleck. „So viele Kinder! Hätten sich ja auch vorsehen können!" Dagegen war in meiner Mutter ein innerer Stau entstanden. Die Propaganda der Nazizeit mit „Kinderreichtum" und „Mutterkreuz" haben ihrer Ehranfälligkeit auch nicht allzu viel Luft verschaffen können.

Ich war Papas Liebling. Vermutlich deshalb, weil ich bis etwa fünf Jahren mit ihm das Bett teilen mußte. Ich war eine gute "Wärmeflasche", besonders auch wegen seiner ständig kalten Füße.

Meine Kinderjahre sind ohne Alfred nicht zu denken. Wenn mein Vater mir Bonbon mitbrachte, und Alfred bekam keine, bedrückte mich das sehr. Ich teilte immer mit ihm. Später wurde Alfred ein sehr guter Reiter und ritt Vater die wilden Jungpferde ein. Das Verhältnis zu ihm wurde dadurch besser, aber dabei spielte auch eine Rolle, daß er von den Garrels-Söhnen militärisch am erfolgreichsten war: Oberleutnant, EK I, Deutsches Kreuz in Gold, vorgesehene Verleihung des Ritterkreuzes am 20.4.1945 - nicht erfolgt wegen Kriegsereignisse - für 52 Panzerabschüsse, davon zwei mit der Panzerfaust. Bei dem Rückeroberungsversuch des Bahnhofs Ratibor in Oberschlesien verlor er sein rechtes Bein. Als Invalide kam er 1946 nach Hause. Als Arbeitskraft fiel er aus.

Mein Bruder Otto war der erstgeborene Stammhalter, von Mutter gehegt und gepflegt. Er hatte einen etwas großspurigen Charakter. In Posen - bis 14 Jahre alt – hatte er noch den Wohlstand mitbekommen, sogar Unterricht im Harmoniumsspiel erhalten, der allerdings in Kummer nicht mehr fortgesetzt wurde.

In Ludwigslust besuchte er die Landwirtschaftsschule. Ich erinnere mich an das große Theater in der Familie, als Otto einer Lehrkraft Schläge angedroht hatte. Über die Hintergründe weiß ich nichts mehr. Otto wird nicht ganz unschuldig gewesen sein! Er sollte von der Schule verwiesen werden. Irgendwie ist es meiner Mutter gelungen, die Sache zu schlichten, und Otto durfte die Schule weiter besuchen.

Zu Mutters Herzeleid war ihr großer Sohn nicht davon abzuhalten, seine Kontakte zum Dorf Kummer zu pflegen und auch in die Gastwirtschaft zu gehen. Sie überwachte ihn und auch ihre anderen Söhne, indem die Jungs nie einen Haustürschlüssel mitbekamen.

Als ich schon über 18 Jahre war, bemerkte sie beim Einlassen, daß ich Alkohol - das heißt ein oder zwei - getrunken hatte, und, jubs, hatte ich einen hinter die Löffel gekriegt. Ihre Kommentare kann man sich vorstellen.

Bestimmt war Otto der Leithammel für die Brüder, auch für mich. Mutter hatte dadurch nie die absolute Herrschaft über ihre Jungen gewinnen können. Bei den Mädchen, meinen Schwestern, war das bedeutend mehr der Fall.

So hatte Otto eine gut entwickelte Eitelkeit. Als er eine Warze an einem Ohr hatte, schnitt er sie mit der Schere einfach ab. Sie ist tatsächlich nicht wiedergekommen. Ein andermal - durch eine Wette veranlaßt, mußte er sich eine Glatze schneiden lassen. Gerade in der Zeit wurde er zur Hochzeit von Lehrer Bobzin mit der Tochter des Gastwirts Graf eingeladen. (Ob schon etwas mit seiner späteren Frau Margarete Overbeck in Gange war, das wissen die Betroffen nur allein - ich nicht!) Auf jeden Fall war ihm sein kurzer Stoppelschnitt sehr peinlich. Er hat es aber verstanden, daraus einen Hit zu machen. Seinen Ruf hat es nicht geschadet. Die Teilnahme an der Hochzeit war immerhin für ihn eine "kummer-gesellschaftlich" wichtige Angelegenheit.

Pferdestärken

Meine Brüder verstanden eigentlich alle etwas von Pferden. Otto ist mir nicht so nachhaltig in Erinnerung geblieben. Dabei war die Zucht der Mecklenburger Stuten seines Schwiegervaters dorfbekannt. Ottos Anteil wird daran nicht gering gewesen sein.

Leider hatte Otto nicht viel Gelegenheit, auf dem Hof seines Schwiegervaters seine wirtschaftlichen Fähigkeiten zu beweisen. Der Krieg machte ihm wie vielen einen Strich durch die Rechnung. Seine Erfahrungen in der Pferdehaltung kamen ihm als Soldat zugute; er wurde in einer berittenen Einheit Futtermeister. 1945 kam er in der Festung Lorient in französische Gefangenschaft. Er kam als letzter von den Gebrüdern Garrels nach Hause. In der Gefangenschaft hatte er sich schwere gesundheitliche Schäden zugezogen. Die Reglementierung der Gefangenen kannte - wie auch anderswo - bei den Franzosen wenig faire Grenzen. Bruder Otto ist mir als selbstbewußter, beherzter, etwas vorlauter und auch eigenwilliger "großer Bruder" in Erinnerung.

Alfred war schon mit sechzehn, siebzehn Jahren ein mutiger und guter Reiter. Er hatte damals schon praktisch sein Privatpferd. Ein Warmblutpferd, das er selbst aufgezogen und im Alter von etwa drei Jahren eingeritten hatte. Das Jungpferd, die Fanny, war temperamentvoll und für mich unberechenbar, was möglicherweise daran lag, daß ich das junge Tier nicht beherrschen konnte.

Ich möchte aber sagen, daß auch mein Vater die Fanny nicht so recht zügeln konnte, jedenfalls ist es kaum gelungen, sie als Gespann- bzw. Zugpferd abzurichten. Sie wurde bei solchen Versuchen sehr wild und hat dabei so manches Geschirrteil zerrissen; auch bestand dabei die Gefahr eines Unfalls. Bruder Hermann war schon Soldat und freiwilliger Abdiener einer zweijährigen Militärdienstzeit und war so an dieser "chose" nicht beteiligt.

So war es also mein Bruder Alfred, der sich um die Fanny kümmerte und mit ihr arbeitete. Es gelang ihm, aus ihr ein flottes Reitpferd zu machen mit stolzem, ansehenswertem Gang. Reiter und Ross haben manchen Bewunderer gefunden, insbesondere so manches Mädchen.

Seine kleine Heldengeschichte fand ihr Ende, als er zum RAD (Reichsarbeitsdienst) und gleich danach zum Militär einberufen wurde. Er kam zur Ersatz- und Ausbildungsschwadron des 14. Kavallerie-Regiments in Ludwigslust. Die Fanny wurde bei Ausbruch des Krieges sofort als Militärpferd eingezogen.

Ich erinnere mich noch, daß ich die Pferde, die wir abzuliefern hatten, vor der Pferde-Musterungskommission vorführen mußte, von Vater genau unterrichtet und eingewiesen. So war meine Vorführung durchaus fachmännisch, wurde ich doch von den Herren der Kommission, zumeist Offiziere, nicht kritisiert, während andere nicht qualifizierte Vorführer mit lautstarkem Befehlston zurechtgewiesen wurden. Mein Vater brachte dann die Pferde zur Sammelstation. Dabei entstand eine für meinen Vater typische Reaktion: Als es um einen Vortritt oder Vorrang ging, hatte er einen anderen Mitbürger zurechtgewiesen, er sei ja Wachtmeister gewesen und der andere nur Gemeiner.

Wir wurden damals unseren Bestand an Warmblutpferden los. Die Preise waren durchaus günstig, in der Endabrechnung aber nicht ein Apfel oder ein Ei wert. Später bekamen wir ein Beutepferd, ein französisches Kaltblut zugewiesen.

Da meine Brüder alle eingezogen waren, war es an mir, die Rolle der reitenden Söhne fortzusetzen. Da mein Vater, besonders an Sonntagen, gerne ausritt, hatte ich die Gunst, ihn zu begleiten. Ich fürchte, das war auch so eine militärische Masche. Der sogenannte Pferdehalter mußte immer mit, er wurde gebraucht, wenn abgesessen wurde.

Neben dem Reitvergnügen bestand z.T. auch die Notwendigkeit, die Pferde zu bewegen. Ich selbst war im ganzen gar nicht abgeneigt, den Pferdejungen zu spielen, ein Ergebnis langjähriger "Pferdeerziehung". Dabei erkenne ich an, daß mein Vater mir mehr als nur die Grundbegriffe des Reitens und Fahrens beigebracht hat.

Vergnügen bereitete es mir, wenn ich die ein Jahr jüngere Schwester der Fanny reiten durfte, ein Pferd mit Mustercharakter, das Gegenteil der Schwester. "Luzi" war ein vorbildliches Gespann- und Reitpferd, flott und beweglich, und sie reagierte "fein" auf Zügel und Schenkeldruck.

Heikler war es da schon, wenn ich den "Hans" satteln mußte. Er war einjährig von Hermann gekauft worden, wurde dann mitgefüttert und später von Vater gekauft. Er blieb bis zu dem Alter von drei Jahren Hengst, wurde sogar Vater eines Fohlens. Dann wurde er kastriert - eine vom Pferdezuchtverband geforderte Maßnahme. Sein Stockmaß war geringer als das der anderen Warmblutpferde; dadurch hatte er einen kürzeren Schritt. Außerdem hatte er wesentliche Hengstallüren behalten.

Als wir beide dann gestiefelt und gesattelt Vater auf seinem best geschulten Reitpferd folgten, blieb Hans mehr und mehr und mehr zurück. Dabei war er dann ein solcher Dickkopf, der in keiner Weise auf Antrieb mit Reitpeitsche und Hackendruck reagierte. Als wir etwa 60 bis 70 m zurück waren, setzte er mit "Furz und Donnerknall" die Aufholjagd an, dabei den Kopf zwischen den Vorderbeinen und mit tollen, auch seitlichen Galoppsprüngen. Sobald wir dann eingeholt hatten, brach er plötzlich und im "frömmsten Frieden" seine Macken ab. Trotz aller Zicken hatte er es nicht geschafft, mich abzuwerfen, obwohl ich stets meine heile Not hatte, mich im Sattel zu halten. Auch habe ich mir wiederholt dabei wehgetan, wobei mir gar nicht viel Zeit blieb, mich zu erholen; denn der Ablauf der Ereignisse fand bald seine Wiederholung.

Nur einmal war es ihm gelungen, mich abzuwerfen. Vater und ich waren im Buchenwald - ruhig und erhaben wie in einer Kathedrale - um geschlagenes Holz zu besichtigen. Wir kamen an einen Graben - ohne Wasser. Ich war zuerst dran und wollte mit dem Pferd über den Graben springen. Aber mein "Hans" war dazu nicht zu bewegen. Stur wie er war, reagierte er nicht. Meinem Vater wurde es zuviel, und mit einem eleganten Satz waren Pferd und Reiter auf der anderen Seite. Nun kam "Hans" in Not, allein wollte er wohl nicht bleiben, und wir setzten noch einmal zum Sprung an. Anlauf, im Galopp an den Graben heran, und vor dem Graben plötzlich beide Vorderbeine auf Stopp.

Im hohen Bogen landete ich im Graben. Hans blieb treu stehen. Er war nicht so einer, der einfach abhaute. Ich faßte seine Zügel, und zu zweit ging es zu Fuß durch den Graben auf die andere Seite. Aufgesessen, und ganz friedlich ging es weiter. Sicher waren wir beide, Pferd und Reiter, uns einig, daß "er" die Schlacht gewonnen hatte. Dennoch war er danach sehr vernünftig, ich glaube weniger aus Vernunft, sondern mehr aus einem schlechten Gewissen heraus und auch mit einer möglichen Ahnung, daß es Hiebe setzen könnte.

Mit dreizehn Jahren mußte ich zur Getreideernte das Vierergespann vor dem Mähbinder lenken, ein Unterfangen, von dem mir heute noch nicht klar ist, wie ich das alles schaffen konnte. Zu allen Umständen waren auch gar keine "Lämmer" im Gespann, es waren alle recht gängige Temperamente. Der Ruhepol war das Sattelpferd, die Dame, ein ausgemustertes Militärpferd und Vaters Reitpferd, die Mutter von Fanny und Luzi. Die Zügel des Sattelpferdes und die Leine des Handpferdes in der rechten Hand geführt, mußte im wesentlichen die linke die Vorderpferde dirigieren. Dazu mußte ich die Peitsche führen; denn die Vorderpferde mußten die Stränge immer stramm haben, weil sonst die Möglichkeit bestand, daß ein Pferd über die Stränge trat, und das wollte man möglichst vermeiden. Abgesehen davon, daß man deswegen notfalls absitzen mußte, war so etwas immer Anlaß zur Unruhe im Gespann.

Im Grunde genommen war ich wegen dieser Aufgabe sehr beleidigt. Mein zwei Jahre älterer Bruder war verantwortlich für die Maschinenbedienung, und das hätte ich viel lieber gemacht, weil ich dies als eine ranghöhere Arbeit ansah. Maschinen hatten für mich sowieso immer große Anziehung.

Die Logik meines Vaters habe ich später schon begriffen. Im arbeitstechnischen Ablauf war die Maschine der zentrale Punkt, und der wurde durch die reifere Kraft besetzt, und das war der Ältere. Außerdem war ich die leichtere Person. Das Sattelpferd mußte Sattelzeug und Reiter tragen, zusätzlich zur Zugleistung. In jenen Sommertagen war das Pferd immer recht schweißnaß unter dem Sattel. Da war ich im Sattel die noch erträgliche Last. Zudem waren wir beiden Jüngeren noch zu schwach, den ganzen Tag Garben zu tragen und zu hocken.

Ich habe später gerne Vierergespann gefahren, besonders zur Zeit der Kartoffel- und Zuckerrübenernte. Da bei den Wagenfuhren die Pferde weniger belastet waren, ging es bei den Leer-Fuhren zum Feld oder vom Bahnhof zurück immer forsch zu. Den Vierer-Zug im Trab oder manchmal auch im Galopp gefahren, das war schon ein kleiner Nervenkitzel. Aber ich habe die Pferde nicht überanstrengt; es waren Warmblutpferde, und die wollten auch schon 'mal die Leinen "lang" haben. Die Wagen aber mussten ganz schön stabil gewesen sein!

Die Rögnitz und der Ludwigsluster Kanal

Mäthus lag im Niederungsgebiet des Urstromtales der Elbe mit Sandadern und Feuchtgebieten. Der höhergelegene Boden ist leichter Sandboden, ein kleiner Teil davon anbauunwürdig. Die niederen Böden sind leicht anmoorig. Wenigsten ein Drittel der Flächen sind feuchtes Niederungsland, im ganzen recht gute Wiesen und Weiden, die allerdings an bestimmten Stellen des Rögnitzlaufes durch Leberegel verseucht waren.

Die Entwässerung mußte stets in Ordnung gehalten werden. Die Rögnitz, ein 3 – 4 m breites Flüßchen, war damals eine Kloake -

stinkend milchiges Wasser, ohne Fische und sonst auch nicht viel Leben.

Die Rögnitz fließt, aus Warlower Gemarkung kommend, erst rechts, dann links des Ludwigsluster Kanals Richtung Elbe. Unter den Ludwigsluster Kanal hindurchgeleitet, floß sie danach einige hundert Meter durch unsere Wiesen und Weiden und bildete die Grenze zur Gemarkung Techentin und Hornkaten. In die Rögnitz mündete der Abwassergraben der Ludwigsluster Molkerei. Harte Umweltschutzanforderungen wird es damals noch nicht gegeben haben.

Bei Techentin war später ein Fliegerhorst, an der Straße nach Dömitz. Die von uns genutzten Ackerflächen waren gute Anbauböden für Kartoffeln. Fruchtfolgebedingt verbesserte der Kartoffelanbau nicht nur die Bodenrente, sondern auch die Getreideerträge.

Nahe Mäthus gab es eine Kuhle, ein kleines Tannenwäldchen, einen Bruch mit wenig Erlen, Birken und viel Unterholz, zwei Pferdekoppeln, Gräben, Bäche, den Kanal, Hauswiesen, einen in Wirklichkeit niedrigen Sandberg, eine Sandkuhle mit vielen Löchern von Erdschwalben. Wir fanden überall unsere Beschäftigungen. Sogar in den Knicks fanden wir alles Mögliche.

Der Sandberg wurde nicht bearbeitet. Es gab hier nur einen tristen graubraunen Gräserwuchs, vornehmlich Schwingelarten, ein öder Wuchs, der nicht einmal Heidekraut, farbenfreudige Erika zuließ, wie ich sie mit Bewunderung im Nachbardorf Hornkaten gesehen habe.

Hier hatten Kiebitze ihre Brutstätten angelegt. Wir haben oft Eigelege und Nester mit Jungen gefunden. Die Kibitzeltern waren stets aufgeregt, wenn wir kamen. Sie suchten auch, uns mit Flügellahmheit zu täuschen, um uns von den Nestern wegzulocken. Die fliegenden Kiebitzeltern umkreisten uns und machten viel Gezeter. Es wurde erzählt, die Schloßküche kaufe für das herrschaftliche Haus Kiebitzeier. Die Eier haben wir trotzdem nicht rausgenommen.

Wenn im Frühjahr der Saft in die Hölzer stieg, haben wir uns aus einer buschartigen Weidenart mit gefiederten Blättern saftige Stöcke herausgeschnitten und daraus Flöten gebaut - mit allen möglichen Tonlagen. Wenn man die Rinde mit dem Schaft eines Messers vom Holzteil losklopfte, wurde dazu Beschwörungsformeln palavert:

PIEPEN PASTER PASTERJAN
LOT DE PIEPEN FLÖT AFGAHN
LOT'S OK NICH VERDARBEN
LOT'S OK LUSTIG WARDEN

Wir konnten auf den Flöten sogar einfache Melodien spielen. War die Bastrinde auf den Knien genügend geklopft, wobei man aufpassen mußte, daß sie nicht entzweiging, löste sie sich leicht von dem Holzschaft. Die Rindenhülse wurde abgezogen, Mundstück und die Flötenöffnung geschnitzt. Das Holzteil des Mundstückes oben abgeflacht und in die Hälse eingeschoben. So war es möglich, die Luft in die Flöte zu blasen. In die andere Seite der Hälse kam ein aus dem Holz zugeschnittener Kolben, womit wir durch Hin- und Herschieben desselben die Töne variieren konnten.
Es gab auch noch andere Kindersprüche. So riefen wir unseren Nachbarsohn Johann Benühr gern hinterher:

JOHANN SPANN AN
DE KATTEN VORAN
DE MÜS VORUP
DEN DUNSBARG RUP

In der Nachbarschaft der Schule in Kummer war ein Strohhaus, und darauf war ein Storchennest. Wenn im Frühjahr die Störche heimkehrten und wir dann auf dem Nest ein Pärchen schnäbelnd und klappernd nebeneinander sahen, rief bestimmt einer hinauf:

ADEBOR DU NARER
SCHICK MI NEN LÜTTEN BLARER
ADEBOR DU BESTER
BRING MI NEN LÜTTEN SCHWESTER
ADEBOR DU GAUDER
SCHENK MI NEN LÜTTEN BRAUDER

Die Weiden für den Viehauftrieb waren nicht nur ein beliebter Ort zum Toben, sondern auch zum Erkunden: Gänseblümchen,

Butterblumen oder Schlüsselblumen (Löwenzahn), an feuchteren Stellen sogar Veilchen, Sumpfdotterblumen, Riedgras (Sauergras). An anderen Stellen Malven, deren Früchte wir ausgepult und gegessen haben, Hirtentäschel, Hahnenfuß, Wegerich und viel, viel anderes. Geheimnisumwittert waren die Hexenringe, ein fast kreisrundes Pilzgebilde. An die darum gewobenen Schauermärchen kann ich mich nicht mehr erinnern, aber es gab welche. Wie andere Kinder auch, haben wir von den Schlüsselblumen Kränze gebunden und Ketten zusammengesteckt und haben sie mit Stolz getragen.

Zu Ostern gab es Ostereier, ganz hart gekocht und bunt bemalt. Wir hatten am Ostereierwerfen unseren Spaß. Wer am weitesten kam und dessen Ei dabei heil blieb, war der Sieger. Die Pechvögel hatten nur die Chance, ihr kaputtes Ei sofort aufzuessen. Der Sieger aber hat sein Ei gut aufbewahrt. (Man hat erst später gelernt, daß kaputt ein vulgärer Ausdruck sei, aber ich finde, "entzwei" ist auch nicht besser und treffender.)

Der Kanal war für uns ein besonderer Anziehungspunkt. Er war relativ sauber, darin viele Stichlinge, auch andere Süßwasserfische und Aale. Wir hatten hinter dem Kanal eine große Wiese und eine große Weide. Der Weg dorthin führte als Umweg über eine Kanalbrücke. Fuhrwerke und Vieh mußten diesen Umweg nehmen.

Deshalb hatte mein Vater als Abkürzung zu Fuß einen Steg über den Kanal gebaut, dort wo der kürzeste Weg zu unseren Ländereien führte, sonst aber wegen des Kanals versperrt gewesen wäre. Dazu waren zwei ca. zehn Meter lange Bohlen (oder waren sie noch länger ...) über den Kanal gelegt, an beiden Ufern auf einem Pfahlgestänge liegend. Ein Geländer gab es nicht.

Es war immer eine Mutprobe, bei Wasserführung im Kanal über den Steg zu balancieren, im Winter, wenn der Kanal nicht zugefroren war, direkt lebensgefährlich. An die Überquerung gewöhnten wir uns frühzeitig, indem wir sommertags dort oft badeten und dabei die Passage Schritt für Schritt erlernten und x-mal trainieren konnten.

In trockenen Jahren war der Kanal "fußtief" oder sogar ausgetrocknet. Herrlich die z.T. beschatteten Ufer, die Bachstelzen, andere Vogelarten, die wippenden, anmutig schwebenden bunten Libellen, die wie leichte Tupfer über der Wasserfläche tummelten oder - wie Greifen spielend - ihre Liebestollheit ausschöpfend.

Schnell begriffen wir, daß es keinen Zweck hatte, Stichlinge im Glas mit nach Hause zu bringen; unser Schuldbewußtsein war groß, wenn sie bäuchlings oben im Wasser lagen.

Fische haben wir kaum gefangen. Hier und da mit der Angel ein paar Weißlinge. Es ging insgesamt wohl mehr um den Sport des Angelns. Da es aber kaum Nutzen und Sinn hatte, unterblieb die Angelei auch bald. Der Bauer, der direkt in der Nähe der Kanalbrücke wohnte, stellte Reusen, aber wir haben dort nur selten Fangergebnisse zu sehen bekommen.

Bei Niedrigwasser zogen sich die Aale in Löcher "auf den Grund" zurück. Wir gingen dann auf Aalfang, indem wir in den Löchern nach den Aalen faßten. Dann und wann hatten wir Glück. Stolz wurde der Fang rundum gezeigt.

Mir persönlich wurde diese Art Jagd verleidet, als einer der Jungs aus dem Loch eine Wollhandkrabbe zog. Sie war ein aus Übersee eingeschleppter Schädling, wie uns gesagt wurde, und wir hatten gegen dieses Tier eine derartige Abneigung, daß wir uns ekelten, es anzufassen.

Genau so unangenehm war mir persönlich die Wasserpest. Wenn die mich beim Schwimmen am Bauch kitzelte, blieb mir fast die Luft weg, und ich verließ fluchtartig das Wasser. Die Abneigung gegen - wir gebrauchten gerne den Ausdruck Schlingpflanzen und verbanden damit den abenteuerlichen Gedanken des In-die-Tiefe-Ziehens- ist bei mir erhalten geblieben.

Die Wassernähe hatte zur Folge, daß wir sehr früh das Schwimmen lernten, und zwar zuerst das Rückenschwimmen und dann schwimmend auf dem Wasser liegen als "toter Mann". Zum Brustschwimmen war das Wasser oft zu flach; das Kraulen wie ein Hund klappte da schon eher.

Unsere Mutter hat bestimmt oft Herz- und Magenbeschwerden gehabt, wenn sie uns an den Wassern wußte. Nur gut, daß sie nicht die ganze Realität gewußt hat.

Besonders wenn meine Schwestern Freunde und Freundinnen zum Baden mitbrachten, strengten wir uns an, unsere Schwimm- und

Tauchkünste zu zeigen. Top-Ereignis war ein überaus trockener Sommer, als der Kanal fast vollständig ausgetrocknet war.

Dort, wo der Kanal aus dem Schloßgarten herauskommt, Sankt Helen genannt, macht er im Grenzgebietsdreieck Warlow, Schloßgarten, Kummer eine harte Krümmung nach Westen. Bei stärkerer Wasserführung verlief eine verstärkte Strömung entsprechend der Fliehkraft und der Randströmung entlang des Ufers am Außenbogen. Hier hatte der Kanal eine erhebliche Vertiefung ausgewaschen. Um die Uferzone zu erhalten, war sie mit Faschinen und Zweiggeflecht befestigt. Wegen dieser Vertiefung war diese Stelle eine viel benutzte Badestelle. In jenem trockenen Sommer sammelten sich hier die letzten Wasser, und gleichzeitig kamen Fische und Aale mit. Die wenigen Fische waren schnell weggefischt oder verendet. Die zählebigen Aale aber verbargen sich im Holzgeflecht.

Die cleveren Jungs hatten sich Eßgabeln mitgebracht. Die Aale wurden erspäht und dann mit der Gabel hinter dem Kopf angestochen und mit Glück und geschickten Handgriffen gefangen.

Alfred war ebenfalls mit einer Gabel ausgerückt. Da die größeren Aale schon weggefangen waren, fiel sein Fangergebnis nicht so gewaltig aus. Ich selbst war daran nicht beteiligt, und es ist von mir deshalb leicht zu sagen, daß es eine grausame Fangmethode war. Ich glaube, die Jagdleidenschaft, weniger die Gier ließen kein Mitgefühl für die Qualen der Tiere aufkommen.

Mutter verhielt sich sehr reserviert. Auf unserem Speisezettel stand höchst selten Fisch, Krebse etc. Alfred bekam postwendend den Auftrag, die Aale selbst abzuledern. Meine Zurückhaltung nicht achtend, bekam auch ich einen Aal und ein spitzes Messer in die Hand gedrückt und mußte die Prozedur, wollte ich den Aal kosten, selbst vornehmen. Die ledrige Haut wurde hinter dem Kopf ringsum getrennt und dann nach hinten stulpenartig abgezogen. Schwer war es, das erste Stückchen Haut zu fassen.

Von dem Aalessen war ich gar nicht mehr so begeistert, jedenfalls habe ich nicht in Erinnerung, daß es mir gut geschmeckt hat.

Mit Nachdruck waren wir gewarnt, zur Winterzeit den zugefrorenen Kanal zu betreten. Die Warnung war sehr berechtigt, durch die Strömung waren nicht erkennbare dünne Eisstellen vorhanden. An der

Kanalbrücke war sogar eine durch die starke Strömung meist den ganzen Winter über eine offene Stelle. Die Wassertiefe war im Winter 1,5 m und mehr. Wir leisteten uns selten Mutproben, weil uns beim Betreten des Eises sehr mulmig wurde.

Zum Schlittschuhlaufen gab es ungefährliche überschwemmte Wiesen zu genüge, sie führten in der Regel sogar früher tragendes Eis.

Die ersten Schlittschuhe, die ich kennenlernte, waren holländische Schlittschuhe, ein Holzoberteil mit Riemengebinde und unten eingelassene Eisenkufen. Richtige Schlittschuhe hatten nur wenige Kinder. Ortsüblich waren sehr verbreitet: die Peekschlitten (peeken o. = abstoßen). Wir Jungens bauten sie uns selbst.

Zwei Brettstücke wurden schräg angesägt und waren die Kufen, darüber Brettchen quer angenagelt zum Draufstehen. Unten an den Kufen wurde längs ein Stück starker, glatter Draht befestigt. Als Peekstock (Peeke) nahmen wir einen selbst geschnittenen Stock, in den unten ein Nagel eingeschlagen und dann angespitzt wurde. Die "bessergestellten" Kinder hatten einen vom Handwerker gemachten Peekschlitten - wir nicht. Trotzdem hat uns das Peeken viel Spaß gemacht.

Mit etwa zehn Jahren bekam ich die ersten Schlittschuhe, ausgediente Bogenschlittschuhe von Schultes, dazu noch schlecht geschliffen. Vater hatte für solche Wünsche keine Ambitionen und Mutter zu wenig Ahnung. Alfred bekam natürlich neue mit zünftigem Hohlschliff. Später hatte ich auch richtige Schlittschuhe. Wahrscheinlich vom selbst verdientem Geld bezahlt.

Rodeln war in Kummer am Mühlenberg üblich. In Mäthus fehlten die Berge, und in Rosenhagen waren wir schon zu alt dazu.

Zu Zeiten der Schneeschmelze waren alle Gräben voll Wasser. Als Alfred und Leni Überquerungsversuche mittels eines Gestänges unternahmen, rutschte einer aus und zog den anderen mit. Plumps, da lagen beide im Wasser des Grabens. Pudelplatschnaß haben auch Versuche, die Sache zu bagatellisieren und zu verharmlosen, Mutter nicht zu täuschen vermocht. Ihre Gardinenpredigt fiel entsprechend aus.

Posener Kartoffeln in der Griesen Gegend

Die Familien Garrels und Schulte waren Pioniere des Kartoffelanbaus in der "Griesen Gegend". Das war mit einer der wesentlichen Faktoren des wirtschaftlichen Aufschwungs unserer Familie, die von der anfänglichen Mißachtung, gipfelnd im Schimpfwort "Polaken", zur Anerkennung und immer stärker werdenden Nachahmung führte.

Kummer und Göhlen waren in den wirtschaftlichen Glanzzeiten der Landwirtschaft - zu LPG-Zeiten bis zur Wende 1989/90 - die landwirtschaftliche Gegend mit den höchsten Kartoffelerträgen in der DDR.

Die wirtschaftliche Lage von Kummer-Ausbau wurde durch den Bahnhof Ludwigslust begünstigt, der etwa 6 bis 7 km von unserem Hof entfernt lag und ein wichtiger Transport- und Lieferknotenpunkt für Hamburg und Berlin wurde.

Die Menschenkonzentration in den Großstädten verlangte nach ständigen Belieferungen mit landwirtschaftlichen Produkten. Besonders für die Massen der armen Stadtbevölkerung waren Kartoffeln ein erstrangiges Lebensmittel. Die Preise waren zumeist etwas über 1 RM der Zentner. Ich habe in Erinnerung, daß in der Krisenzeit um etwa 1929 der Zentner 90 Pfennige brachte. Auch gab es zu dieser Zeit manchmal keinen Absatz.

Vater nutzte ein Sondergebot, als er Absatzschwierigkeiten hatte. Berliner Gaststätten suchten Delikatesskartoffeln. Das waren nur kleine Kartoffeln bis zu einer Sieb-Maschengröße, auch Ringgröße von bis zu 3 oder 4 cm. Diese Delikateßkartoffeln wurden geschält und nicht zerkleinert in Pfannen geschmort und als besondere Beilage serviert, so wie es auch bei uns üblich ist, solche geschmorten Kartoffeln zu Grünkohl zu reichen.

Daß meine Eltern und Nachbarn Schultes diese Nachfrage erkannten, ist kennzeichnend für ihre unternehmerische Einstellung gewesen. Der Kommerz bildete sich schnell heraus.

Die Kartoffelhändler verlangten stets bestimmte Größen. Es gab damals schon die ersten Kartoffel-Schälmaschinen, und dazu durften die Kartoffeln nicht zu groß und nicht zu klein sein und keine tiefliegenden Augen haben. Für die Großmärkte waren die Qualitätsanforderungen nicht so streng; manch einer wollte auch gern eine große Kartoffel im Topf haben.

So kam zu uns fast immer derselbe Kartoffelhändler, ich glaube, er hieß Lembke. Wer nun zuerst da war, das Huhn oder das Ei, ist in der Nachbetrachtung nicht wesentlich, jedenfalls bildete sich ein festes Geschäftsarrangement heraus. So fingen wir an, verstärkt eine Schweinemast zu betreiben; denn die aussortierten Kartoffeln sollten auch verwertet werden.

Wir Kinder mußten natürlich mithelfen. Tagelang, wochenlang immer gebückt oder auf Knien rutschend, ging es oft an die Grenzen unserer Leistungsfähigkeit. Gut in Erinnerung habe ich in den dreißiger Jahren eine bestimmte Arbeitsorganisation.

Vater hatte für das Kartoffelsammeln Frauen aus Hornkaten geworben, so bei 20 Personen. Hornkaten war ein Sandbodendorf, so richtig in der Griesen Gegend, mit fast nur "kleinen Leuten", d. h. Häuslern, Tagelöhnern, Freiarbeitern. Die Frauen verdienten sich gern etwas dazu. Sie bekamen für die Arbeit von etwa zwei Uhr nachmittags bis ca. sieben Uhr abends 3 RM. Das war damals gar nicht wenig, außerdem bekamen sie das Geld jeden Abend bar auf die Hand. Kaffee und Kuchen gab es auch noch.

Wir hatten in Vorbereitung dazu die entsprechenden Flächen gerodet. Damit von der recht weit werfenden Rodemaschine nicht Kartoffeln mit Erde zugeworfen wurden, mußte der Randstreifen in etwa 1 ½ m Breite aufgesammelt werden. Das mußte immer sehr schnell gehen, damit der Roder, noch aus Posen stammend, immer in Betrieb sein konnte. Die Pferde wurden im Viererzug angespannt. Wir hatten als Reserve auch eine leichtere Rodemaschine mit sogenannter Stockführung. Diese Art hatten auch Schultes. Unsere nahm Otto nach seiner Heirat mit nach Kummer.

Die Strecke für jeden Sammler war genau ausgemessen und gekennzeichnet. Am Nachmittag kamen dann die Frauen aus Hornkaten die so vorbereiteten Kartoffeln aufzulesen. Sie bildeten eine breite Front und sammelten, sich auf den Knien fortbewegend. Die vollen Behälter wurden durch Männer in die bereit stehenden Wagen geschüttet. Die Frauen kamen sehr gerne, weil es immer zu erzählen gab. Es wurde viel gelacht und gestaunt. Die Neugierde mußte befriedigt werden.

Da ich damals noch nicht so recht ein Sammelgefäß tragen konnte, sammelte ich an der Seite meines Vaters. Mit den Hornkater Frauen sammelte ich gerne Kartoffeln, weil die Läuschen der Frauen immer irgend etwas Interessantes brachten.

Abwechselnd mußten Alfred und ich in der Kartoffelerntezeit nachmittags auf den Wiesen hinter dem Kanal Kühe hüten und diese abends nach Hause treiben.

Ich habe das ebenso gerne gemacht. Mit meiner "Heidi" gab es immer etwas zu erleben.

Schuljahre in Kummer

1927, also mit fünf Jahren, bekam ich als Geburtstagsgeschenk- mit meinem Bruder zusammen - Tafel und Griffel.

Bruder Hermann sollte zu Ostern 1928 aus der Schule entlassen werden. Schwester Leni ging danach noch ein Jahr zur Schule. Mein Bruder Alfred kam Ostern 1927 zur Schule, mit fast sieben Jahren.

Vielleicht waren es nur von Hermann oder Leni abgelegte Utensilien, auf jeden Fall war das für mich das erste große Ereignis meines Lebens, daß ich mit meinem Bruder Alfred - und das nur in Verbindung mit den ihm erteilten Hausaufgaben - das Lesen, Schreiben und Rechnen mitlernte.

Wahrscheinlich wird meine Schwester Leni dafür Sorge getragen haben. Sie brachte mir, einem Jungen, dem es altersmäßig noch gar nicht zustand, Schulwissen bei. Das machte ihr Freude, und sie sammelte so ihre ersten pädagogischen Erfahrungen.

Ich selbst muß wohl sehr bei der Sache gewesen sein, so daß ich das Pensum leicht bewältigte. Mit Lob für mich, gewiß auch von Mutter, ist dabei nicht gespart worden, was nicht unbedingt positiv für meine weitere Entwicklung gewesen sein mag. Es hatte sich in meinem Bewußtsein, bei aller Bescheidenheit, ein gewisses Primus-Denken -

"Ich bin der Beste!" - entwickelt, was mir später die eine oder andere "Nuß" zu knacken gab, sogar auch Enttäuschung hervorbrachte.

Ich war noch nicht sechs Jahre alt, als ich Ostern 1928 zur Schule kam - noch einige Tage bis zu meinem Geburtstag am 26.4.

In Kummer war eine zweiklassige Schule. In der "Kleinen Schule" waren die Stufen 1 bis 3, in der "Großen Schule" die Stufen 4 bis 8.

In dieser Zeit waren in Kummer zwei gute Lehrer. In der großen Klasse unterrichtete Herr Lüdecke. Im Krieg hatte er sich rheumatische Gesundheitsschäden zugezogen. Er hatte eine etliche Jahre jüngere, attraktive Frau, eine Tochter und einen Sohn, ein Jahr älter als ich; wir nannten ihn "Bubi Lüdecke", sein eigentlicher Vorname: Hermann.

Lehrer Lüdecke war sehr streng, relativ musikalisch und zeichnerisch begabt. Die strebsamen Schüler haben bei ihm viel gelernt.

Einmal hatte er eine Besichtigung in der Rose-Brauerei in Grabow organisiert. Jemand von der Brauerei äußerte, daß die Besichtigung einer Brauerei doch das Niveau einer Grundschule überfordere. Für Lehrer Lüdecke war das eine Kränkung. In Auswertung der Besichtigung ließ er das Thema im Zeichenunterricht gestalten. Dabei kamen hervorragende Arbeiten heraus.

Ich erinnere mich noch gut an Lenis Zeichnung, ein qualitatives Ergebnis, das man heute dazu benutzen würde, wirksame Werbung zu machen. Für Lehrer Lüdecke mag die Vorführung der Bilder und das Staunen der Brauerei-Leute eine Genugtuung gewesen sein.

Man kann ihm nicht nachsagen, daß er Kinder nicht mochte, obwohl der Rohrstock bei ihm nicht in der Ecke stehen blieb. Einige naseweise kummersche Jungens mussten schon mit ihm Bekanntschaft machen.

Gegenüber unserer Familie war er stets hochachtungsvoll. Er hat uns wiederholt in seinem Auto mitgenommen, einem Zweisitzer Ford, hinten mit zwei aufklappbaren Notsitzen - der Platz für uns. Für uns war das ein mächtiges Erlebnis. Leider hat ihn sein Rheuma immer unbeweglicher gemacht. Er fuhr später eine 125er DKW mit anmontierten Spezial-Fußstützen. Im Krieg erfuhr ich, daß er in Ludwigslust wohne und dauernd bettlägerig sei.

Der Lehrer in der kleinen Schule war Hugo Bobzin. Durch seinen Vornamen hatte er schon ein Plus bei mir. Er kam als Junglehrer nach Kummer. Sein Handwerk hatte er gut erlernt. Er übte auf mich unmittelbaren Einfluß aus, weil er eben in den Klassenstufen 1 bis 3 mein Lehrer war.

Den Schulanfang nach Ostern 1928 habe ich mit regem Interesse, ich will nicht sagen, heißer Sehnsucht, erwartet.

Als erstes war da das Vertrautwerden mit unserem Hans, einem älteren, ruhigen, zuverlässigen Pferd. Wir würden heute sagen: ein Pferd im Vorruhestand! Ich mußte das An- und Ausspannen erlernen. Er war unser Begleiter zur Schule nach Kummer, indem er treu und brav unseren Kutschwagen zog. Er war nur schwer in Trab zu bringen, und der schnellste war er auch nicht.

In der Schule war ein Stall, in dem Hans, versorgt mit einem Bund Heu, für die Schulzeit untergestellt wurde. Die Lehrerstellen waren damals noch mit einer kleinen Landwirtschaft verbunden. In Kummer bestehend aus einem Schulacker, einigen Stallungen und einer angemessen großen Scheune. Hinzu kam noch ein Obst- und Gemüsegarten. Die Nutzung erfolgte durch den Hauptlehrer, und das war Lüdecke. Er hatte Land und die Scheune verpachtet und nutzte nur den Garten. Ich hatte ein schlechtes Gewissen, daß Hans in dem Stall reichlich Mist hinterließ und habe mich darüber gewundert, daß Lüdecke das nie beanstandete. Heute als Kleingärtner weiß ich, wie man solche Gaben zu schätzen weiß.

Aufgeregt betrat ich zum erstenmal das Klassenzimmer. Mein Bruder Alfred war mit allem vertraut und zeigte mir meinen Platz. Oder war es Lehrer Bobzin, der mir den Platz zuwies?

Plötzlich tauchte vor mir eine resolute Frau auf, schob meinen Tornister an das Ende der Bank und setzte einen Jungen, ihren Sohn, auf meinen Platz. Geschockt, sagte ich keinen Mucks. Erst später kam ich hinter den Sinn ihrer Handlung. Ihr Sohn wurde mein Klassenkamerad Ewald Lembke.

Um keinen Elternteilen nahezutreten, galt in der Schule folgender Modus: die Sitzfolge 1. Platz (bester Schüler), 2. Platz, 3. Platz beliebig zu belegen. Die Frau Lembke hatte also ihren einzigen und so geliebten Sohn auf dem 1. Platz haben wollen. Deshalb wurde ich weggedrängelt.

Bei der ersten Zeugnisausgabe wurden die Plätze einfach getauscht. Der Erste wurde der Letzte und umgekehrt. Das hatte ich inzwischen von altkundigen Schülern der 2. und 3. Klassenstufe erfahren. Nur hier die Ausnahme, obwohl ich die eindeutig besseren Zensuren hatte, blieb ich Letzter und Ewald Lembke blieb Erster. Ich hielt das für ungerecht. Erst bei der nächsten Zeugnisausgabe wurde ich Erster, den ich bis zum Schulabgang hielt.

Ergänzend noch: Wir waren in der Klassenstufe nur zwei Jungen und zwei oder drei Mädchen. Ich kann mir Bobzins Handlungsweise nur so erklären, daß er in seiner Planung die Reihenfolge schriftlich festgehalten hatte und in der weiteren Folge die neu entstandene Realität ignorierte, weil er dem Dorfklima Tribut zollen mußte, um nicht gegen sich gerichtete Meinungen zu erzeugen.

Erste Schulerlebnisse habe ich nicht vergessen. Da die erste Klassenstufe weniger Unterrichtsstunden hatte, mußte ich oft ein oder zwei Stunden auf Leni und Alfred warten. Es war mir dann erlaubt, während des weiteren Unterrichts mit den anderen Schülern im Klassenraum zu bleiben.

Wurde es mir zu langweilig oder fühlte ich mich nicht angesprochen, wurde ich unruhig und habe den Unterricht gestört. Deshalb holte mich Lehrer Bobzin aus der Bank und setzte mich auf seinen Stuhl hinter dem Lehrerpult.

Ich empfand das als Strafe und war geschockt und beleidigt, daß mir braven Schüler das passieren konnte. Auf jeden Fall bin ich mucksmäuschenstill gewesen, und dann war ich plötzlich nicht mehr da - eingeschlafen! Es war einerseits recht warm und innere Hitze hatte ich wegen der widrigen Umstände sowieso. Was Wunder! Als die Unterrichtsstunde zu Ende war, wurde ich von meinem Lehrer geweckt. Mann-oh-Mann ... habe ich mich geschämt, daß mir so etwas passieren konnte.

Wegen schlechten Wetters blieben wir oft in der Pause im Klassenraum. Der Erste aus der 3. Klassenstufe, Werner Tiedemann, bekam den Auftrag, für Ordnung zu sorgen. Wieder einmal war ich in meiner Vorwitzigkeit aufgefallen und wurde als Ruhestörer ausgemacht. Darum schrieb Werner Tiedemann meinen Namen an die Tafel.

Ich konnte nun aber schon lesen, und da ich erkannte, daß das gerade nichts Gutes für mich bedeutete, war ich flugs aus der Bank, eilte zur Tafel und löschte meinen Namen. Da ich von Werner Tiedemann nicht daran gehindert wurde, lag wohl daran, daß er selbst im Moment perplex war.

Aber sein Köpfchen muß rege gearbeitet und eine Lösung gefunden haben. Er ging zur Tafel und schrieb meinen Namen in lateinischer Schrift an. Nun hatte ich nur die deutsche Schrift vorzeitig erlernt, von lateinischer Schrift hatte ich keine Ahnung. Komisch kam mir zwar die ganze Sache vor, aber ich sah keinen Grund, dagegen etwas zu tun.

Trotzdem war ich sehr beeindruckt, als der Lehrer kam, zur Tafel guckte und mich unmittelbar zur Rechenschaft zog - wie, das weiß ich nicht mehr. Ich hoffe, daß er hinter die Sache gekommen ist und sich tüchtig eins ins Fäustchen gelacht hat.

Später zog ich es vor, in den freien Stunden Mitschüler zu begleiten. So war ich wiederholt bei Lembkes zu Hause. Ungewohnt des Mecklenburger Milieus hatte ich dort den Eindruck, daß es in der Familie sparsamer als bei uns zu Hause zuging - vielleicht lag das aber auch an Äußerlichkeiten. Ich erinnere mich, daß einmal Stampfkartoffeln mit Milch auf den Tisch kam. Ich war zum Mitessen eingeladen. Da ich so etwas in dieser Zusammenstellung zu Hause noch nie bekommen hatte, auch nichts davor und nichts dahinter, kam mir das Mittagessen sehr armselig vor.

Auch ging ich einmal mit Walter Marten nach Hause, ein Jahr älter als ich. Obwohl ich mich näherer Dinge nicht erinnere, ist mit dem Haus eine positive Schwingung verbunden. Vielleicht war die Mutter sehr freundlich zu mir. Der Frau Lembke habe ich das Umsetzen am ersten Schultag wohl nicht verzeihen können.

Immer wieder anziehend war für mich der Besuch bei Kaufmann Schmedemann. Ich begleitete meine älteren Geschwister, die Kolonialwaren einkaufen sollten.

Was gab es da alles zu sehen, was konnte man alles kaufen? Und wir Kinder bekamen Bonbons. Dazu hatte der Kaufmann vorne auf der

Theke ein Bonbonglas stehen. Würdig oder gönnerisch, doch freundlich hob der Kaufmann den Deckel des Glases, angelte einen oder mehrere Bonbons und schenkte sie dem dankbaren Kind. Die leuchtenden Kinderaugen haben ihm bestimmt zur Genüge seinen Aufwand belohnt. Das war Werbung seinerzeit, aber wirksam.

Die Freundlichkeit der Kaufleute uns Kindern gegenüber, ob Mann, ob Frau, war sehr bemerkenswert. Die Kinder von damals waren in der Mehrzahl zurückhaltend, nicht aufdringlich.

Daß die Kinder selbstverständlich Süßigkeiten bekamen, das galt für Kaufmann Schmedemann, für Kaufmann Grimmer aus Kummer und auch für die Kaufleute in Ludwigslust. Gängig waren damals die Himbeerbonbons, soviel ich weiß, der Geschmack erzeugt durch künstliches Aroma.

Über den Unterricht selbst weiß ich wenig zu sagen, sicher auch deswegen, weil ich keine Lernschwierigkeiten hatte. Besonders aufmerksam war ich im Religionsunterricht, brachte er doch Geschichten, die ich bis dahin meist nicht kannte. Auch begeisterte mich das Fach Singen.

Lehrer Bobzin begleitete mit der Geige. Das Geigenspiel beeindruckte mich. Manch kleines Liedchen ist mir aus dieser Zeit im Gedächtnis geblieben, wie: "Oh du lieber Augustin"; "Auf unserer Wiese gehet was"; "Es tanzt ein Bibabutzelmann"; Kirchenlieder u.a.

Es ist mir heute nicht mehr möglich, zu sagen, wo ich bestimmte Lieder gelernt habe; es vermischen sich ach die Lieder, die ich von Mutter oder Schwestern gelernt habe, von den Brüdern oder sogar vom Vater, von Jugendlichen aus dem Jugendbund, aus der Oberschule, aus der HJ oder beim Militär. Zu Hause - die Begleitung mit dem Harmonium oder der Gitarre oder Laute regte bald zu eigenen Versuchen an.

Einmal hätte ich mich bald blamiert, als der Lehrer eine Scherzaufgabe stellte: Zehn Spatzen sitzen auf einem Telefondraht, davon schießt ein Jäger zwei ab, wieviel sitzen dann noch auf dem Draht? Gut, daß ich die Frage nicht beantworten mußte!

Im Sport erlebte ich meine erste große Enttäuschung. Im Frühsommer wurde ein Schulsportfest veranstaltet. Es war sehr auf Wettbewerb ausgerichtet. Selbstbewußt, der Beste zu sein, trat ich den

Kurzstreckenlauf (50 m) an, und enttäuscht kam ich nur unter "ferner liefen" ans Ziel. Der Weitsprung fiel für mich auch nicht besser aus. Erträglich waren noch meine Ergebnisse in Schlagball-Weitwurf.

Sonst war ich aber körperlich fit. In vielen, vielen Ringkämpfen mit Alfred hatte ich Griffe und Kniffe erlernt, die mich jedem Gegner, auch bei Älteren, überlegen machten. Bei Alfred war ich der ewige Verlierer, was mich aber wenig beeindruckte, schließlich war er zwei Jahre älter als ich. Aber so habe ich eine außerordentliche Körperertüchtigung erhalten.

Unter den Schülern und Mitschülern fanden stets bestimmte Rangkämpfe statt, die ich meist zu meinem Gunsten entscheiden konnte. Aber ich war fair und ließ mich nie an Unterlegenen oder Schwächeren aus.

Eine Klassenstufe höher war ein Helmut Lüdke, schon einmal sitzengeblieben, Sohn eines bankrotten Molkereibesitzers. Der Vater war danach arbeitslos. Die Not muß in der Familie sehr groß gewesen sein. Der Herkunft nach war es eine gutbürgerliche Familie, die damals - in der Weltwirtschaftskrise - die totale Armut getroffen hatte. Nach einem Kräftemessen stellte ich seine Unterlegenheit fest.

Mir war das auch bewußt, daß seine Schwäche eine Folge des Hungers war.

Hier und da gaben wir von unserem Frühstück ab. Sicher hat auch ihr "hungernder" Blick nach unserem Brot gewirkt. Der Hunger spiegelte sich auch in den schulischen Leistungen wider.

Helmut Lüdke war für mich als Gegner tabu.

Das wiederum kränkte ihn, und als er merkte, daß er von mir keine schlagenden Argumente wiederbekam, fing er an, mich zu hänseln. Das wurde wohl immer schlimmer, so daß ich bei Lehrer Bobzin petzte: "Helmut Lüdke ärgert mich immer!" Er ließ mich kalt abfahren. Sicher hat er gedacht: "Warum knallst du ihm nicht eine!" Junge, war ich enttäuscht und beleidigt.

Wie der Zwist beigelegt wurde, weiß ich heute nicht mehr. Nach 1933 zog der bankrotte ehemalige Molkereibesitzer Lüdke aus Kummer nach Mäthus in das leerstehende Haus des Nachbargrundstückes, angeheirateter Besitz des Bauern Benühr aus Kummer. Sicher war die Miete niedrig, außerdem war Herr Lüdke arbeitslos.

Die Familie war immer noch sehr arm. Aber was für uns viel aktueller war - es waren Kinder da, die gleichaltrig waren. Mit ihnen haben wir schöne Zeiten mit Spielen und Erzählen verbracht. Mit Jochen Lüdke verband mich sogar eine gewisse Freundschaft. Die Lüdkes-Kinder haben des öfteren bei uns am Tisch mitgegessen. In der Familie lebte ein Kind der verstorbenen Schwester des Familienvaters. Frau Lüdke war eine ansehnliche, resolute, tatkräftige Frau. Besonders hat sich mir eingeprägt, wie sie die Haare und Köpfe, bei den Jungs meist Glatze, wusch. Zuerst wurde der Kopf mit Grüner Seife, Schmierseife, eingerieben; das mußte einige Zeit wirken. Danach wurde der Kopf gründlich gewaschen und gespült. Solche Kuren waren ein sicheres Mittel gegen Läuse.

Von der Weltwirtschaftskrise 1928, 1929, 1930 bekam ich genug mit. Die Preise für landwirtschaftliche Erzeugnisse waren sehr niedrig. Ein Ei brachte 4 bis 5 Pfennige, der Zentner Schweinefleisch 25 bis 30 Reichsmark. Für ein verkauftes Pferd bekamen wir 30 RM. Der Preis für 1 Zentner (50 kg) Kartoffeln lag unter 1 RM. Auf der anderen Seite war es so, daß man froh war, wenn man überhaupt noch etwas verkaufen konnte.

Es soll vorgekommen sein, daß Landleute mit ihren Ferkeln auf den Markt gingen und sie nicht verkauft kriegten. Man ließ sie dann einfach laufen.

Es setzt mich noch heute in Erstaunen, wie damals meine Eltern diese Zeit überstehen konnten.

Mein Vater hatte zum Viehhändler aus Picher und zum Kartoffelhändler sichere Geschäftsbeziehungen, weil er gute Qualität lieferte und die Liefertermine genau einhielt. Der gesicherte Absatz war eine Lebensfrage, ließ ihn die schwere Zeit besser überstehen, als es bei vielen Bauern und Büdnern der Fall war.

Damals empfand ich die Armut als typisches Merkmal der "Griesen Gegend", was mir schon als Kind von den Eltern so dargestellt worden war, weil sie davor nur auf gutem Boden gewirtschaftet hatten.

Auf meine Eltern muß der leichte Sandboden in Kummer immer wie ein Alptraum gewirkt haben; sie zogen immer wieder den Vergleich zu den guten Böden in Posen. Das führte allen Ernstes dazu, daß die

Eltern auswandern und sich in Brasilien oder Argentinien ansiedeln wollten. Ein Beispiel für Auswanderung gab es schon aus einem benachbarten Dorf, mir besonders im Gedächtnis, weil wir von deren Kinder Spielsachen und Bücher u.a. bekommen hatten.

Unsere Auswanderung war fast perfekt, als sie sich dann doch zerschlug, weil der Käufer des Hofes zurückgetreten war. Dadurch sind wir in Deutschland geblieben. Ein weiterer Auswanderungsversuch wurde nicht unternommen. Die Nazizeit brachte für die Landwirtschaft gesicherte Verhältnisse.

Tippelbrüder

Vor 1933 war die Arbeitslosigkeit ein Problem, das viele junge Männer, auch in unserer Bekanntschaft, beschäftigte. Unter den Knechten, im Dorf auch "Vieze" genannt, wurde darüber sehr offen und hart diskutiert.

Die wirtschaftlich Ausgestoßenen, die Penner, Dorfarmen, "Bauchladenmänner", saisonbeschäftigte Knechte und Aushilfsarbeiter, Nepper und Schnepper, Spekulanten etc. - viele kamen aus den Städten - besonders aus Hamburg -, um der Not und dem Hunger in den Städten zu entfliehen.

Die Hamburg-Berlin-Chaussee war eine beliebte Strecke für Tippelbrüder oder "Penner". Das waren meist junge Männer, die über die Landstraßen zogen, durch Betteln und Gelegenheitsarbeit ihren Unterhalt bestritten, in Heuschobern, Scheunen oder sonst wo übernachteten. Meistens waren sie in kleinen Gruppen, zwei oder drei Mann. Sie klapperten die Höfe ab und erbettelten sich das Einfachste zum Leben und sei es eine Stulle beim Bauern, ein Getränk, Feldfrüchte, ein paar Pfennige, eine Übernachtung in einer Scheune oder einem Stroh- oder Heuschober.

Diese Wandervögel hatten nichts gemein mit der "Wanderburschen-Herrlichkeit", wo "freigesprochene" Jung-Gesellen aus Handwerk und Gewerbe ihre beruflichen Kenntnisse und Erfahrungen festigten und erweiterten und außerdem Land und Leute kennenlernen wollten.

Die meisten scheuten sich auch nicht vor einer kleinen Arbeit. Etwas gab es immer dafür.

Es waren im ganzen recht aufgeweckte Menschen, die auch etwas zu erzählen wussten und sogar zu Spaß oder Humor aufgelegt waren. Für uns auf dem Lande war hier oft eine Quelle für Neuigkeiten, für neues Wissen und Erfahrungen. Und die Abende und Sonntage wurden durch sie interessant. So hinterließ bei mir ein kräftiger junger Mann tiefen Eindruck, der sich mit dem nackten Rücken in Glasscherben legte und sich auf seine nackte und sehr behaarte Brust einen großen, schweren Stein von zwei starken Männern legen ließ.

Wir Kinder hatten stets vor diesen Tippelbrüdern eine gewisse Angst. Es wurden über sie viele Gräuelgeschichten erzählt. In den Kummerschen Gemeindewiesen war gerade zu jener Zeit, nicht weit ab von unserem Zuhause ein Wanderbursche, der eine Geige bei sich hatte, ermordet worden. Für Aufregung sorgte ebenfalls eine andere Gräuelgeschichte, die zwar nichts mit den Tippelbrüdern zu tun hatte, jedoch dazu angetan war, daß unsere Eltern sich Sorgen machten. Ein Uhrmacher mit Namen Seefeld, der in Ludwigslust - zur Jahrmarktszeit -, in Buchholz und anderorts Jungen im Alter von etwa vierzehn Jahren ermordet hatte. In den Zeitungen wurde davon berichtet und vor ihm gewarnt. Der Uhrmacher Seefeld wurde später gefaßt und in einem spektakulären Prozeß zum Tode verurteilt. Vor der Vollstreckung wurde er noch entmannt.

Die Fahrt zur Schule nach Kummer wurde für uns zum Abenteuer. Wenn wir Tippelbrüder überholen mußten, wollten sie natürlich gern ein Stückchen mitfahren. Aber sie kamen uns nie zu nahe.

Einmal nahm mich Leni auf dem Fahrrad mit nach Hause. Es war ein Damenfahrrad ohne Gepäckträger. Ich saß rücklings auf der Lenkstange und hielt mich an Lenis Schultern fest. Wir fuhren den "Grafschen Berg" hinunter und sahen an dem vor uns liegenden Waldrand einen nackten Mann hin und her spazieren. Als er uns kommen sah, ging er in den Wald. Er war keine 50 m von uns entfernt, als Leni und ich mit gesteigertem Tempo vorbeifuhren. Haben wir Bange gehabt. Leni bestimmt noch mehr als ich.

Ich war wohl in der dritten Klasse, als sich unser Lehrer Bobzin auf Freiers Füßen befand. Es hatte ihm die einzige Tochter des Gast- und Landwirts Graf angetan. Bald zog er auch dahin in Logis.

Mir ist als Bild haften geblieben, wie er, mit Effet den Handstock schwingend, den Weg zur Schule und zurück meisterte. Irgendwie Eindruck hinterlassend, sind mir Handstöcke nicht der Makel eines Behinderten, sondern das Zeichen eines Kavaliers. Handstöcke waren damals Mode, einerseits Rudimente des Degens, zum anderen in der damals nicht ganz sicheren Zeit eine gewisse Waffe. In den Katalogen - gewisse Ähnlichkeit mit den heutigen Versandhaus-katalogen -, z.B. Deutschland-Katalog, Strickerkatalog u.a., waren Handstöcke mit eingebautem Dolch oder eingebauter Pistole im Angebot. Die Kataloge habe ich mir damals als Kind schicken lassen.

Unser Bruder Otto nahm damals wiederholt einen kleinen Trommel-revolver mit, besonders wenn er im Dunkeln unterwegs war. Einmal wurde er von einem Lastzug überholt, ein zweiter dahinter. Der erste Laster hielt vor ihm, der zweite hinter ihm, und die Fahrer stiegen aus. Wollten sie Otto die Lederjacke ausziehen? Otto verdrückte sich seitlich in den Wald und gab einen Warnschuß ab. Darauf stiegen die Fahrer wieder ein und fuhren weiter.

Zu Weihnachten führte die "kleine Schule" ein Märchen auf. Ich sollte und wollte mitspielen, aber es wurde nichts daraus, weil ich abends nicht allein ins Dorf fahren durfte. Leni wird wohl zu Hause etwas gesagt haben, und dann hat Mutter absagen lassen. Etwas traurig war ich schon. Für meine Entwicklung wäre die Teilnahme an der Aufführung bestimmt förderlich gewesen.

Da unser Hof etwa 700 bis 900 m von der Hauptchaussee entfernt lag, fanden sich oft Gesellen ein, von Wetter und Sturm gebeutelt oder von sonnigem Hoch getragen, mehr oder weniger in Lumpen oder noch adretten Loden. Sie gingen meist zu unserer Mutter, die ja Herd und Heimstätte innehatte und nicht mit aufs Feld ging. Sie beherrschte die Szene sehr wohl, auch wenn der andere Part zumeist männlich und womöglich auch in der Mehrzahl war. Sie verstand es, diese Leute anzusprechen und deren Persönlichkeit zu respektieren. Ihre Bitte nach einer Stulle und etwas zu trinken wurde stets erfüllt.

Andere Wege gingen die Gedanken nicht, den Armen wurde eben geholfen.

Manches Mal waren darunter auch "lustige Häuser", die mit einem Jauchzer oder einem frischen Lied ihren Dank abstatteten. Manche blieben auch zu Gast. Viele suchten bei den Bauern Quartier und auch Arbeit. Es waren alle recht aufgeweckte Burschen, die viel zu erzählen hatten, ideenreich waren und vor allem andere Ansichten und Anschauungen mitbrachten. Sie bekamen im Monat 30 RM bei freier Station, d.h. mit Essen und Unterkunft.

Zu Anfang der Nazizeit kamen aus Hamburg und den Städten des Ruhrgebietes sogenannte Landhelfer. Sie bekamen pro Monat 15 RM. Sicher wollte die Regierung die jungen Leute den proletarischen Einflüssen und auch der städtischen Not entziehen.

In jenen Jahren tauchte zur Hackfruchternte mehrere Jahre hintereinander ein Schweizer auf, mit Namen Ernst Schärer. Er war wegen einer jugendlichen Dummheit in der Schweizer Armee fahnenflüchtig geworden und konnte nicht zurück in seine Heimat. Der junge Mann war sehr intelligent, konnte hervorragend zeichnen und gut singen. Er hatte an uns gute Zuhörer und Zuschauer und war für Schwester Elisabeth der heimliche Schwarm.

Auch ein Emil - bei Schultes in Dienst - gefiel uns sehr gut. Er konnte richtig Spaß machen. Später wußten wir, daß davon vieles gekünstelt, vieles Mache war. Er war mit dem Jugendstrafgesetz in Konflikt geraten, was wir nicht wußten. Emil war der Sohn einer Cousine aus Westfalen. So etwas arrangierte Tante Alma schon mal, das paßte zu ihr. Außerdem wollte der junge Mann auch einige landwirtschaftliche Kenntnisse erwerben. Etwa 1934 ging er nach Argentinien. Er soll dort auch geheiratet haben. Nach dem Kriege haben wir von ihm nichts mehr gehört.

Durch unsere Wohnlage hatten wir wenig Kontakte und Kommunikation zur dörflichen Gemeinschaft. Das bedeutete aber nicht, daß wir uns im Ausbau gelangweilt hätten, nichts mit uns anzufangen wußten. Die jungen Männer und Jungs fanden sich abends und an Sonn- und Feiertagen fast immer zu Gruppen zusammen. Ich als jüngster Knirps hatte dabei weiter nichts zu melden. Um so aufmerksamer war ich und hatte meine Augen und Ohren überall, damit ich auch alles mitbekam.

Die junge Damenwelt hielt sich stets fern von uns. Das war damals halt so Sitte!

Wenn wir uns am Abend zusammenfanden, waren auch immer aufgeweckte Männer darunter, die etwas zu erzählen wußten und sogar zu Spaß oder Humor aufgelegt waren. Wort und Tat waren auch immer dicht beieinander. Jeder war bemüht, sich herauszustellen, sich wichtig zu machen. So wurde Rede und Gegenrede geschwungen, die Kräfte gemessen bei Ringen, Springen, Steinestoßen, Werfen u.a. Wenn es auch heiß zuging, nie hatte ich festgestellt, daß Böswilligkeit oder Feindschaft im Spiel waren. Natürlich wurde getäuscht und gemogelt, besonders dann, wenn Kunststücke vorgeführt werden sollten. Aber das gab dem gemeinsamen Erleben auch eine sensationelle Spannung. Einmal beeindruckte mich ein Landarbeiter. Er hatte Flaschen zerschlagen und legte sich mit dem nackten Rücken auf die Scherben und bekam noch einen schweren Stein auf die Brust gelegt. Trotz heimlichen Schauderns, besonders da auch Blut zu sehen war, hat jeder den Augenblick genossen und seinen Geist bestimmt intensiv strapaziert, was er wohl bei nächster Gelegenheit als Attraktion bieten könne.

Die Hamburg-Berliner Chaussee war auch eine sehr belegte Zigeuner-Route. Die Zigeuner hatten an der Straße ihre festen Rast- und Übernachtungsorte. So war auch ein Wäldchen an der Einmündung zum Warlower Weg ihre Kampierstätte. Ihr eifriges Treiben betrachten wir mit interessierter Neugier, aber auch mit leichtem Schauer auf den Rücken. Wir wurden aber nie, obwohl Kinder und mit dem Fahrrad, belästigt.

Die Zigeunerinnen fanden oft den Weg zu unserem Zuhause. Sie kamen zumeist vormittags, wenn nur die Hausfrau anwesend war. Nach vorn, also zur Straße hin, war das Haus immer verschlossen. Die Zigeunerinnen kamen oft unvermutet, meist zu dritt; ein oder zwei von ihnen legten sofort die Hausfrau in Beschlag, wollten aus der Hand lesen oder anderweitig die Zukunft voraussagen.

Das war die "richtige Masche" für die gläubige Frau Garrels, da konnten auch die Zigeunerinnen keinen Blumentopf gewinnen. Trotzdem gab meine Mutter immer ein paar Groschen oder was anderes. Die "Dritte im Bunde" tauchte in der Regel erst später auf, nachdem sie bestimmt Hof und Stall inspiziert hatte. Hier und da sind ein paar Eier mitgegangen, ein Huhn nur ganz selten. Die Katzen hatten längst die Flucht ergriffen. Mir ist nicht bewußt, daß Zigeuner bei uns etwas Wertvolles gestohlen hätten. Ihnen waren auch die Hofhunde, die bei ihrem Auftauchen sofort rebellisch wurden, unsympathisch.

Mehr oder weniger hatten sie ihre geduldeten Lagerplätze. Es kam selten vor, daß sie wegen eines anderen Ortes oder Unregelmäßigkeiten vom Platz verwiesen wurden. Mit der Polizei hatten sie nicht gerne zu tun. Sie waren seinerzeit ein geduldetes Wandervolk, deren Freiheit und Freizügigkeit mehr Bewunderung als Abneigung fand.

Nach dem Umzug nach Rosenhagen habe ich bis zu den 50er Jahren keine Zigeuner mehr gesehen. Viele haben einen schrecklichen und tödlichen Leidensweg in die KZ gehen müssen.

Nach 1933 sahen wir keine Penner mehr auf der Hamburg-Berliner-Chausee.

Regelmäßig kam auch der Schornsteinfeger. Sein rußiger Drahtesel, behangen mit Seil und Schornsteinbesen, aus Draht und aus Strauch, einer Eisenkugel, die die Besen im Schornstein nach unten zog, mit rußiger Hose, die an den Knien und am Hosenbodenteil schwarzglänzend gescheuert war, mit einer zweiten geschulterten rußigen Leine und einem krummen Eisen, eine Art Schornsteinkratzer, der auf die Schulter gelegt wurde; auf dem Kopf ein Klappzylinder, mecklenburgisch auf platt: Chapeau de Klapp. Darunter befand sich - zu sehen, wenn der Zylinder abgenommen wurde - eine schwarze, randlose Kappe. In dem Zylinder, der vor dem Fegen elegant auf dem Tisch abgestellt wurde, lugten zwei, drei, vier Eier hervor. Nach getaner Arbeit und Bezahlung der feststehenden Gebühren erhielt der Schornsteinfeger, meist ein Geselle, anerkennend eine Handvoll Eier. Er war vorher ja auch deutlich genug gewesen! Die Eier tat er mit würdiger Geste in seinen Zylinderhut und stülpte diesen mit geschickter Zeremonie auf sein Haupt - und zog mit Gruß und den besten Wünschen davon. An der nächsten Ecke hat er, wie ich annehme, die überzähligen Eier an sicherer Stelle verstaut, die notwendigen Renommier-Eier blieben drin. Waren es vielleicht sogar Porzellaneier, um Rührei zu vermeiden?

Ich bekam schon mit, daß die Bauern in dieser Zeit auch ihre Schwierigkeiten hatten. Zwar waren die Bauern in der Griesen Gegend allgemein sehr sparsam und nicht so protzig wie oft die auf besseren Böden. Aber Not herrschte überall. So benutzte mich der Lehrer Lüdecke oft als Dienstboten, und ich mußte ich Milch vom Bauern Witt holen. Die Leute waren sehr wohl freundlich, aber das Wohn-Stall-Gebäude war so von großen Kastanien überragt, daß der Flur und die anschließenden Gemächer dunkel und kalt waren. Mir war der düstere Eindruck unangenehm, sogar abweisend.

Oder der Herr Base, der die Milch von Mäthus nach Kummer brachte. Er war entweder Häusler oder landloser Hausbesitzer und arbeitslos. Er hatte sich einen zweirädrigen Karren, mit Fahrrädern, gebaut, und als Zugtiere nutzte er zwei Hunde. Wir Kinder waren von einem solchen Gefährt durchaus beeindruckt. Wenige Zeit später hatte er einen leichten Plattenwagen und ein leichtes Pferd davor. So und ähnlich hat sich so mancher in dieser Zeit durchgeschlagen.

Arbeitslose junge Männer wußte ich genug. Schwer hatten es alleinstehende Frauen, ledig, verlassen, Kriegerwitwe, sehr oft mit einem Kind und manchmal auch mehr. Der Sohn einer Frau von Schimkowski ging mit uns zur Schule, sie ohne Mann, sehr, sehr arm, als Untermieterin bei einem Häusler oder Arbeiter. Was nützte da ein Adelstitel?

PS zwischen Berlin-Hamburg

Wir waren Enthusiasten des motorisierten Verkehrs auf der Magistrale Hamburg-Berlin. Es war schon damals ein reger Verkehr von großen und schnellen Lastern: Büssing und MAN die bekanntesten Marken.

Die Marken der Autos und Motorräder studierten wir in den Auto-Zeitschriften. Walter Schulte hatte sie uns, als die Familie von Mäthus wegzog, stapelweise überlassen. Angeregt dadurch, haben wir uns Kataloge, die es umsonst gab, bestellt: Stuckenbrock, Deutschland-Katalog, Stricker ...

Die ersten Autos im Dorf besaßen der Schmied Dabelstein und der Tischler und Glaser Meierhof. Letzterer hatte ein Hanomag-Auto. Als vorsintflutliche Konstruktion mag er Pate bei der Konstruktion des VW-Käfer gestanden haben. Auto konnte man dazu kaum sagen. Obwohl man damals bestimmt keine Ahnung von Stromlinienform hatte, war sein Profil wie von einem Kreis abgeschnitten. Die Bogenlinie oben war nur durch eine Art Windschutzscheibe unterbrochen. Dahinter der Einstieg. Richtige Autotüren hatte er nicht. Etwa 2 m lang, Zweisitzer, Heckmotor und m.W. Ketten oder Riemenantrieb. Obwohl nur ein kleiner 4-Takt-Motor, arbeitete der laut "wie ein Trecker". In Gang gebracht wurde das Ding mit einer Handkurbel. Die hintere Spur war schmaler als die vordere.

Ein richtiges Auto besaß damals schon der Ziegeleibesitzer, einen größeren, offenen Wagen, ich würde heute sagen, einen Amerikaner, etwa Chevrolet, ein Reservereifen außen auf dem Trittbrett an der Karosserie angeschnallt, Gangschaltung und auch Bremshebel ebenfalls außen.

So ein Wunder muß man doch gesehen haben! Was sind wir gerannt, wenn wir das Ding von weitem kommen hörten, und wir haben oft Stunden ausgeharrt, bis das Ding endlich zurückkam.

Die Ziegelei hatte ein Lastauto mit Vollgummireifen.

Schon damals haben wir Verkehrsunfälle auf der Hamburg-Berlin-Chaussee gesehen. Die aufkommende Motorisierung hat unter den jungen Menschen auch schon damals Opfer gekostet. Oft waren daran Pferdefuhrwerke beteiligt. Als ich 1936 mit Blinddarm im „Stift Bethlehem" in Ludwigslust lag, kam ins Zimmer ein verunglückter Hamburger Junge, ein bis zwei Jahre jünger als ich. Wir anderen wurden heimlich von der Schwester gebeten, nichts über den Unfall zu erzählen. Der Onkel war mit einem Motorrad mit Beiwagen zu dritt von Hamburg gekommen und bei Krenzlin mit einem auf die Hauptstraße einfahrenden Pferdefuhrwerk zusammengestoßen. Es war möglich, daß die Pferde durchgegangen waren. Der Onkel des Jungen war dabei tödlich verunglückt. Ein andermal lag ein "Spanier" mit einem Buik-Coupe auf dem Kopf im Straßengraben.

Als Lehrer Bobzin umzog, bat er uns, seine Sachen aus der Unterkunft im Schulgebäude mitzunehmen zu seinem neuen Logis. Zwei- oder dreimal konnten wir mit unserem Kutschwagen behilflich sein. Das war für Alfred und mich eine Selbstverständlichkeit. Als er dann als Dank jedem von uns eine Tafel Schokolade schenkte, empfand ich das als unnötig und war sehr beschämt. So anspruchslos waren wir Kinder damals. Angenommen haben wir aber trotzdem, und die Schokolade hat uns sehr gut geschmeckt. Ich habe Lehrer Bobzin sehr geschätzt. Er fuhr dann nach der Heirat bald ein Auto, einen Adler Trumpf-Junior mit Frontantrieb. Lehrer Bobzin hatte eine Tochter. Leider ist er gefallen.

Hin und wieder verirrten sich doch ein Händler oder andere mit ihren Fahrzeugen zu uns. Manchmal waren das auch alte Schrottkisten, z.B. ein "Heringsbändiger" oder der Lumpenhändler hatten auch nicht soviel Geld, um sich eine Nobelkarosse halten zu können.

Motorräder faszinierten uns noch mehr. Das beste Motorrad und Traum und Wunsch aller Liebhaber (Ich mag nicht Fans sagen!) war die 500er und 750er BMW. An weiteren Marken DKW, NSU, Zündapp, eine 1200er Harley-Davidson. Einen Opa der Motorräder konnten wir auch direkt in Augenschein nehmen, ein "Stock"-Motorrad mit Keilriemenantrieb.

Wohl als einer der ersten im Dorf bekam unser Otto kurz vor 1930 ein Motorrad. Zündap, 200 ccm, 2-Takter mit Magnetzündung; ohne elektrisches Licht, mit Ballonhorn-Tute, Handschaltung und dem Kennzeichen MI 9059. In der ersten Zeit hatte Otto eine Karbidlampe mit Auf- und Abblendung angebracht, ermöglicht durch Hebung und Senkung des Lampenspiegels per Hebel und Bowdenzug. Später hatte er elektrisches Licht mit Batteriebetrieb. Auf dem Sozius mitzufahren, das war für uns schon der Himmel auf Erden. Unheimlich stolz waren wir, wenn er Alfred und mich, hinten zu zweit auf dem Sozius, zur Schule nach Kummer fuhr oder uns abholte.

Als nächstes bekam Otto Dahl ein 200 ccm D-Rad (Bekannter war das 500 ccm D-Rad, ein unverwüstliches Gefährt.). Walter Schulte bekam eine 500er NSU, gebraucht, aber in sehr gutem Zustand. Sie lief noch 1945, wurde dann aber von Russen geklaut, Ottos Zündapp übrigens auch. Bis 200 ccm waren die Motorräder steuer- und führerscheinfrei.

Der Bauer Benühr hielt ab Frühjahr den Weideauftrieb in Mäthus auf dem Reimerschen Hof. Zum Milchtransport hatten die Jungs eine 200er RMW, ein ganz robustes Motorrad. Zwei Kannen wurden mit Hilfe eines Gestells hinter dem Fahrer befestigt. Die Maschine hat jahrelang diese Tortur ausgehalten, reichlich verdreckt, selten einmal mit Wasser gewaschen.

Die motorisierten Fahrzeuge wurden immer besser und schneller. So bekamen Rudolf und Walter Düscher von der Ziegelei je eine 750er BMW mit Kardanantrieb. Bei einer Schlägerei in Kummer hat einer von ihnen die Polizei holen wollen und hat die Kurve hinter den Chausseehaus mit 120 km/h genommen; sein Sozius habe richtig das Zittern bekommen. Tragisch endete der Motorraderwerb des Büdnersohnes Otto Wiedow; er fuhr mit seiner neuen 200er BMW gegen einen Baum.

Meine erste Fahrschule habe ich schon damals gemacht, habe auf dem Motorrad gesessen und tüchtig geübt. Ob Otto das gemerkt hat? (Bei meinen Sohn Manfred habe ich es bei unserem ersten Trabant bemerkt, aber in keiner Weise geschimpft, nur registriert.) Alfred - zwei Jahre älter als ich - durfte sogar schon allein fahren.

Heimlich, still und leise haben wir uns wiederholt in die Autos geschlichen und Autofahren geübt. Vereinzelt gelang es sogar, mit Hilfe des Anlassers einen Meter zu fahren. Aber an die Autos von Lehrer Lüdecke und Glaser Meyerhof haben wir uns nicht herangetraut. Aber hinter Motorräder waren wir noch mehr hinterher. Die abgestellten Motorräder haben wir gelegentlich zu einer kleinen Spritztour mißbraucht.

Bei einem solchen Frühjahrsstreifzug zum Kanal und zu den Kanalwiesen entzündete sich ein Gras-Gestrüpp. Die Frühjahrstrockenheit ließ das Feuer sich schnell ausbreiten, so daß alles Bemühen, es mit Sträuchern auszuschlagen, mißlangen. Machtlos mußten die Alleskönner zusehen, wie die Fläche abbrannte. Für irgendwelche Folgen brauchte keiner einzustehen. So beachtenswert war das Ereignis nicht.

Wenn so etwas heute passieren würde, würde die Feuerwehr mit Tatütata angerast kommen, und in der Tagespresse wäre das in großer Aufmachung erschienen. Für uns Kleine war das alles natürlich sensationell.

Das Gymnasium

Meine Mutter wollte, daß wir mit den Kindern der Familie Schulte gleichziehen.

Erich Schulte, der schon studierte, und Tochter Maria, die sich Maria-Luisa nannte, weil Doppelnamen damals sehr aktuell waren, mit Bindestrich bitte, das war wichtig, hatten das Realgymnasium in Ludwigslust besucht. Mein Bruder Alfred und ich sollten auch auf das Gymnasium.

Zu Ostern 1931 war ich acht Jahre alt und meine drei Jahre während Schulzeit in der Kleinen Schule in Kummer zu Ende. Alfred war fast elf Jahre alt und hatte vier Jahre die Volksschule besucht.

Später wurde mir gesagt, daß ich eigentlich Schlachter oder Bäcker hätte werden sollen, aber da das Geld für einen Handwerksbetrieb fehlte, war die höhere Schulbildung eine preiswertere Angelegenheit.

Da es nun umständlich war, in Kummer weiter zur Schule zu gehen, sollte ich aufs Gymnasium.

Es gab die Möglichkeit für "begabte Schüler", daß sie mit drei Jahren Grundschule aufgenommen werden konnten.

Damals war ich mir meiner Situation überhaupt nicht bewußt; Alfred ging zum Gymnasium, also ging ich eben mit. Ich erinnere mich an Teile der Aufnahmeprüfung, die jeder Bewerber absolvieren mußte: Lesen, Diktat schreiben, schriftliches Rechnen, Einmaleins. Weitere Einzelheiten sind mir nicht mehr bewußt.

Ich beherrschte beispielsweise die Division nicht, weil die in der Volksschule erst in der vierten Klasse behandelt wurde. Da das Dividieren aber Bestandteil der Aufnahmeprüfung war, so mußte ich es noch schnell erlernen.

Schwester Leni erhielt dazu den Auftrag. Mir persönlich wurde im Schnellverfahren das Teilen beigebracht, und zwar in einer Güte, die bis zum heutigen Tag allen Erfordernissen standgehalten hat. So ist zu verzeichnen, daß ich in meinem privaten und beruflichen Leben diese Rechenart tausendfach zu benutzen hatte, sie aber nie in der Schule erlernt habe. Leni hat uns bestimmt auf Kopfrechnen, Diktat und Lesen getrimmt.

Der Grundstein für eine persönliche Eigenschaft wurde hier gelegt, nämlich ich habe mein Leben lang alle möglichen Seiten des Lebens rechnerisch durchdrungen, vor und zurück durchtrainiert. Das Spiel mit den Zahlen ist mir regelrecht zum Hobby geworden.

Als meine Mutter vernahm, daß wir die Prüfung beide "bestanden" hatten, war sie sehr erlöst. Hinterher ging es in ein Hutgeschäft, und Mutter spendierte uns neue Sextanermützen, eine schwarze Schirmmütze, umspannt mit einer Gold- und einer Silberlitze. Wir haben uns dann mit unserer Schülermütze stolz allen Bürgern als Sextaner kundgetan.

Die Klassen des Realgymnasiums waren: Sexta, Quinta, Quarta, Untertertia, Obertertia, Untersekunda. Nach Abschluß dieser Klasse war das Einjährige, später mittlere Reife genannt, erreicht. Dann kam die Obersekunda, Unterprima, Oberprima.

Für Quinta und Quarta gab es blaue, für Tertia grüne, für Sekunda rote und für Prima weiße Mützen, für die obere Stufe mit einem besonderen Kennzeichen, so z.B. einer sogenannten Raupe versehen. Als wir in die Quarta kamen, gab es keine neuen Mützen, nur die Bänder wurden geändert.

1933/34 trug ich noch meine Quartanermütze. Dann aber wurden die Schülermützen von den Nationalsozialisten verpönt, und kaum einer trug noch Schülermützen.

Unsern Eltern war das durchaus recht, brauchten sie nicht mehr jedes Jahr eine neue Mütze zu kaufen.

Ich muß sagen, daß es für meine Entwicklung nicht unbedingt günstig war, daß ich zu jung ins Gymnasium eingeschult wurde. Ich war in den ersten Schultagen noch acht Jahre alt.

Wenn ich auch das Schulpensum erfolgreich absolvieren konnte, so fehlte mir doch die geistige und auch die körperliche Reife. In meiner

Klasse waren bis auf noch einem "Dreijährigen" Schüler mit vier Jahren Grundschule, einige wenige sogar mit fünf Jahren. Die meisten von ihnen kamen aus der Stadtschule, hatten also von 1 – 4 Einzelklassen, nicht so wie wir, mehrere Klassenstufen in einer Klasse. Die Lern- und Lehrsituation war also dort viel besser gewesen. Viele Schüler wurden auch bei ihren Hausaufgaben und beim Lernen betreut. Die Mütter arbeiteten nicht und konnten sich voll ihren Kindern widmen.

Ich selbst war nun der Jüngste in der Klasse und der Zweitkleinste. Der Drittkleinste war auch ein Dreiklassiger, Günter Trechow, Gärtnersohn aus Neustadt-Glewe. Als körperlich am wenigsten entwickelt, wurde im Sport von mir verlangt, daß ich mithalte. Im Sommer war Sport stets auf dem Techentiner Sportplatz, über ein Kilometer von der Schule entfernt. Der Sportunterricht begann mit Antreten, Melden und Umziehen im Umkleideraum (zwei, drei, vier Minuten), wieder Antreten, dann überspringen des Schulzaunes und im Dauerlauf zum Sportplatz. Das Tempo bestimmten dabei die Vorderen, die Großen.

Für mich war das keine Erwärmung mehr, sondern ein "Heißlaufen mit letzter Puste". In der ersten Zeit bin ich hinterher gelaufen, Gott sei Dank nicht allein, Günter Trechow war auch kein Sport-As.

Ich war damals innerlich sehr erstaunt, daß mich der Sportlehrer nie gerügt oder angetrieben hat. Er hat wahrscheinlich die Situation überblickt und Verständnis gehabt.

Das Schulgeld betrug damals pro Schüler und Monat 18 RM. Im ganzen waren die finanziellen Aufwendungen für die Schule nicht so groß. Es wurde dabei, wo nur möglich, gespart. Ich hatte als der bessere Schüler fast immer eine Freistelle. Das bedeutete: Für mich brauchte kein Schulgeld bezahlt zu werden.

Daß unser Schulgebäude und -hof in bester Ordnung und Sauberkeit glänzte, war der Verdienst unseres Hausmeisters Jahnke. Er mochte uns Kinder und half, wo er konnte. Als zusätzliche Aufgabe besorgte er den Milch- und Kakaoverkauf ... in der großen Pause im Schulkeller. Die Schüler machten hiervon regen Gebrauch. Selbst unsere Eltern gewährten das notwendige Geld dafür. M.W. kostete eine ¼-Liter-Flasche Milch acht, Kakao zehn Pfennige. Die Lehrer nutzen auch die Gelegenheit, bekamen ihre Milch ins Lehrerzimmer gebracht.

Selten gab es für uns neue Schulbücher. Wir kannten schon die Schüler aus den höheren Klassen, die ihre Schulbücher aus finanziellen Gründen weiterverkauften. Der gehandelte Preis war in Interessentenkreisen durchaus bekannt, für beide Seiten lohnend. Außerdem gab es in der Schule einen Schulbuchverleih. Diese Bücher waren allerdings oft sehr abgenutzt, auch mußten sie zurückgegeben werden. Ich habe noch heute einige ausgediente Schulbücher, die ich immer noch schätze.

Leider wurden die Kinder „niederer" Herkunft, besonders aus ländlichem Milieu bei einigen Lehrern abgewertet. Was will der Bauer auf der Oberschule? „Bauer" war damals sogar ein gängiges Schimpfwort und gleichgemünzt mit "dumm und schlechtem Benehmen". Auch einige wenige Mitschüler mögen so gedacht haben. Für den Weiterbesuch der Oberschule galt nur: Wirst du versetzt oder bleibst du sitzen! Wer zweimal sitzen blieb, mußte die Schule verlassen. Daß solche Schüler durch die Lehrer Unterstützung erfuhren, so wie ich es als Lehrer praktiziert habe, das gab es damals nicht. Zumeist waren das ja auch solche Schüler, die schon von zu Hause aus keine Betreuung erfuhren, weil die Angehörigen keine Zeit hatten. Es gab die Möglichkeit, Nachhilfestunden zu nehmen, z.B. bei einem Schüler der höheren Klassen. Das kostete aber Geld! Wieviel? Vielleicht zwei oder drei Reichsmark die Stunde.

Den Unterrichtsstoff mitzubekommen war für mich mitunter kompliziert, wurde ich mit Inhalten konfrontiert, die auf der vierten Klasse aufbauten, von denen ich manchmal nicht den blassesten Schimmer hatte. Ich kann mich erinnern, daß wir in den ersten Tagen in Mathematik die römischen Zahlen durchnahmen, im Eilverfahren. Das waren Grundlagen für Gliederungen und den Lateinunterricht. Ich begreife heute noch nicht, wie ich überhaupt die römischen Zahlen intus bekommen habe.

Für viele Schüler und Absolventen sind die römischen Zahlen böhmische Wälder geblieben, bei IIXX ging es bei den meisten schon los! Ein Buch mit sieben Siegeln, wie ich oft festgestellt habe. Allerdings muß ich gestehen, daß in unserem Unterricht der Gebrauch römischer Zahlen ständig gehandhabt wurde, auch wenn es seltener in die höheren Zahlenregionen ging. Ich muß damals wohl, für mich wenig bewußt, die Anforderungen erfüllt haben. Zugegeben, zwar nicht immer mit guten Zensuren, aber immer noch die Norm erfüllend.

Ich kann sagen, daß ich mit kaum einem Lehrer in Konflikt geraten bin. Bei vielen war es üblich, die Schüler zu schlagen und durch Angst ihre Position zu statuieren. So schlug der Lateinlehrer regelmäßig. Sogar Mädchen. Eine Schülerin namens Albrecht aus Gören bei Ludwigslust ging in den ersten Tagen deswegen von der Schule ab. Aus Kummer ging auch gleich zu Anfang Rudi Krumm, ein Schüler mit fünf Jahren Grundschule, von der Schule ab, weil er von einem Lehrer Hillmann geschlagen worden war. Er ging dann zur Mittelschule und kam dort gut zurecht.

Unser Zeichenlehrer Kolb war ein niederträchtiger Schläger. Teils betrieb er Kumpanei mit bestimmten Schülern, z.B. mit Papierhelm und Zeichenschiene als Holzschwert und viel Tamtam durch den Zeichensaal; andererseits aber, wenn ihm jemand "nicht paßte", gab es Prügel. Dabei deutete er eine Backpfeife von links an, und wenn der Schüler dann seinen Kopf nach rechts wegzog, schlug er von rechts zu.

Anfang 1936 hatte ich ein nachhaltig negatives Erlebnis mit ihm. Zum Thema "Winter-Olympiade 1936" hatte sich ein Schüler in Skiabfahrtsposition auf einen Tisch gestellt, und wir mußten eine Skizze anfertigen. Nach ihr mußten wir einen Linolschnitt anfertigen. Ich konnte recht gut zeichnen, und auch der Linolschnitt gelang mir. Als ich Lehrer Kolb den Abdruck vorzeigte, fragte er sofort: "Wo hast du das abgepaust?"

Meine Antwort: "Ich habe das nicht abgepaust."

Sogleich bekam ich eine deftige Backpfeife. Er stellte diese Frage wiederholt und schlug mir bei meiner Verneinung jedesmal kräftig ins Gesicht.

Nachdem ich die Skizze gezeigt hatte, beorderte er mich an die Tafel, und ich mußte unter Tränen und im aufgelösten Zustand den Skiläufer auf die Wandtafel zeichnen. Trotz allem konnte ich die Läuferfigur wie auf dem Linolschnitt entsprechend gut nachzeichnen.

Als er merkte, daß ich nicht "geklaut" hatte - sein Jargon - er hätte mich totschlagen können, ich wäre nie von meinem Standpunkt abgewichen -, sagte er nur: "Geh auf deinen Platz!"

Kein Wort der Entschuldigung oder Bestätigung. Wenn er das getan hätte, würde mein Jungenherz ihm das verziehen haben.

Von diesem Zeitpunkt an habe ich den Zeichenunterricht, dem ich bis dahin sehr eifrig folgte, nicht mehr ernst genommen und, wenn möglich, viel Quatsch gemacht.

Ein Abdruck von dem Linolschnitt wurde Wochen später im Schaufenster der Buchhandlung „Brix" ausgestellt. Vielleicht wollte Lehrer Kolb sein Unrecht auf diese Weise wiedergutmachen.

Mathematik und Sprachen bewältigte ich befriedigend, in Deutsch war ich z.T. überfordert. So wurde in einem Diktat gefordert, "zum Beispiel" abzukürzen. Ich schrieb natürlich "z.b." und hatte einen Fehler mehr. Bewahre, daß die Regel etwa im Unterricht behandelt worden wäre! Auch habe ich es fertig gebracht "Zukumpft" zu schreiben. Nie gesehen, nie gelesen, geschrieben, so wie es gesprochen und von mir verstanden wurde.

Deutsch-Grammatik fiel mir nicht schwer, mußten wir doch in Latein stets exakte Wort- und Satzanalysen durchführen. Die sich daraus ergebende Interpunktion war folgerichtig gut zu meistern. Der Lateinunterricht war bei den Schülern sehr verpönt: aqua - das Wasser, vinum - der Wein, zum Teufel verfluchtes Latein!

Ich muß nach meinem Arbeitsleben sagen, daß ich von den erlernten Sprachen Latein, Englisch und Französisch am meisten von Latein profitiert habe. Latein ist im Alltag einfach nicht wegzudenken. Insgeheim habe ich sogar bedauert, daß ich von Griechisch keine Ahnung gehabt habe.

Leider habe ich im Deutschunterricht das Rezitieren nie üben können. In der Quinta hatten wir einen Deutschlehrer Müller, mit Spitznamen "Dickmus". Gedichtaufsagen war besonders im Lehrplan verankert, also mußten viele Gedichte gelernt werden.

Da Dickmus keine Autorität besaß, haben wohl alle Schüler die Gedichte nicht gelernt. Vor der Stunde wurde das Pensum noch einmal überflogen und dann ließ man es darauf ankommen. Natürlich wollten wir keine schlechten Zensuren einkassieren! Wer zum

Aufsagen drankam, mußte vor die Klasse treten; der Lehrer blieb an seinem Pult. Der betreffende Schüler in der ersten Bank mußte vorsagen bzw. wenn der Lehrer zu sehr hinhorchte, das Buch vor die Nase halten. Das war Usus und Gesetz nach der geltenden Quintanerordnung, und scharf gucken konnten eigentlich alle, auch die Kurzsichtigen mit ihren dicken Brillengläsern!

Mit Stielaugen und Geholper wurde das Gedicht hergebetet, während Dickmus hinter seinem Pult saß.

Im Aufsatz ging es soweit ganz gut. Einmal wurde ich getadelt, weil ich ein Flugzeug als Flieger benannt habe. Ich fand den geübten Tadel berechtigt und halte mich auch heute noch an "Flugzeug", obwohl das Wort Flieger heute dafür wieder sehr gebräuchlich ist. Das Volk sagte eben Flieger.

Mit dem Fahrrad die Welt erobern

In den ersten beiden Klassen fuhren Alfred und ich noch mit dem Bus zur Schule. Aber da meine Eltern das Geld sparen wollten, schafften sie für uns Fahrräder an. Ich war zehn Jahre alt, als wir bei jedem Wind und Wetter mit dem Rad zur Schule fuhren.

Mein Vater hatte uns angehalten, die Räder selbst zu reparieren. Mein Bruder Otto zeigte uns einige Kniffe, und das war's. Hatten wir eine Panne oder notwendige Reparatur in Ludwigslust, durften wir zur Werkstatt vom alten Helms gehen. Er war immer sehr hilfsbereit. Seine Kinder führten neben dem Fahrrad- und Reparaturgeschäft des Vaters ein Handelsgeschäft für Haushaltswaren und Waren des täglichen Bedarfs.

Die Fahrräder hatten in der Schule einen festen Stellplatz. Dazu erhielten wir eine Fahrradkarte.

Wir als Fahrschüler hatten unseren eigenen Stolz, war doch der Weg zur und von der Schule eine Besonderheit nur weniger Schüler.

Unsere Mutter gab uns oft kleinere Aufträge mit auf den Weg. Wir mußten den Einkauf erledigen und Benachrichtigungen übermitteln, auch Gänge zum Schuster - wir sagten nie Schuhmacher -, namens

Söchting mußten wir machen. Auch Eier und Butter brachten wir zu Kaufmann Clasen, und wir versorgten auch einige Privatkunden. Hierbei haben wir gelernt zu kommunizieren, und ich denke, daß sich das sehr vorteilhaft für mein späteres Leben ausgewirkt hat.

Gern war ich auch Begleiter von Vater oder Mutter, wenn sie in der Stadt und anderswo persönliche oder geschäftliche Besuche machten. Wenn Mutter bei Karstadt einkaufte, bekamen wir als Beigabe eine illustrierte Zeitung mit einem ziemlich umfangreichen Unterhaltungsteil. Das war eine Werbung von damals! Am liebsten mochten wir daraus die bebilderten Geschichten, ein Mittelding zwischen dem Neuruppiner Bilderbogen und den späteren Comics.

Damals war es bei den Kaufleuten üblich, den Kindern kleine Geschenke zu machen, in der Mehrheit Bonbon.

Nach einem Einkauf gingen wir stets zu Kaufmann Clasen, bei dem auch die Pferde die ganze Zeit untergestellt waren. Über so einen Ausspann verfügten die Händler, die besonders Landkundschaft hatten. In einem gemütlichen Hinterstübchen hinterm Laden gab es ein Tässchen Kaffee, natürlich nur Kornfrank, ein Kindergetränk und sonst noch etwas Schönes.

Wenn irgendwo etwas los war, konnten wir, beweglich mit dem Fahrrad, Ort und Zeit bestimmen, wie es uns paßte. Pferdemarkt, Jahrmarkt, Aufmärsche, Veranstaltungen des 14. Reiterregiments wie Übungen, Reitturniere, die Militärkapelle zu Pferd. Umzüge von SPD, KPD, Stahlhelm, SA u.a. konnten wir jederzeit ansehen oder auch meiden.

Attraktion hatte der Besuch unserer Schwester Elisabeth im großherzoglichen Schloß. Einmal konnte ich - unter Heimlichtuerei die großherzogliche Küche und die Arbeitsplätze für das Küchenpersonal besichtigen. Da kam unsere Küche zu Hause nicht mit!

Der Besitz eines Fahrrades trug schon dazu bei, daß sich unser Erlebnis- und Erkundungsfeld vergrößerte.

Eine fast bös ausgegangene Dummheit passierte mir als wir mit einer Gruppe Jungen auf der Chaussee fuhren, und da gab Gustav Lange, vier bis fünf Jahre älter als ich, großtuerisch an: "Könnt ihr auch radfahren, wenn ihr die Lenkstange überkreuz anfaßt!" Dann führte er uns das vor.

Ich war sehr schnell dabei, überzeugt, daß ich sowieso alles kann, und packte den Lenker überkreuz. Da! Sofort ein kurzer Bogen, und schon stürzte ich mit dem Gesicht direkt auf den Teerbelag. Den Schmerz habe ich mir verkniffen, bin aufgestiegen und weitergefahren. Die anderen sind nicht so dumm gewesen wie ich! Später habe ich diese Fahrweise geübt und auch beherrscht. Für mich war der Sturz eine Lehre; trotzdem hat es sich wiederholt, daß ich andere Aussagen ungeprüft übernehmen wollte.

Unser Fahrrad war ein regelrechtes Sportgerät: Rückwärtsfahren, Stehübungen, Weitsprung, Rennen, Hindernisfahren, Wald- und Geländefahrten u.a. Beim ersten Freihändigfahren- auch bei anderen gesehen - bin ich gestürzt, und der Lenker - ohne Handgriffe - hat mir eine dreieckige Wunde ins Knie gestoßen.

Bei Anfahrt nach Ludwigslust kamen wir mit anderen jungen Leuten zusammen. Wir trafen Mittelschüler. So erinnere ich mich an Rudi Krumm, Walter Tiedemann aus Kummer, an die Warlower Gymnasiasten Günter, Dietrich und Hartwich Hillermann und Heinz Hinrichs und an Hermann, genannt Bubi Lüdecke, Lehrersohn aus Kummer und Klassenkamerad. In den Wintermonaten trafen wir auch den einen oder anderen Landwirtschaftsschüler. Seltsamerweise sahen wir kaum Arbeiter oder Gesellen, die zur Arbeit nach Ludwigslust fuhren. Ich erinnere mich an Karl Krumm, der sein Handwerkszeug und die Arbeitsbekleidung auf dem Fahrrad verstaut hatte, ich möchte sagen: nach ungeschriebenen Vorschriften der Innung. Auf der Chaussee traf man auch Leute aus den Nachbardörfern mit Fuhrwerk, Kutschwagen, per Fahrrad.

Einmal fuhren Bubi Lüdecke und ich zusammen nach Hause und trafen Walter Schulte mit einem Fuhrwerk in Nähe der Röcknitz-Brücke. Wahrscheinlich hatten Bubi und ich mal wieder das Streiten bekommen. Und weiter der Bericht von Walter Schulte: Plötzlich hielten die beiden an der Brücke an, stellten die Fahrräder ans Brückengeländer, und ein Schlagaustausch begann. Walter Schulte wollte schon absteigen und mir helfen, aber da bekam er mit, daß ich souverän die Situation beherrschte und sich Bubi Lüdecke das Blut von der Nase abwischen mußte. Er sei dann ruhigen Gewissens weitergefahren, wobei wir Kampfhähne bald darauf wieder unsere Fahrräder nahmen und weiterfuhren.

Die Rückfahrten dienten oft mit kleinen Abwegen der Erkundung: Schloßgarten, Kanal- und Röcknitzwiesen, Waldungen Richtung Hornkaten, Uferfahrten am Kanal entlang, Badestellen am Kanal, am liebsten "St. Helen" am Zusammenfluß eines Röcknitzarmes mit dem Ludwigsluster Kanal am Schloßgartenrand. Zur Frühsommerzeit haben wir oft Bickbeeren, Blaubeeren gepflückt und sofort verspeist. Aus Spaß gaben wir zu Hause mit unseren "blauen Zähnen" an.

Für uns Schüler waren größeren Ausflüge beliebtes Ereignis, meist auch mit dem Fahrrad. Sie kosteten nie viel Geld, so daß auch für minderbemittelte Eltern die Kosten erschwinglich waren. Die Klassenlehrer haben sich auch schon damals viel Mühe gegeben.

In der Sexta oder Quinta fuhren wir nach Dömitz. Nachdem wir die Festung besichtigt hatten, sind wir mit einem Elbschiffer, einem Motorboot für Personenverkehr, von Dömitz nach Hitzacker und zurück "getuckert". Es hat nicht einmal Seekranke gegeben. Jedenfalls war die Fluß-Schiffahrt für uns wunderbar, auch wenn wir vor dem Regen, der uns auf der Rückkehr überraschte, den Kopf einziehen mußten.

In Dömitz sah ich einen Mann, dessen Gesicht durch Hautkrebs sehr entstellt war. Es verband sich damit bei mir die Vorstellung, wie Aussätzige ausgesehen haben mussten. So wie sie in der biblischen Geschichte erwähnt wurden. Ansonsten habe ich damals nichts von Krebs etc. gewußt; ich war nur sehr entsetzt und habe so gedacht, welche Gefühle der Mann wohl haben mag, wenn er direkt einer anderen Person gegenüber steht.

Ein Wandertag in der Sexta führte uns nach Parchim, und von dort aus ging es zu den Ruhner Bergen, den höchsten Erhebungen in Mecklenburg. Dort machten wir eine längere Pause im Dorf Kiekindemark (kiek in de Mark). Der Lehrer machte uns darauf aufmerksam, daß man von diesem Ort aus sehr weit in die Mark Brandenburg sehen (kieken) könne. Ansonsten war Kiekindemark nicht einmal ein richtiges Dorf, es bestand nur aus ein paar Häusern.

Ich glaube aber gar nicht, daß wir von diesem Blick in die Mark Brandenburg sehr überwältigt waren. Was kannten wir schon von der

Mark Brandenburg? Nur als "Geschichtchen" ist dieser Sachbestand bei mir in der Erinnerung haften geblieben.

Von dieser Klassenfahrt ist noch ein Foto vorhanden, wohl das erste Gruppenbild mit mir, das ich nachweisen kann.

1935 verzog Familie Schulte nach Rüting. Im Frühsommer wollten Hermann, Alfred und ich sie mit dem Fahrrad besuchen. Ich war gerade vierzehn Jahre alt, und die beiden Älteren haben mich sehr gejagt. Aber ich mußte mithalten, ging es doch über unbekannte Wege.

Wir fuhren über Schwerin, und die Chaussee von Ludwigslust nach Schwerin kam mir unendlich lang und eintönig vor. Dafür wurde ich entschädigt, als wir die Kaiser-Wilhelm-Straße entlang den Pfaffenteich erreichten. Der schöne Anblick blieb mir als eindrucksvolles Merkmal für immer in meinen Sinnen haften. Später, ab Herbst 1936, wurde Schwerin meine neue Heimatstadt, und der Pfaffenteich mit seinen Wasserfontänen und den Bauten an der um den ganzen Teich herumführenden Promenade mit den Alleen gepflegter Bäume war stets meine Lieblingsansicht von Schwerin. Wie gern habe ich auf den Bänken ausgeruht mit dem Blick auf und über den Pfaffenteich und die frechen Möwen, die gierigen Enten, die stolzen Schwäne und das unermüdliche "Runter und Raus" der Haubentaucherfamilien haben mich immer angezogen. Wenn man dann noch ein Brötchen oder ein Stückchen Brot hatte, und Brocken auf das Wasser warf, hatte man die "Geister" um sich geschart. Alle suchten sie ein Stück zu erhaschen, die Möwen oft im Flug, selbst Familie Schwan bemühte sich, majestätisch sich Platz schaffend. Welcher Genuß, mit dem "Pfaffenteichkreuzer" zum anderen Ufer zu fahren, zuerst für 10 Pfennig, später 20 Pfennig, Kinder dann aber 10 Pfennig. (Wir sagten nicht Pfennige, z. B. 10 Pfennig bezeichnete nicht die Anzahl, sondern das Geldstück, die Münze.)

Die Rüting-Tour führte uns am Bahnhof vorbei, und von dort kamen wir zur Lankower/Grevesmühlener Chaussee. Zum ersten Mal sah ich auch Gutsdörfer. Ich staunte über die schweren eisenbereiften Ackerwagen, vierspännig gefahren, der Kutscher auf dem Sattelpferd. Von zu Hause kannte ich bis dahin nur Zweispänner vor dem

Ackerwagen. Nur vor die Dreschmaschine und vor den schweren Motor kamen vier Pferde.

In Rüting wurden wir gastlich empfangen. Wir konnten das große Gutshaus, die großen Stallungen und den parkähnlichen Garten besichtigen. Geheimnisvoll wurde uns erklärt, daß das Gutshaus auf den Grundmauern einer früheren Raubritterburg stehe, die Kellergewölbe seien noch zu sehen, und die Vorgänger hätten in dem Keller sogar Champignons gezüchtet.

Etwas eingeschüchtert durften wir einen Blick in das gruselige, kühle, schummerige Gewölbe werfen. Eine Folterkammer oder ein Verlies bekamen wir aber nicht zu Gesicht.

Maria führte uns mit Stolz alle Ansehnlichkeiten vor. Wir machten sogar eine Kahnfahrt auf dem ziemlich vermoderten Mühlenteich. Wäre einer hinausgekippt, das Wasser war so flach, es hätte nicht einmal zum Schwimmen gereicht, und darunter metertiefer Schlamm. Tante Alma hat uns tüchtig ausgeschimpft, eigentlich zurecht, es war schon gefährlich.

Bei bestem Wetter machten wir eine Radtour nach Grevesmühlen, und zurück fuhren wir in den letzten Ortschaften laut singend durchs Dorf. Unrühmlich für Alfred und mich wurde eine Karussellfahrt, ein kleines Ding, zufällig in Rüting. Wir beide konnten den engen Flugkreis der Sitze wohl nicht ab; jedenfalls mußte Alfred Aufgestoßenes abliefern, und als ich das sah, habe ich mich sofort angeschlossen, sehr zum Vergnügen der Dorfjugend.

Maria Schulte hatte mit dem Umzug nach Rüting ihren Besuch des Gymnasiums beendet. Wir waren uns in den Jahren davor näher gekommen, weil wir gemeinsam mit ihr zur Schule fuhren. Das hatten unsere Eltern so vereinbart gehabt. Alfred und ich hatten Maria Schulte immer von zu Hause abgeholt

Maria war eine schlechte Esserin gewesen. Oft war sie, wenn wir kamen, noch nicht mit dem Frühstück fertig. Es war dann ein richtiges Gezerre zwischen Mutter und Tochter, weil auch die besten Sachen Maria keinen Appetit machten. Wir beide Jungs hatten für so etwas wenig Verständnis. Futterneid hat uns nicht geplagt, da hatten wir unseren Stolz. Wenn es mit Marias Appetitlosigkeit zu arg war, schickte Tante Alma ihre Tochter zu uns. Mutter wußte schon, was los war. Sie hat dann auch mit uns gegessen. Wer da nicht zugriff, ging mehr oder weniger leer aus. Plötzlich war Maria keineswegs mehr zimperlich und hielt brav mit; sie wurde einfach nicht gefragt, ob sie Hunger habe. Ihr wurde das Essen nicht aufgedrängt, und wenn sie etwas nicht mochte, war das kein großes Ereignis.

Eigentlich war Maria ein ganz patentes Mädchen. Sie war durchaus nicht abgeneigt, 'mal mit uns zusammen "auf die Pauke zu hauen". Diese jungenhafte Verbindung zu uns beiden löste sich, als sich nach dem Besuch der Tanzschule die ersten Verehrer um sie bemühten, von meiner Mutter und ihren Töchtern kritisch beäugt; denn Tante Alma, die solchen Tendenzen sonst nachdrücklich ihre scharfe Zunge zu widmen pflegte, kritisierte ihre eigene Tochter in keiner Weise. Für uns als zeitweise kameradschaftliche Begleiter ging eine Ära verständnisreicher Gemeinsamkeit zu Ende.

Von Rüting aus kam Maria dann auf eine - ich nehme an private – Internatsschule im Rheinland. Es ist möglich, daß es Bad Godesberg war. Dort lernte sie ihren späteren Mann kennen, der Lehrer an dieser Schule war. Im Krieg haben sie dann geheiratet. Für die Garrels-Familie gab es keine Einladung zur Hochzeit. Der Krieg allein kann dafür nicht die Entschuldigung gewesen sein. Vielleicht waren wir nicht vornehm genug. Marias Mann, namens Beckmann, war später Oberstudiendirektor in Bad Godesberg. Im Krieg hatte mir Maria einmal geschrieben. Ich hatte mich zu dem recht netten Brief gefreut und auch geantwortet, aber der Briefverkehr wurde aus welchen Gründen auch nicht mehr fortgesetzt.

Tante Alma war in sozialen Bezügen einerseits mit soliden Grundhaltungen und Ideen behaftet, mitunter war sie dünkelhaft und überheblich. Sicher konnte sie uns als kleine, noch dumme Jungs und junge Pennäler als die Kluge und Allwissende entgegentreten, aber diese Züge waren mir gegenüber bei ihr noch später vertreten. Sie hat meine Bildung und Entwicklung nicht zur Kenntnis nehmen wollen. In Schulmeistermanier glaubte sie, mir Vorschriften machen zu dürfen. Ich glaube nicht, daß es bei ihr allein Ignoranz war, es mangelte ihr schlicht an Erkenntnisfähigkeit.

Als bei einem Besuch in Rüting Annelie in die Hosen gemacht hatte, bekam sie ein Höschen von Marias Tochter. Tante Alma schämte sich nicht in Frage zu stellen, ob sie das Höschen auch wiederbekommen würde. In den anfänglichen Crivitzer Jahren und auch später schickte sie uns wiederholt Pakete mit Kleidung. Es waren durchaus gute Sachen dabei, besonders die, aus die der Enkelsohn zu schnell herausgewachsen war. Aber viele Sachen bedeuteten für uns, auch wenn wir kinderreich waren, eine Zumutung. Nun es gab ja den Altstoffhandel, und auch genügend andere Kinder, die sich ein paar Mark mit Altstoffen verdienen wollten.

Als Schultes 1953/54 in den Westen flüchteten, fanden sie dort einen relativ guten Anfang. Maria war gut versorgt, und Erich, Diplomingenieur und Geschäftsführer bei SIEMAG sorgte dafür, daß Walter Schulte Anstellung im VW-Werk erhielt, wo er bald die Stellung eines Meisters einnehmen konnte. Sicher war damit die Bereitstellung einer annehmbaren Wohnung verbunden. Tante Alma und Onkel Hermann hatten es gut, daß sie bei dem Hoferben bleiben konnten. Sicher ist dann auch für sie West-Rente gezahlt worden. Später haben sie, mit Lastenausgleich und Kredit, aber auch mit Erspartem, in Wolfenbüttel ein Haus bauen können. Ob die junge Frau Margot, in der DDR gewesene Berufsschullehrerin, auch gearbeitet hat, entzieht sich meiner Kenntnis.

Ich möchte sagen, daß es der Familie Schulte in recht kurzer Zeit gelungen ist, eine gute Existenz zu sichern.

Trotzdem, so glaube ich, haben sie darunter gelitten, daß sie Rüting verlassen mußten. Aber als große Bauern hatten sie in der DDR keine Chance, und LPG-Bauer zu werden – das wäre für Tante Alma und ihren Mann eine Zumutung gewesen.

Ludwigslust – eine mecklenburgische Garnisonsstadt

Ludwigslust war für mich ein vertrautes Städtchen. Der Bahnhof war ein wichtiger Haltepunkt auf der Strecke Hamburg-Berlin, mit Anschluß nach Schwerin, Parchim-Lübz-Karow und Dömitz. Sowohl mit dem Personen- als auch mit dem Güterverkehr war Ludwigslust an die beiden größten Städte Deutschlands Berlin und Hamburg angebunden.

Für die kommerzielle Entwicklung des Wirtschaftsraumes Ludwigslust hatte das große Bedeutung. So florierte der Schlachthof und die Fleischfabrik Gebrüder Schulz & Söhne, eine Reihe von Handwerks- und Gewerbebetrieben und der Getreide-, Kartoffel- und Viehhandel. Ich erinnere mich besonders daran, daß Vater und Mutter stets im "Ludwigsluster Tageblatt" die Preise, besonders die des Hamburger Viehmarktes studierten. Die Preise der Händler richteten sich besonders nach den Hamburger Märkten, weniger nach den Berliner. Das war eine so wichtige Sache, daß auch ich schon die Markpreise regelmäßig studierte. Gerade die Wirtschaftsseite des Blattes hatte der Zeitung Abonnenten gesichert, ansonsten war sie eben nur ein Blatt, das über Ludwigslusts Grenzen hinaus keinerlei Bedeutung hatte.

Der Ludwigsluster Marktlage schreibe ich zu, daß sich meine Eltern dort wirtschaftlich beachtlich entwickeln konnten.

Handwerklich und geschäftsmäßig hatte Ludwigslust als ehemalige Residenz- und Garnisonstadt ein außerordentlich gutes Angebot. Mancher Handwerker und Geschäftstreibende hatte auf seinem Firmenschild stehen: "Großherzoglicher Hoflieferant".

Ich kann die Gründe nicht genau festlegen, warum in meinem Bewußtsein Schwerin Ludwigslust so den Rang abnehmen konnte. Vielleicht war 1936 der Wegzug von Kummer gleichbedeutend mit dem Ende meiner Kindheit.

Es bleibt die Erinnerung an werte Menschen, wie Kaufmann Clasen in der Ludwigsluster Luisenstrasse, seine liebenswerte Frau und seine beiden Töchter. Im Clasen-Laden gab es für uns so manchen Bonbon extra, der für uns über die Theke geschoben wurde. Kaufmann Clasen kaufte von uns regelmäßig Butter, sogenannte Landbutter, d.h. von den Bauern selbst hergestellte Butter, und Eier. Dafür kauften wir bei ihm die Waren des täglichen Bedarfs, wie Zucker, Salz, Mehl, Essig, Gewürze, Tee, Kaffe "Kornfrank" (keinen Bohnenkaffee), Streichhölzer, Petroleum, Fliegenfänger, Backpulver, Rosinen u.v.a.m.

In genauso guter Erinnerung ist mir Frau Zimmer, eine alleinstehende Frau mit zumindest einer Tochter. Sie hatte zu unserer Schulzeit in

Ludwigslust begonnen, Eis herzustellen und zu verkaufen. Dazu hatte sie einen zweirädrigen, weiß gestrichenen Eiskarren mit weithin sichtbarer Aufschrift: EIS / EIS. Sie mochte uns Kinder. Oft stand sie vor dem Realgymnasium und der Höheren Töchterschule. Wenn jedoch diese Stellplätze vergeben waren und sie woanders Eis verkaufte, kamen wir zu ihr. In den späteren Jahren erweiterte sie ihr Geschäft und betrieb eine Eisdiele und Kaffeestube.

In der Stadt gab es zwei Buch- und Schreibwarenhandlungen. Die Brixsche war traditionsgebunden die vornehmere Handlung, doch wir Kinder kauften dort nicht so gern ein. Wir waren auch nicht die Kundschaft! Aber 1936 wurden bei Brix Schülerzeichnungen und Bilder ausgestellt. Auch von mir war der bewußte Ski-Springer dabei. Näher zur Schule hin, gab es einen zweiten Buchladen: Rabe. Der Besitzer war noch nicht lange im Geschäft, dafür war er uns Schülern gegenüber freundlich. Der Schülerzulauf war entsprechend größer.

Für uns als unbeleckte Landkinder war das Kino wichtig. Vom Gymnasium aus marschierten wir, Schüler und Lehrer, gemeinsam in den Saal, voraus die Schüler der Prima, dann der Klassen-Rangfolge nach die übrigen. Die "Grossen" waren bemüht, sich von uns "Kleinen" fernzuhalten. Sie gaben tüchtig an, und natürlich nahmen sie die besten Plätze ein, die da waren nach schulischer Sitte in den hinteren Reihen. Wir "Kleinen" aus der Sexta durften in die vordersten Reihen und schauten somit "himmelwärts" auf die Leinwand. Später, in den Klassen Quinta, Quarta usf. sahen wir diesen Äußerlichkeiten gelassener und kühl entgegen. Trotz alledem waren die Kinobesuche eine beliebte Unterbrechung des formalen Unterrichts. Ob den Lehrern auch so zumute war, ich hoffe es, aufbauend auf Erfahrungen, die ich später als Lehrer machen durfte.

Mein erster Kinobesuch war eine regelrechte Offenbarung, wie eine Fata morgana so unwirklich. Als Eintritt bezahlten wir 20 Pfennige.

Es war ein Stummfilm über Luther. Ich war gerade neun Jahre alt und muß zugeben, daß ich vom eigentlichen Inhalt nicht allzu viel mitbekommen habe. In meiner Erinnerung sind haften geblieben, wie Menschen einen Pflug ziehen mußten, die wie Ochsen angetrieben wurden, vor Kraftlosigkeit stolperten und hinfielen. Bauern wurden gequält, indem man sie bis zum Halse in eine Jauchegrube gesteckt hatte. Den Schwedentrunk hat es wohl schon in Deutschland gegeben, bevor die Schweden im Dreißigjährigen Krieg durch Deutschland marodierten. Äußerst abstoßend fand ich einen im Schwerterkampf Erschlagenen.

Als Sehenswürdigkeit hatte Ludwigslust für seine Besucher und die Einheimischen das großherzogliche Schloß zu bieten und den wunderschön angelegten Schloßpark. Gegenüber dem Schloß das Bassin mit den Wasserfällen, und als Reflektion zum Schloß die Schloßkirche. Sie wirkt wie ein Spiegelbild des Schlosses, aber je länger man die Schloßkirche betrachtete, um so mehr erfaßte man sie als etwas ganz anderes, Neues, Eigenständiges - als ein zwar bescheideneres, aber nicht unwürdigeres respektables Bauwerk, das auf den Betrachter eine befreiende Wirkung hat, das Innere öffnend - leichter, beschwingter. Mit dem weithin sichtbar angebrachten Christuszeichen PX wird der weite Raum auf den Punkt konzentriert, zu dem der Besucher, letztendlich geführt wird.

In der Schloßkirche wurde ich 1936 konfirmiert. Ludwigslust war protestantisch geprägt.

Ich fand heraus, daß es im hinteren Teil des Schloßplatzes, schon in den Parkanlagen etwas versteckt, eine kleine katholische Kirche gab, mehr kapellenartig, aber sehr schön und architektonisch harmonisch auf seine Umgebung abgestimmt.

Wahrscheinlich durch die Hofhaltung und das Militär kamen Fachleute, Musiker, Künstler, Hofleute und Offiziere nach Ludwigslust, von denen der eine oder andere katholischen Glaubens gewesen sein mag. Ihre Diaspora muß ausgeprägt gewesen sein, ich vermag nicht zu sagen, daß ich je Bürger gehört habe, die über Katholiken gesprochen haben.

Anziehend für uns war der großzügig angelegte Schloßpark. Der Besucher kann auf den Promenaden wandeln, entlang dem Kanal kann er Wege, Steige, Höhen - keine Berge - und Senken erforschen, jedoch meist bleibt ihm der Wald mit seinen heimischen und fremden Bäumen und Gewächsen verborgen. Das bekannte Schweizerhaus kennen eigentlich nur die Ludwigsluster.

Für den heutigen Bürger wenig vorstellbar, war die Hauptstraße - die Lindenstraße - dem damaligen Bedarf angepaßt. Es war eine sehr breite Straße. An den Häusern entlang verlief auf beiden Seiten das Trottoir, der gepflasterte Fußweg. Daran schloß sich, wieder auf beiden Seiten, eine breite Promenade an, eine Aufschüttung aus Kies und Grusgestein. Die Abgrenzung dazu war, weil beidseitig, eine herrliche Lindenallee. Innerhalb der Lindenallee waren Wiederum auf beiden Seiten Radwege. So etwas wird heute ja wieder modern! Es schloß sich dann ein Sandweg an, ein Weg für Pferdefuhrwerke, für das berittene Militär und zu "Vorzeiten" auch für die Kavaliere zu Pferd. In der Mitte lag die eigentliche gepflasterte Hauptstraße, auf der wir zu Anfang der dreißiger Jahre recht selten ein Auto sahen. Mehr in Erinnerung sind mir das Getrappel der Kavalleriepferde und das Gerumpel der Krümperwagen (Bagagewagen).

Die Lindenstrasse war eine Promenierstrasse, ich möchte nicht sagen Boulevard, erbaut als Promenade für die Offiziers-, Unteroffiziers- und Beamtenfamilien in Ludwigslust.

Ob der Grundriß der Straße dem Boulevard "Unter den Linden" in Berlin angelehnt war, wäre möglich. Die abzweigenden Straßen waren wie üblich in den Städten, je nach Stadtlage mehr oder weniger breit, oft aber auch mit Baumreihen, z.B. Linden, angetan.

Auffällig war die Straße, in der der Pferdemarkt abgehalten wurde. Sie bot auf Grund ihrer Breite und Bewegungsfreiheit beste Möglich- keiten für pferdehändlerische Tätigkeiten und Präsentation der Pferde.

Nennenswert ist die Kanalstraße, auf der Kanalseite durch Bäume beschattet, über eine Brücke erreichbar das damalige Lichtspielhaus - das Kino.

Über die Kreisgrenzen hinaus bekannt war das „Stift Bethlehem", ein christliches Krankenhaus.

Als Einlaß aus Richtung Hamburg präsentierte sich als Verkehrs- hindernis das Hamburger Tor. Zwei Gefährte kamen aneinander kaum vorbei. Seitlich waren kleine Törchen, seinerzeit benutzt von Fußgängern und auch Radfahrern. An den Innenwänden fanden sich immer wieder anrüchige Sprüche, die von Zeit zu Zeit überkalkt wurden. Auch politisierende Eiferer verewigte sich mit Hakenkreuz, Hammer und Sichel, drei Pfeilen und entsprechenden Parolen.

Heute existiert das Hamburger Tor nicht mehr. Als Hindernis mußte es der modernen Verkehrsplanung weichen. Immer wenn ich diese

Strecke noch einmal gefahren bin, vermißte ich das Hamburger Tor. Die Erinnerung spielt solche Streiche. Früher war das Tor das Wahrzeichen für Anfang und Ende von Ludwigslust.

Nach 1934 nahm Ludwigslust verstärkt den Charakter einer Garnisonsstadt an. Zur Zeit der Weimarer Republik war in Ludwigslust vom damals 100.000-Mann-Heer, entsprechend Versailler Vertrag, eine Abteilung des 14. Kavallerieregiments stationiert, eine zweite in Parchim.

Die Abteilung entspricht in der Mannschaftsstärke einem Bataillon, sie hatte vier oder fünf Schwadronen. In der Zeit vor 1933 haben wir vom Militär nicht zuviel bemerkt. Rekruten, Soldaten und Unteroffiziere waren in der Stadt nicht überall beliebt. Es kam oft das Gerücht auf von gefährlichen Schlägereien mit den Soldaten. Die zivile Jugend war den Soldaten unterlegen, weil bei den Soldaten Gefahrensituationen trainiert wurden.

Der Stamm der Kavalleristen rekrutierte sich aus ländlicher, besonders bäuerlicher Jugend, und zimperlich waren die gerade nicht. Zur Ausgangsuniform gehörte der lange Reitersäbel. Während die Muschkoten anderer Truppenteile nur das Seitengewehr trugen, war der Säbel schon ein Prachtstück.

Vom Bruder Hermann, als Kavallerist ein erfolgreicher Charmeur - schicke Uniform, groß, schlank, hübsch - weiß ich über brenzlige Situationen mit örtlichen Jugendlichen: Nur Rücken an die Hauswand, Säbel gezogen, und dann laß sie kommen. Das hatte immer geholfen!

Schon vor 1933 waren die jungen Leutnants Gesprächsstoff der weiblichen Jugend in und um Ludwigslust, z. B. war Leutnant Kahler in aller Mädchen Herz. Er war in der Vorkriegzeit ein erfolgreicher Turnierreiter.

Mit Einführung der Wehrpflicht wurde das Militär noch präsenter. Bekannt wurden die Ludwigsluster Reitturniere, ein Höhepunkt des Reitsports.

Allerdings wurde damals schon die Umgestaltung zur schnellen Truppe erkenntlich, ein typischer Wandlungsprozeß der Kavallerieeinheit Regiment 14. Es wurde auf diesen "Schauen" gezeigt:

Beiwagenkrad-Übungen und ein auf einem Opel P 4-Fahrgestell aufgebauter Papp- oder Sperrholzpanzer.

Solchen Umständen ist bestimmt zuzuschreiben, daß zu Beginn des Polen-Feldzuges die polnischen Soldaten glaubten, die Deutschen hätten nur Papp-Panzer. Polnische Kavalleristen haben wiederholt forsche Attacken gegen die Deutschen Panzer geritten und mit Lanzen oder Säbeln die Pappdinger vernichten wollen.

Eine große Schau war stets der Aufzug des berittenen Musikchors. Oftmals holten sie Schwadronen in die Kaserne ein, die auf dem Lande eine Übung gemacht hatten.

Hatten wir noch Unterricht, so blieb Unterricht Unterricht und die ganze Schülerschaft von der Sexta bis zur Prima hing zu den Fenstern hinaus, ebenfalls unser charmantes Gegenüber, die Mädchen der Höheren Töchterschule.

Vor unseren Augen wurde in jenen Jahren auf der Zufahrtsstraße zum Haupttor der Kaserne das Dragoner-Denkmal errichtet. Die Ludwigsluster Dragoner waren die Vorgänger des 14. Reiter-regiments. Zur Einweihung gab es pompöse Feierlichkeiten.

Aufregend für uns wurde der Fliegerhorst in Techentin, der 1936 gebaut wurde. Manche Bauern haben durch den Verkauf ihres Landes - leichter Boden - ein gutes Geschäft gemacht.

In der ersten Zeit gab es vornehmlich nur Jagd- und Aufklärungs-staffeln. Die Jäger waren damals noch Doppeldecker, die Aufklärer Hochdecker.

Mäthus war mehr oder weniger Orientierungspunkt für den Anflug, Wende und Abflug. Dabei wird unser Haus durch seine Lage in der Mitte der Häuserreihe, durch die hohe Tanne und durch die hohen Birken markanter Punkt in dem Kartenwerk der Flieger gewesen sein. Manchmal flogen die Piloten im Tiefflug über unser Haus. Wir lästerten: "Die halten Ausschau nach den Mädchen!" Ein ganz Mutiger überflog im Tiefflug die Scheune, drückte über der Hoffläche das Flugzeug stark nach unten und zog vor dem Hausdach das Flugzeug steil nach oben. Wir rechneten alle damit, daß es krachen würde. Den Piloten konnten wir deutlich sehen.

Anschauenswert waren die Dreier-Staffeln, die im Geschwader-verband Loopings, Kurven, Sturz- und Rückenflüge übten. Einmal hatte auf unserer Koppel eine Scheinwerferbatterie Stellung bezogen und zeigte dann, wie Flugkörper erfaßt wurden.

Erstmal bewußt begriff ich die Sonderstellung des höheren Offiziers-Corps, als die Kinder eines höheren Offiziers des Fliegerhorstes das Realgymnasium besuchten. Wahrscheinlich war der Vater Kommandeur. Täglich wurden sie mit einem mondänen PKW morgens zur Schule gebracht und nach der Schule wieder abgeholt. Chauffiert wurde der PKW von einem Unteroffizier, der sich nicht anders wie ein Diener oder Lakai benahm. Die Kinder traten überlegen und autoritär auf, nicht unbedingt vergleichbar mit Jugendlichen aus adeligen Gutsbesitzerkreisen; die taten, besser gesagt, waren vornehm.

Derartige Auffälligkeiten hatte ich bis dahin nicht registriert. Allerdings weiß ich, daß das Begräbnis des damaligen Ludwigsluster Kavallerie-Chefs pompös gewesen ist.

Mein Vater aber erzählte mir, auf dem Rückmarsch in die Kaserne habe das Musik-Corps gespielt: "Den einen haben wir hingebracht, den anderen holen wir wieder."

Politik im Gymnasium

Schon 1932 wurde auf dem Gymnasium viel politisiert, vor allem in den Pausen. Man legte auch von den Lehrern sehr viel mehr wert darauf. So wurde ich einmal für einen Satz sehr gelobt. Zur Erläuterung: Italien hatte Abessinien überfallen - beide Länder waren Mitglieder des Völkerbundes, während Deutschland als Kriegsverlierer von dieser Mitgliedschaft ausgeschlossen war. Ich hatte in dem Aufsatz über den Abessinienkrieg als Abschlusssatz geschrieben: "Schöne Blamage für den Völkerbund!" Das muß dem Deutschlehrer sehr imponiert haben, der Satz wurde vor der Klasse besonders herausgestellt.

Reichskanzler Brüning kam wiederholt zu Sprache, auch wohl, weil ein Namensvetter in unserer Klasse war und nach ihm tituliert wurde.

Die Schüler waren sehr verschieden politisch ausgerichtet. Trechow, Gärtnersohn aus Neustadt-Glewe, war Kommunist und äußerte damals noch offen und kämpferisch seine Meinung. Sein Widersacher war Gerd Henning, Hitleranhänger. Sein Vater hatte in der NSDAP einen Führerposten. Nach dem 30. Januar 1933 hatte er Oberwasser. Peter Hopp war SPD-Parteigänger, in der Weimarer Zeit Regierungspartei. Sein Vater war SPD-Mitglied und hatte in Ludwigslust eine wichtige Beamtenstelle inne.

Im Übrigen, der Vater von Peter Hopp wurde seine leitende Beamtenstelle auf dem Amt in Ludwigslust los und hat eine niedrige Funktion ausüben müssen. 1945 erhielt dieser einen bedeutenden Posten; die Familie wurde aber von schwerer Tragik getroffen. Die Tochter hatte ein Verhältnis mit einem russischen Offizier, und als sie schwanger war, hat sie Selbstmord begangen. Peter Hopp besuchte ich Anfang der 50er Jahre, er hatte in das Luck-Textilgeschäft eingeheiratet; später ging er in den Westen.

Die anderen Schüler waren mehr oder weniger parteilich indifferent, wohl meist bürgerlich-national oder gar nicht politisch orientiert.

Wir zu Hause waren mehr deutsch-national. Die Partei wurde von den Nationalsozialisten kassiert. Dabei ist meinem Vater zugute zu halten, daß er nie mit den Nationalsozialisten sympathisiert hat. Aber, daß die Bauern durch die diese später gefördert wurden, tat auch seine Wirkung. Vater band sich schon deshalb an keine Organisation, weil das Geld kostete.

Wir waren in dieser Zeit mit Peter Hopp sehr befreundet. Im Nachhinein frage ich mich, ob der Umgang mit ihm von den Eltern überhaupt erwünscht gewesen ist. Wenn es um politische Vorbehalte ging, waren wir ahnungslos und unbefangen. Wir waren mehr der Meinung, daß ihn das ländliche Milieu anzog bzw. eine Verwandschaft 2. oder 3. Grades mit Georg Stievenard unsere Freundschaft bestärkte. Auf der anderen Seite hat er sich uns gegenüber in keiner Weise ausfällig oder über die Situation seines Vaters geäußert.

Die Zeit der Wahlen war besonders bewegt. Ich glaube, die SPD hatte die Liste 1, und es ging die Zahl der Listen der Parteien weit über 20. Wiederholt fuhren Kommunisten mit Lastautos und mit wehenden roten Fahnen auf der Hamburger-Berliner Chaussee wahrscheinlich zu Demonstrationen nach Berlin.

Als Geck, auch um mich vor anderen Jungs herauszustellen, kreuzte ich einmal die Unterarme, das war das Symbol für ein Hakenkreuz. Junge, gab es da einen Krach und Geschimpfe! Ich hatte Angst, es könnten einige vom Auto springen. Ich habe mich schnell verdrückt.

1932 war ich zehn Jahre alt und mir war die politische Propaganda schon bewußt. Ich erinnere mich an Plakate: „Wer Hitler wählt, wählt den Krieg", „Gegen Zinsknechtschaft und gegen das Versailler Diktat". Großplakate mit Listenangabe und Großporträts von den führenden Kandidaten: SPD - Hindenburg, KPD - Thälmann, Stahlhelm - Selte, Liste Zentrum, Deutsch-Nationale und viele andere mehr.

Mich hatte ein Flugblatt der Deutsch-Nationalen beeindruckt: DER WELTKRIEG DROHT! Es wurden darin schon, wie später in der Propaganda getätigt, mit Hilfe graphischer Darstellungen von Flugzeugen, Panzern, Geschützen etc. statistisch die militärischen Kraftpotentiale der umliegenden Staaten vorgestellt. Deutschland war das Land ohne jegliche militärische Potenz. Besonders betont wurde die rote Armierung des Generals Blücher (Sowjetunion). Der fiel im Übrigen den stalinschen Säuberungsaktionen zum Opfer - wir sagten – Er ist verschwunden worden. Diese Bildpropaganda war so wirksam, daß mir davon das Gruseln über den Rücken lief.

Die NSDAP war zu einer starken politischen Macht geworden, auch wenn ein Stimmenrückgang vorhanden war. Desto größer wurde das Gerangel um den Posten des Reichskanzlers. Brüning war mit seinen Notverordnungen gescheitert, kurzfristige Umbesetzungen, Anfang 1933 dann von Papen. 30. Januar 1933: Reichskanzler von Papen trat zurück. Reichspräsident von Hindenburg war gezwungen, einen neuen Kanzler zu berufen. Wen? Den schwankenden Thron wollte wohl keiner mehr so recht betreten. So berief Hindenburg - ich möchte sagen "schweren Herzens"- Hitler zum Reichskanzler und beauftrage ihn mit der Regierungsbildung.

Es kam bald zu gewissen Machtdemonstrationen des "neuen" Deutschlands: Aufmärsche, Fackelzüge. Der 1. Mai wurde erstmals

als Feiertag und "Tag der Arbeit" begangen. Damals gab sich Hitler noch proletarisch-sozialistisch!

Die ersten Anfänge der Militarisierung wurden in Ludwigslust auf der Demonstration am 1. Mai 1933 sichtbar. Zum ersten Mal nahmen Militäreinheiten der Ludwigsluster Garnison an der Demonstration teil. Wenig später, bei einem SA-Aufmarsch in Ludwigslust, trugen viele SA-Männer Holzgewehre. Ich kann nicht sagen, ob das ein Willensausdruck des obersten SA-Führers Röhm war, der damals m.W. die leise Hoffnung hegte, die SA würde die militärische Repräsentanz in Deutschland übernehmen.

Von den jungen Burschen waren viele arbeitslos, und es ging offen die Meinung um: Ich trete in die SA ein, dann bekomme ich Arbeit.

Einen der ersten SA-Männer habe ich als Wichtigtuer erlebt. Wir hatten mit Feldbahn-Loren, benötigt zum Straßenbau nach Warlow, gespielt, als der SA-Mann auf einem Fahrrad herankam. Er stieg ab und verbot uns mit geschwollener Brust und mit Glaube an seine befugte Autorität das Spielen. Wir müssen wohl nicht die rechte Folgsamkeit gezeigt haben, so wollte er unsere Namen wissen. Wir antworteten: "Mein Name ist Hase, ich wohne im Kohl." Vorsichtshalber haben wir uns dann aber doch verdrückt!

Der Wehrsport wurde populär. Dazu mußten Lehrer wie Schüler eine Wehrsportübung auf dem Techentiner Sportplatz leisten. Mir nur noch in Erinnerung: Hinmarsch, Exerzieren, Übungen, Rückmarsch. Einige Lehrer waren aktiv, die anderen guckten zu. Welche Gefühle, welche Gedanken mögen da kursiert haben?

Bei uns Kleinen Erstaunen darüber, daß einige von den Primanern im Pulk der Leiter standen. Waren die schon SA- oder HJ-orientiert?

Einige der jüngeren Lehrer waren NSDAP-Mitglieder bzw. - Anhänger, nicht etwa heimlich. Aber vor 1933 gab es unterrichtsgebunden keine Propagierung der Nazi-Ideologie, sicher auch durch den Einfluß des Direktors Plate. Herr Plate hatte eine jüdische Frau und war sehr gegen die Nazis. Er war Anhänger der Zentrumspartei, vergleichbar mit gewissen Tendenzen der heutigen CDU, und politisch sehr loyal.

Viele Lehrer verehrten die Klassik, besonders die griechische. Heinrich Schliemann genoß entsprechende Huldigung, und im Lehrplan wurde viel Wert auf die Geschichte des Altertums gelegt. Deutsch-nationales Gedankengut wurde im Geschichtsunterricht und im Deutschunterricht gefördert. Im Lateinunterricht entstanden Optionen für das Römische Reich. Außerdem wurde die Geschichte des Mittelalters in starkem Bezug zur Römischen Geschichte betrachtet.

Jedoch im Alltag waren wir der Propaganda ausgesetzt. Die Zigarettenbilder waren damals recht beliebt. Eine Serie brachte Bilder deutscher Uniformen und Soldaten. Die Zigarettensorte Trommler (Eckstein-liiert) führte sogar das SA-Abzeichen als Aufdruck und hatte eine "Nazi"-orientierte Bilderserie. Gegen die heute perfektionierte Meinungslenkung war das damals Klein-Kleinkram, aber es hatte seine Wirkung, erzeugte zumindest Aufmerksamkeit.
Oder die Zeitungen. In Ludwigslust, und zwar an einer längeren Abgrenzungsmauer zwischen der Luisenstraße und dem Laden des Textilkaufmanns Vick, waren verschiedene Schaukästen angebracht, in denen die Partei- oder SA-Organisation Ludwigslust die antisemitische Zeitung "Der Stürmer" aushing. Als Junge habe ich mir das natürlich angesehen, aber die Darstellungen und Aussagen waren abstoßend. Es erschien mir allzu erdacht und einer schmutzigen Phantasie entsprungen. Mit solchen Ausdrücken wie Schwein, Sau usf., so im „Stürmer", wurde ich erst später beim Militär konfrontiert.
Wenn ich an die Familie des Direktors Plate denke, so glaube ich, daß sie humanistisch eingestellt war. Ich war einmal mit meiner Mutter in der Wohnung eines jüdischen Textilkaufmanns. Die Frau empfing uns freundlich und aufmerksam in ihrer gepflegten Wohnung. Irgendwie war ich von dem angenehmen Milieu beeindruckt. Als sie mich dann als mitgekommenen Jungen bemerkte, lief sie an ein Regal, holte daraus eine Karte mit einem Bild von einem großen HAPAG-Dampfer und schenkte sie mir. Ich habe mich zu dieser kleinen Aufmerksamkeit sehr gefreut.
Überhaupt bestand in unserer Familie kein Haß gegen Juden; das hätte unsere Mutter niemals zugelassen.
Der Direktor Plate machte in den Jahren 1932/33 einen sehr bedrückten Eindruck. Er hatte es sich zur Gewohnheit gemacht, nach

Unterrichtsschluß alle Räume abzugehen. Die Fahrschüler durften bis zur Abfahrt in den Klassenräumen bleiben, was eigentlich immer geordnet verlief.

Ich erinnere mich dabei an eine Begebenheit: Einer von uns hatte auf dem Lehrerstuhl mit Kreide ein kräftiges Hakenkreuz gemalt, in der heimlichen Hoffnung, der Schuldiener würde es nicht merken und irgendein Lehrer würde sich drauf setzen. In dieser Situation kam der Direktor Plate, sagte freundlich guten Tag und guckte herum; dabei hat er bestimmt das Hakenkreuz gesehen. Darauf ging er grußlos, ohne etwas zu sagen, aus dem Raum.

Ich hatte den Eindruck, daß ihn eine Beklemmung forttrieb. Unser heimliches Begehren wäre dennoch nie zur Erfüllung gekommen, dazu war unser Schuldiener und gute Hausgeist Jahnke viel zu peinlich auf Ordnung bedacht. So etwas hätte er, auch wenn er uns mochte, niemals durchgehen lassen.

Das Lehrerzimmer war bei uns kein beliebter Zielort. Wenn man dort anklopfen mußte, war man meistens hinzitiert worden. Es war üblich, daß Schülersünden ins Klassenbuch eingetragen wurden, und Erscheinungspflicht bei der Obrigkeit resultierte zumeist daraus.

Nach 1933 wurde der Direktor Plate alsbald versetzt, m.W. als Lehrer an das Lyzeum in Schwerin. Seine Tochter, Halbjüdin, habe ich später noch einmal in Schwerin gesehen. Sie machte mir einen sehr bedrückten Eindruck. Was weiter aus der Familie geworden ist, ich habe nie wieder etwas davon gehört.

Zu einer härteren politischen Auseinandersetzung zwischen den Schülern kam es an einem Jahrmarktstag 1932. Wenn Jahrmarkt war, hatten wir Wandertag. Direkt vor der Schule auf der breiten Promenade mit den verschiedensten Fahr-, Reit-, Rad- und Fußwegen standen die Marktbuden und Karussells. Das Gedudel und die Tiraden der Marktschreier, krächzend und laut, hätten Unterricht nicht ermöglicht. Die Klassenlehrer wußten den Ausflug so einzurichten, daß wir nach seinem Ende noch gut Gelegenheit hatten, auf den Markt zu gehen, der dann immer schon in Betrieb war. Die Leute kamen von fern und nah, über den ganzen Tag verteilt bis Mitternacht, je danach, wie Arbeit, Geschäfte, Freizeit, Familie etc. es ermöglichten.

Endlich vom Ausflug entlassen, eilten Jungen und auch die Mädchen auf den Markt. Eigenen Interessen folgend und die Mitschüler schon aus den Augen verlierend, holte mich ein lärmender Streit zurück. Peter Hopp hatte sich ein SPD-Abzeichen (3 Pfeile schräg nach oben) gekauft und angesteckt. Gerd Henning als Nationalsozialist wollte ihm das Abzeichen abreißen. Es kam zu einem Handgemenge, bei dem Trechow, stets etwas böllerig, lautstark und handgreiflich, bemüht war, Hopp zu verteidigen. Im Beisein und Gerede der Klassenkameraden ebbte der Streit ab, die Streithähne gingen böse auseinander, die Ansammlung zerlief sich.

Bemerkenswert die Aktivität der Polizei. Sie unternahm nichts.

Viele junge Leute fuhren nach der Arbeit mit dem Fahrrad zum Jahrmarkt, es hatten aber viele keine Beleuchtung am Fahrrad; meistens ging es erst im Dunkeln wieder nach Hause. Aber gerade deswegen kontrollierte die Polizei. Genauso wie heute auch: Es ist ja viel leichter, einen kleinen Verkehrssünder zum Zahlen zu bringen als einen Verbrecher zu schnappen. Die Leute müssen ja auch ihre Erfolge haben und die Nützlichkeit ihres Daseins dokumentieren. Mit entsprechenden Horrorberichten regten sich die Leute auf, wie z.B.: „Die Polizei hätte den Leute die Ventile herausgeschraubt":

Für diesen Markttag bekamen wir von unserer Mutter 1 RM mit, und manchmal hatten wir ein paar Groschen dazu gespart. Da galt es klug haushalten mit dem Geld. Es wurden die wichtigsten Schausteller abgeklappert, und 10 Pfennige waren meist noch für geräucherte Krabben übrig. Ich erinnere mich an dieses Gaumenerlebnis. In entsprechender Güte glaube ich sie nie wieder geschmeckt zu haben. Die Ware war stets ganz frisch aus Hamburg angeliefert.

Einmal hatte mich ein Verkäufer und Marktschreier herausgeguckt aus der großen Menge von Menschen und mich engagiert, aus der in der Nähe liegenden Speisegaststätte einen Imbiß zu holen. Er gab mir das Geld passend - und er hatte mit kluger Menschenkenntnis den "richtigen" Jungen herausgesucht: Gewissenhaft führte ich den Auftrag aus. Dafür schenkte er mir einen Luftballon.

Meist jedoch war meine Kasse so knapp bemessen, daß ich so gegen 16 Uhr vor der Frage stand, den Markt zu verlassen und nach Hause zu radeln. Aller Trubel wird langweilig, wenn man das nötige Kleingeld nicht mehr hat.

Vom christlichen Jugendbund zur HJ!

In der Schule gewann die NS-Jugendbewegung an Bedeutung, für die Jüngeren die DJ (Deutsche Jugend) und der JM (Jungmädchenbund). Der Reichsjugendtag wurde eingeführt, jeweils am Sonnabend. Dadurch sollte die NS-Jugendbewegung in den Schulen gefördert werden. Die Schüler, die schon Mitglied waren, mußten zum "Dienst", die anderen zur Schule.
Meine Mutter war gegen die DJ (Deutsche Jugend) und sie hatte das Sagen.
Vater hatte weniger verbalen Einfluß auf uns. Dennoch ließ er sich in seinem Denken wenig von Mutter beeinflussen. Das bedeutet, aber nicht, dass er realen Argumenten seiner Frau nicht stattgab.
Meiner Mutter oblag die christliche Erziehung. Täglich wurde aus den Blättern des Neukirchener Kalenders, herausgegeben von der evangelischen Neukirchener Mission; vorgelesen, über biblische und christliche Inhalte gesprochen, wir sangen christliche Lieder und Choräle, die meine Mutter mit dem Harmonium begleitete. Unser Prediger kam regelmäßig zu Besuch, so wie auch wir an christlichen Veranstaltungen teilnahmen und die Kirche besuchten. Wir erhielten Religions- und Konfirmandenunterricht und wurden konfirmiert. Wir waren religiös gefestigt. Im Bewußtsein nie vergessen ist mir Melodie und Text eines Abendliedes, den wir als Abendgebet stets inbrünstig vor dem Einschlafen beteten:

MÜDE BIN ICH, GEH ZUR RUH,
SCHLIESSE MEINE ÄUGLEIN ZU,
VATER LASS DIE AUGEN DEIN
ÜBER MEINEM BETTE SEIN!

HAB ICH UNRECHT HEUT GETAN,
SIEH ES, LIEBER GOTT, NICHT AN!
DEINE GNAD UND CHRISTI BLUT
MACHT JA ALLEN SCHADEN GUT.

Und doch, so möchte ich behaupten, bin ich für den Krieg erzogen
worden.

Kaum den Windeln entwachsen, ging es schon los: Streiten, kämpfen,
siegen, nur nicht verlieren, besser sein. Dabei war "Räuber und Gendarm" noch harmlos. Nur allzu bald war das richtige Kriegspielen
aktuell: mit Lanzen, Säbeln, Gewehrattrappen, mit Anschleichen,
Deckungsuchen, Springen, Umgehen, Angriffsmanieren etc. Man
denke da nur an das Weihnachtslied:

MORGEN KOMMT DER WEIHNACHTSMANN,
KOMMT MIT SEINEN GABEN,
TROMMEL, PFEIFEN UND GEWEHR,
JA EIN GANZES KRIEGESHEER
MÖCHT ICH GERNE HABEN.

Dabei hatten wir noch gar nichts gehört, bewahre gelesen von
Indianern, Trappern, Helden und ihren Taten. Mit dem fünften,
sechsten Lebensjahr waren wir schon kräftig beim Kriegspielen
dabei. Frage: Woher kommt das? Vielleicht waren wir uns zu viel
selbst überlassen? Oder sind es ererbte Instinkte und Verhaltens-
muster der Selbsterhaltung? Woher, woher? Jedenfalls waren wir
schon motiviert für den Krieg, bevor uns die Hitlerjugend beeinflußte,
bevor wir Karl May, Tom Mix (damalige Westernserie), Onkel Toms
Hütte u.a. gelesen hatten. Mit dem Kriegspielen haben wir uns
gegenseitig angesteckt, von Junge zu Junge, von Gruppe zu Gruppe ...
von Mund zu Mund, und nochmals betont, es gab in dem Sinne kaum
Impulse von den Erwachsenen. Aber sie haben unser Krieg-Spielen
geduldet, belächelt oder sogar animiert. Ich kenne keine Stimme, die
es für schändlich hielt.

Ich als der Jüngere war nur nicht ganz so versessen, weil ich das Pech
hatte, bei meinem zwei Jahre älteren Bruder der ewige Verlierer und

in der Gruppe der "Muschkote" in der zweiten oder dritten Reihe oder dem hinteren Glied zu sein. Dadurch war mein Drang zum Besseren angestachelt. Andererseits habe ich mir als Verlierer viel Erfahrungen erworben, die mir später sehr viel nutzten. Beim Dienst in der DJ gab es für mich dann Jüngere und Ältere, die mit mir im Glied standen.

Daß es immer einen Führer gab, war in unsere Kinderhirne eingetrimmt. Dafür sorgte schon der Drill bei den Ordnungsübungen, militärisch formuliert "exerzieren". Hier liegt nach meiner Auffassung die grundlegende Basis für das Funktionieren des militärischen Apparates; ohne unbedingten Gehorsam und bedingungslose Ausführung der Befehle - ohne Wenn und Aber, ohne Aufkommen eines abwägenden Gedankens - funktioniert keine Militärmaschinerie. Ohne Frage hatte uns unser Vater beeinflußt. Sein Denken, seine Haltung, seine Disziplin, seine Bündigkeit und seine Traditionspflege, ja, sein Liedgut genoß Autorität und beeinflußte unsere Kindheit. Mein Vater hat gesungen und gepfiffen, auch wenn das meine Kinder nicht so recht glauben werden!

In Rosenhagen hatte er über alle Fährnisse hinweg eine Bildmontage von sich als Soldat bis weit nach 1945 bewahrt. Meine älteren Kinder kennen sie sicher noch von Rosenhagen her, wo sie über seinem Bett hing: Ein stolzer Reiter, mit langem Säbel und mit gewölbter Brust, soldatisch stramm, und daneben er selbst in stehender Position, sich legere auf einem Beistelltisch abstützend ... im ganzen ein hübscher Mann, wie Oma zu kommentieren pflegte. Salut! Dabei der folgende Spruch: "Es lebe hoch das Regiment, das sich mit Stolz von Podbielski nennt."

Heute will es ja kaum jemand wissen, daß der polnische Adel Offiziere in deutschen Heeren gestellt hat. Ich habe das sogar im Zweiten Weltkrieg registriert, daß polnische Offiziere als Offiziere in die Wehrmacht übernommen wurden.

Wie oft habe ich als Kind diese Bildmontage studiert. Hat es Wirkung gehabt?

Gerade des Lesens kundig, habe ich das damals noch einzige weltliche Buch im Hause von vorn nach hinten und zurück durchgestöbert. Es war ein bebilderter, großformatiger Band über den 1. Weltkrieg.

Alfred und ich durften, wie gesagt, nicht zum Deutschen Jugend, sondern mußten am Sonnabend zur Schule. Die Anzahl der Unterrichtsteilnehmer wurde immer weniger, so daß wir uns in unserer Haut gar nicht mehr wohl fühlten. Bis etwa Mai 1934 war der Widerstand der Eltern gebrochen, und wir durften uns endlich bei der DJ anmelden.

Gleich am folgenden Sonntag war Dienst angesagt. Wir mußten in Warlow antreten, und es kam ein etwa 17/18-jähriger körperlich kräftiger, bulliger Jungvolkführer aus Ludwigslust; er war dem Namen nach uns als "schon lange Nazi" bekannt. Gleich ging das Jagen los. "In Linie angetreten! - Richtet euch! - Augen gerade aus! - Rührt euch! – Stillgestanden! - Die Augen links! - Augen gerade aus! - Rührt euch! – Weggetreten! - Hinlegen! - Auf Marschmarsch! - Achtung! - In Linie zu einem Glied angetreten!"

Nach ersten Antrete- und Marschübungen begann ein Überlandmarsch durch die Dörfer Weselsdorf, Niendorf, Neu-Lüblow. Es handelte sich hier um Dörfer aus der Griesen Gegend. Häusler, wenig Büdner und kaum Bauern, insgesamt sehr sparsame, z.T. auch recht arme Leute. Der Sinn für Politik war wenig ausgeprägt, sie hatten eher kommunistische als nazistische Anschauungen.

Die SPD war auf dem Lande wenig anerkannt. Sie hat nie die Verbundenheit zu den Bauern und zur Landarmut gepflegt, ein großer Mangel, wie ich finde. Der Bankrott vieler Bauern und Handwerker, das Balancieren vieler Dörfler an der Armutsgrenze brachte vor 1933 kaum Gunst für die Regierungspartei SPD.

So mag der superaktive Jungvolkmann an einen Propagandamarsch durch die Dörfer gedacht haben unter dem Motto: Seht, die Jugend marschiert! Also raus aus Warlow, das politisch durch seine bäuerliche Struktur ganz anders gelagert war, mehr in Richtung national, deutsch-national.

Die Deutsch-nationale Partei war salonfähiger als die NSDAP. Ihr Kampftrupp „Stahlhelm" biederte sich schon allein mit der militärähnlichen Uniform und dem "Stahlhelm" den früheren Frontkämpfern und Kriegsteilnehmern an. Die Jugendorganisation „Scharnhorst" folgte diesem Nimbus und war dadurch auch für viele attraktiv. Vor allem erzeugte sie Sympathie mit ihren Spielmannszügen. So bot sich die Koalitionsbereitwilligkeit der Deutsch-Nationalen der NSDAP als guter Happen an. So mancher Bürgerliche mag gedacht haben: Wollen wir es einmal mit Hitler versuchen, wenn er sich abgewirtschaftet hat, geht er sowieso.

Ich kann mich nicht sehr an die Einzelheiten unseres Marsches erinnern; zumindest für mich, zwölf Jahre alt, war dieser Marsch anstrengend. Das Wetter war zudem auch gut, und wir hatten tüchtig Durst. Nach mehreren Kilometern Fußmarsch stillten wir dann an den Dorfpumpen unseren Durst. Zu essen gab es den ganzen Tag nichts. Kaum einer von den Dorfbewohnern zollte uns Hitlerjungen anerkennende Beachtung. Am Abend gegen 9/10 Uhr kamen wir wieder nach Warlow.

Aufgeregt wurden wir beide von unseren Schwestern Elisabeth und Leni empfangen. Als wir nicht zu Mittag und auch nicht zum Abendbrot zu Hause waren, begann wohl die Sorge um die Jungs, und Lieschen und Leni fühlten sich verpflichtet, nach uns Ausschau zu halten.

Mit ihrem Vorwurf, daß so ein Unternehmen unangemessen gewesen sei, kamen sie bei dem Jungvolkführer nicht an.

Alfreds und meine Gefühle waren zwiespältig, wollten wir doch nicht als Schwächlinge dastehen. Und das wäre so gewesen, wenn wir etwas gegen den Marsch gesagt hätten.

Auf jeden Fall war es dann mit unserer Mitgliedschaft im Jungvolk aus. Wir durften schön wieder am Reichsjugendtag-Sonnabend zur Schule gehen und konnten nicht einmal darüber fluchen.

Als sich später die Hitlerjugend solider organisiert hatte und der Unterricht an den Reichsjugendtagen immer unsinniger wurde, gelang es Alfred und mir, die Erlaubnis zum Eintritt in das Jungvolk bei den Eltern zu erwirken. Fördernd für unser Vorhaben hat sich dabei ausgewirkt, daß Otto und Walter Schulte in die Partei eingetreten waren.

Walter Schulte war ein großer, breiter Mann und als Besitzer einer 500er NSU wurde Adjutant des späteren Kreisleiters, des Lehrers Dettmer an unserer Schule. Dieser brauchte einen "mobilen" Mann und einen kräftigen Beistand, wenn er in den verschiedensten Orten als Propagandaredner auftrat und jemand ihm dort ans Leder wollte.

Otto wurde Mitglied in der SS, wurde aber später wegen einer Unbot-
mäßigkeit ausgeschlossen. Welch ein Glück für ihn.

Ich muß zugeben, daß meine Sympathie sehr auf Seiten der Nazis
war. Im Geschichtsunterricht, im Sport u.a. waren wir auf die historische Demütigung Deutschlands eingestellt worden, auch schon vor
1933.

Im Sport behandelten wir damals zu Beginn des Unterrichts in
einigen Minuten Auszüge aus dem Versailler Diktat. Der Lehrer tat
das illegal. Zwischen den Zeilen wollte er uns mitteilen: Das müssen
wir uns einmal wieder holen.

So wurden wir als Kinder mehr oder weniger auf das neue System
vorbereitet. Dabei verschwieg man uns bewusst die Menschfeind-
lichkeit der Propaganda, das Nazigegner verfolgt wurden etc.

Zu der Zeit war der christliche Jugendbund noch recht aktiv. Meine
Schwestern waren dort fest engagiert. Die Veranstaltungen des
Jugendbundes waren sehr ansprechend und gesellig und wurden
abwechselnd an den verschiedensten Orten in den Wohnungen von
Jugendbündlern oder sympathisierenden Gastgebern durchgeführt.

So fand sommertags an einem Sonntag eine solche Veranstaltung in
meinem Elternhaus statt. Es muß in der Zeit nach unserem verhinder-
ten Eintritt in das Jungvolk gewesen sein. Initiator war der Prediger
Frost von der christlichen Gemeinschaft in Ludwigslust.

Die Besucher waren in unserem Garten schon fast vollständig
versammelt, da erschien auch unser besagter Jungvolkführer aus
Ludwigslust. Als Gast hatte jeder Zutritt zu diesen Veranstaltungen.
Eine gewisse Unbehaglichkeit breitete sich aus. Trotzdem mußte die
Veranstaltung, wie vorgesehen, abgelaufen sein. Ich möchte behaupten, daß Prediger Frost seine Worte sehr wohl gewägt hat, dennoch
war ein Bezug zu Jesus und seinen Aposteln mit entsprechenden
Lobpreisungen notwendigerweise gegeben. Plötzlich sprang der
Jungvolkführer auf, schimpfte, daß hier Juden verherrlicht würden,
und verließ die Versammlung. Prediger Frost eilte hinterher und
versuchte ihn zu besänftigen, aber ohne Erfolg. Meines Wissens war
das die letzte öffentliche Zusammenkunft des Jugendbundes. Es wäre
durchaus möglich, daß zu entsprechenden NSDAP-Einrichtungen ein
Bericht darüber gegangen ist, jedenfalls ist das Gemeinschaftsleben

95

des christlichen Jugendbundes und der christlichen Gemeinschaft nach dieser Zeit mehr und mehr verebbt bzw. ganz verschwunden.

Die Nazis machten nach anfänglichen Rangeleien mit den Kirchen einen Burgfrieden. Die katholische Kirche regelte die gegenseitige Toleranz durch ein Konkordat. Es bildete sich eine neue NSDAP-freundliche christliche Vereinigung, die "Deutschen Christen". Die evangelischen Kirchen, die lutherische wie auch die reformierte, ließen sich zwar nicht vereinnahmen, aber wahrten doch gegenseitige Akzeptanz.

Unterschwellig gab es sehr wohl Antipathie. So hat Tante Alma auf dem Standesamt - ich glaube zu Cousine Marias Hochzeit - als man ihr das Buch Adolf Hitlers "Mein Kampf", das dem Paar überreicht wurde, zur Aufbewahrung übergeben wollte, fallen gelassen. Sie hat solche Sachen "draufgehabt".

Es kam schon mal vor, daß als Reaktion auf gewagte Äußerungen junger Männer vor einer unmündigen Zuhörerschaft gesagt wurde: "Seg man sowat nich, suess kuemmst' int KZ!" Aber wir haben nie die Bedeutung erfahren.

Ich kann nicht behaupten, daß der Dienst im Jungvolk mir keinen Spaß gemacht hat. Für uns Kinder aus dem Vorwerk eröffnete sich ein breites Spektrum neuer Beziehungen. Wir waren dreißig Jungen in einem Jungzug. Als wir dann noch den Jungzugführer August Weber, Bäckersohn aus Warlow, bekamen, der es verstand, den Dienst so zu gestalten, daß das Interesse der Jungen erhalten blieb, machte die Sache auch Spaß. Er war kein unbedingter Verfechter von Dogmen. Zum Grunddienst gehörten Ordnungsübungen und Marschieren und auch Singen. Die Schulung in Richtung national-sozialistischer Ideologie war weniger intensiv; sie beschränkte sich mehr oder weniger auf Leitsätze, wir würden heute sagen Parolen. Das Einüben und Singen von Soldatenliedern, Landsknechtsliedern, Liedern, die sogar ehemaligen proletarischen Ursprungs waren wie "Aus grauer Städte Mauern", aber auch SA- und HJ-Liedern setzten sich schwer durch. Durch ständiges Üben und Anwenden beim Marschieren sollte sie uns eingeprägt werden. Was waren wir stolz, wenn wir zackig mit bester Marschordnung und einem geschmetterten Lied durch die Straßen zogen. Ich nenne nur das Horst-Wessel-

Lied; Die Fahne hoch; HJ-Lied: Unsere Fahne flattert uns voran, Die Bauern wollten freie sein; Brüder zur Sonne, zur Freiheit (textlich neu zugeschnitten).

Einige Lieder proletarischer Herkunft waren einfach umgedichtet worden. So behauptete das auch ein Landhelfer und Jungkommunist aus Hamburg, Rudolf Strauer. Die Fahne hoch ... sei ein kommunistisches Lied gewesen und von Horst Wessel geklaut worden. Ich habe ihn wiederholt lauthals singen hören: Die Fahne hoch, die Reihen dicht geschlossen, Rot Front marschiert ... Später wurde seine verhärtete kommunistische Anschauung aufgeweicht. Aus dem etwas verhärmten Hamburger Jungen wurde durch die ländliche Arbeit und Verpflegung ein Mann, der sich gewisse Dinge leisten konnte, z.B. ein Fahrrad und einen Kinobesuch pro Woche. Später schaute er auch schon den Mädchen nach.

Am beliebtesten waren im Jungvolk-Dienst die Geländespiele, die hintergründig der militärischen Erziehung dienten. Aber das Stöbern und Ströpern im Wald und im Feld, das Laufen, Anschleichen, Geplänkel machten unheimlich Spaß.

Die Gemeinschaftlichkeit, die Kameradschaft bei Spiel, Gesang, Zelten, Lagerfeuer, Fahrten, all das hat uns Jungen schon nachhaltig beeindruckt. Die Bekanntschaft mit anderen Jungen, damals noch nicht so sehr Mädchen, förderten manche private Treffs für Gedankenaustausch und gemeinsame Unternehmungen. Wir lernten Menschen, Gewohnheiten, das Zuhause anderer, dörfliche Örtlichkeiten und vieles andere kennen. Vor allem lernten wir dabei auch die plattdeutsche Sprache.

Beeindruckt hatte mich ein Dialog, der sich seiner Beliebtheit erfreute: "Hast du die Schlafmütze meiner Großmutter gesehen?" Antwort: "Nein, ich habe nicht die Schlafmütze deiner Großmutter gesehen." Dieses Zwiegespräch wurde in allen bekannten und erdachten theatralischen Darstellungen variiert, wie leiser, normaler, schreierisch Tonfall, dramatisch spannend, heißspornig, tragisch, zu Tode betrübt, liebherzig, gleichgültig, gewalttätig, verzagend etc. etc. Die Fantasie hatte so recht freien Lauf.

Wir spielten Spiele wie: "Räuber und Gendarm", Kippel-Kappel (ein Spiel mit einem Stock und einem Holz mit eingeschnitzten Zeichen),

Verstecken. Beim Schlangeziehen wurde eine lange Personenkette gebildet und von ein oder mehreren kräftigen Personen angeführt; durch die Schlangenbewegungen beim „Ziehen" mußten die letzten viel und schnell laufen, die Schlangenbewegungen hatten am Ende viel größere Radien als an dem Ort, wo sie entstanden. Die Schlange suchte Zuschauer zu greifen, die als gefangen das Ende der Schlange bildeten. Auf diese Art und Weise wurde die Schlange immer länger.

Es gab noch viele andere Beschäftigungen wie Drachensteigen, Schlittenfahren, Eislaufen, Schlagball u.a.

Nach Mädchen stand uns als 12- bis 15-jährige wenig der Sinn. Die gleichaltrigen und etwas älteren jungen Damen nahmen uns nicht für voll, und die jüngere waren noch zu "doof" - wir aber auch!

In Wirklichkeit war uns ein kleiner Überfall auf eine Mädchengruppe lieber, z.B. den oft mitgeführten Wimpel zu erobern. Das war eben die besondere Art der Kontaktaufnahme in diesem Alter.

Gesa, eine kindliche "Dame" aus der Hamburger Verwandtschaft war mir zugeneigt. Ich spürte doch schon ihre Anhänglichkeit an uns beiden Garrels-Jungs, wobei ich dennoch registrierte, daß weniger ich gemeint war. Nach vielen Jahren erzählte Gesa, daß mein Bruder Alfred ihr Schwarm gewesen war. Alfred war dann in Ludwigslust Soldat und öfter in Kummer. So war diese Schwärmerei sicher genährt worden. Bei den Schülerinnen der Höheren Töchterschule war es schon wichtig, "kleine" Freundschaften in petto zu haben. Als Alfred sie einmal als junger Leutnant von der Schule abholte, war das sicher ein Triumph gegenüber den Klassenkameradinnen.

Einmal war ich Zuhörer in einer Gruppe von Jüngeren, als ein junger Mann von knapp 20 Jahren über seine Erfahrungen mit einem Mädchen, das er namentlich erwähnte, prahlte. Den gewünschten Eindruck konnte er aber doch nicht schinden, das Aufgetischte erschien uns zu banal, und die Zuhörer verliefen sich.

Nach und nach vergrößerte sich der Jungvolk-Haufen. Mein Bruder Alfred wurde Jungenschaftsführer. Ich erinnere mich, daß er mit seiner Geige das Lied "Wenn die bunten Fahnen wehen" eingeübt hatte.

In der Zeit müssen die Widersprüche zwischen Christen und NSDAP nicht zu groß gewesen sein. Ich erinnere mich, daß im Versammlungsraum der Hitlerjugend sogar die christliche Sonntagsschule durchgeführt wurde. Wir haben auch daran teilgenommen.

1935-1936 besuchten Alfred und ich den Konfirmationsunterricht in Ludwigslust. Wir beide wurden zu Ostern 1936 in der Schloßkirche Ludwigslust konfirmiert. Die Konfirmation wurde zu Hause mit Bekannten und Verwandten gefeiert. Mir ist in Erinnerung geblieben, daß Alfred und ich fast immer gleiche Geschenke bekamen. SOS: Schlips, Oberhemd und Socken war damals schon gängig. Wir "bekamens", jeder das seine mit geringfügig unterschiedlichen Nuancen. Wir waren ja von dann an erwachsen (hab ich gar nicht viel von gemerkt) und mußten dann bei feierlichen Gegebenheiten Oberhemd und Schlips tragen, sogar mit umgeschlagenen Manschetten und Manschettenknöpfen. Aus Silber waren sie aber noch nicht, bewahre denn aus Gold. Für mich war es gut so, da ich körperlich die gleichen Größen benötigte wie Alfred; ich brauchte nicht Sachen von ihm aufzutragen. Dafür bekamen wir aber immer fast die gleichen Kleidungsstücke. Ich fürchte, daß die Mitwelt die beiden Garrels-Jungs immer schon von weitem an der Kleidung erkannten. Besser gefielen mir die Taschenmesser, die wir bekamen, wieder beide gleich, mit zwei Klingen, Säge, Schraubenzieher, Korkenzieher etc.

Obwohl meine Mutter mich in Ehrfurcht für die Religion erzogen hat, konnte ich nicht glauben. Um Mutter nicht bis ins tiefste zu verletzen, habe ich den Austritt aus der Kirche bis zu ihrem Tod hinausgeschoben.

Weidgenossen und Arbeitsknechte

Es war auf den Bauernhöfen üblich, Waffen zu besitzen, besonders wenn die Höfe einsam lagen. Trotz der unsicheren Zeiten sind wir nie in Haus und Hof bedroht worden.

Wir hatten mehrere Jagdgewehre, meist zweiläufige Schrotflinten, einen Drilling mit zwei Schrotläufen und einem Kugellauf. Sie mußten beim Schießen ganz fest in die Schulter gezogen werden, sie hatten einen sehr harten Rückstoß. Als 12-, 13-jähriger Junge habe ich auch schon damit schießen dürfen. Dann gab es noch zwei Kugelbüchsen für die Bockjagd, ein 9 mm-Tesching, mehrere 6 mm-Teschings für Kugel und Schrot, und in unserem persönlichen Besitz ein Luftgewehr für Spitzkugeln, Diabolo und Bolzen. Schießen auf Scheibe oder auf geworfene oder gerollte Topfdeckel, also auf bewegliche Ziele, gehörten zu unseren ständigen Übungen. So waren wir alle, man kann sagen, erstklassige Schützen. Auf Krähen und Spatzen kamen wir aber kaum zu Schuß. Die brauchten nur jemand von Ferne zu sehen, schon waren sie auf und davon. Manchmal ging der Gebrauch der Gewehre auch ins Unvernünftige. So hatte einmal P.H. sein Luftgewehr mitgebracht. Wir haben uns dann in 60 bis 70 Meter Entfernung gegenübergestellt und uns gegenseitig angegriffen und geschossen. Einmal wurde ich sogar an der Schulter getroffen. Irgendwie haben wir doch die Unvernunft begriffen und solches Kriegsspiel unterlassen.

Mein Vater hatte 1933 bis 1935 eine Jagd gepachtet und erwartete von uns, daß wir unsere freie Zeit danach ausrichteten. Ich war noch zu jung und noch nicht "waffentauglich". Aber Otto und Hermann bekamen Waffenscheine und durften das Jagdhandwerk mit ausüben.

Vater kaufte einen Jagdhund, eine braune, kurzhaarige Hündin mit langen hängenden Ohren und einer kupierten Rute, wir sagten Stummelschwanz. Ich sehe sie, Heidi, noch heute bei unserem ersten Gegenüber. Sie war im leeren Kuhstall an der Krippe angebunden - auf einer Schütte Stroh. Schüchtern und reserviert sahen wir uns an. Zu einer direkten Annäherung trauten wir uns noch nicht. Ihr kopierter Schwanz wedelte nur etwas hin und her. Sie war etwa drei Jahre alt und vom Förster, von dem Vater sie gekauft hatte, als Jagdhund ausgebildet worden.

Die Dressur als Vorstehhund war im Prinzip mißlungen. Bis zum Vorstehen bei Rebhühnern, Fasanen oder Hasen ging noch alles waidgerecht zu, aber in dem Moment, wo zum Beispiel der Hase aufsprang, war Heidi nicht mehr zu halten; sie jagte hinterher. Die Schützen kamen nicht so recht zum Schuß, weil der Hund dazwischen lief. Heidi verfolgte die Hasen oft kilometerweit, war aber meist erfolglos. Anhand ihres Gekläffs konnten wir orten, wo sie zur Zeit war. Erschöpft und mit schlechtem Gewissen kam sie zurück, die letzten Meter gekrochen. Die Prügel mit der Hundeleine nahm sie demütig hin. Mir tat das immer sehr weh.

Dafür war Heidi im Apportieren sehr gut. Sie hatte so gar keine Scheu vor eiskaltem Wasser. Für das Vorstehen wurde sie danach nicht mehr benutzt, für den Jäger ein gewisser Nachteil; denn durch das Vorstehen wurde das Wild angezeigt, und der Jäger konnte sich auf den Schuß einstellen. Heidi wurde zukünftig an der Leine geführt. Erst wenn das Wild geschossen oder angeschossen war, wurde sie zum Apportieren oder Erjagen losgelassen. Besonders wichtig war dies bei den Rebhühnern, die sich gern in den Kartoffelfeldern aufhielten. Ein angeschossenes Rebhuhn wäre ohne Hund im Kartoffelfeld kaum zu finden gewesen. Die Rebhühner waren auf den Beinen genau so flink wie beim Fliegen. Wenn ein Volk, meist bei zehn Hühnern, aufgestöbert war und dann hundert und mehr Meter entfernt wieder einfielen, waren sie nie an diesem betreffenden Ort wiederzufinden. Oft wurden sie fünfzig, ja, hundert Meter und mehr von dem Einfallsort entfernt, gefunden.

Bei Entenjagden im Winter fielen die geschossenen Tiere oft in das Wasser. Heidi war nie zu feige. Nachträglich wunderte ich mich, daß der Hund davon nie krank geworden ist. Ob das Ausschütteln und die damit verbundenen Reflexe genügten, dem Tier die Wärme wiederzugeben?

Wenn Heidi auch nicht die große Jagdkoryphäe war, so hatten sie und ich in großer Liebe zueinander gefunden. Wie oft habe ich sie in den Armen gehabt und gedrückt, wie oft haben wir getobt und gebalgt und Jagen gespielt. Sie ging sehr gern auf Neckerei und Spiel ein. Mit ihren Fängen, manchmal weit auf, tat sie so, als ob sie beißen wolle, sie hat es aber nie getan, nicht einmal gekniffen.

Gegenüber Fremden war sie wenig gefährlich, sie blieb bloß stehen und wich nicht vom Platz. Auf Befehl "Fass!" war sie für Fremde nicht ganz ungefährlich. Ich glaube auch, daß uns niemand in ihrem Beisein hätte angreifen oder schlagen dürfen. Rührselig war sie stets bei Tisch. Der Speichel lief ihr, man kann bald sagen, in Strömen aus ihren Lefzen. So hat sie es immer geschafft, unser Mitleid zu erregen; so manchen Bissen hat sie auf diese Weise ergattert.

Später in Rosenhagen ist sie mit einem Dorfköter durchgebrannt und brachte einen Wurf schwarz-weißer Bastarde zur Welt. Dennoch behielten wir davon einen Junghund, einen zweiten bekam unser Briefträger Kröppelin. Als ich aus dem Krieg nach Hause kam, war Heidi nicht mehr da. Ich konnte Heidi nie vergessen. Ein Gedicht bewegt mich tief, wenn ich an sie denke.

SCHAU ICH IN DIE TIEFSTE FERNE
MEINER JUGENDZEIT HINAB
STEIGT MIT VATER UND MIT MUTTER
AUCH EIN HUND AUS SEINEM GRAB

Alfred beteiligte sich eifriger als ich an der Jagd. Sie muß ihn auch mehr interessiert haben, denn ich weiß von einem Bild, das er in der Schule malte: Ein Reh lag mit einem blutenden Blattschuß danieder. Aber ich konnte das Bild nicht bewundern. Vielleicht weil ich nicht so erfolgreich bei der Jagd war und deshalb ziemlich desinteressiert. Aber das war es nicht allein. Obwohl wir auf dem Lande robuster aufgewachsen waren, also nicht zimperlich, erweckten die geschossenen Fasanen mit ihren schmucken Schwanzfedern und ihrem gerade noch lauthalsen Abheben aus dem Versteck, die kleinen Rebhühner, im Fliegen und beim Laufen auf der Erde schnell, geschickt und wendig, die glasigen Augen der toten Hasen mit den durch Flintenschrot zerschlagenen Läufen und Körperteilen, die braunen geöffneten Augen toter Rehe und die Prozeduren an dem geschossenen Rehbock, weil das Fleisch sonst riechen würde, ...ja, all das erweckte bei mir nicht gerade angenehme Gefühle, vielleicht hatte ich oft sogar Mitleid. Deshalb tat es mir auch nicht sonderlich leid, als sich die Jagdpächter zerstritten und mein Vater die Pacht aufgab. Es war wohl 1935 in Mäthus, da bekamen wir von einer Sozialstelle einen Mann zwischen 30 und 40 Jahren zur Arbeit geschickt. Der Mann wurde sogar gebracht! Er war geistig wenig wendig, langsam und ruhig. Ob er medikamentös ruhiggestellt war, vielleicht möglich. Man kann sagen, er war ein „armer" Mann. Er war so abgewirtschaftet, daß er sich z. B. in der Häckselkammer vom Häcksel zuschütten ließ, er war nicht in der Lage, selbständig aus solcher unstabilen Masse herauszukommen. Hermann, der mit ihm durch die Arbeit näheren Kontakt bekam und ihn wohl dazu gebracht hat, etwas mehr zu reden, bekam heraus, daß er entmannt worden war. Wir kleinen Jungs sollten das natürlich nicht erfahren, trotzdem wußten wir es! Einige Zeit später war er nicht mehr da, wahrscheinlich wieder abgeholt worden. Mit meinem heutigen Wissen fürchte ich, daß möglicherweise der Aufenthalt bei uns der letzte Versuch vor seiner "Endlösung" war, eine grausame Vorstellung.

Im Kriege stellte ich mir die Frage schon konkreter, weil unter Soldaten doch öfter "verquer" geredet wurde; in Dünaburg/Baltikum lag ich in einem Lazarett in einem Gebäudekomplex, der früher Irrenanstalt gewesen war. Es tauchte da schon die Frage auf: "Was ist aus den Irren geworden, die einmal dort Insassen gewesen waren?" Unserer Frage suchte man auszuweichen, und wir verdrängten sie letztendlich wie so vieles anderes, weil wir als Frontsoldaten andere Probleme hatten.

Die Landarbeit ist aus meinem Leben nicht wegzudenken. Gewöhnlich konnte die Arbeit von den Eltern, Geschwistern und Bediensteten bewältigt werden. Auch meine Schwestern waren nicht immer auf dem Felde, eben nur in den Saisonzeiten. Tagtäglich waren sie verantwortlich für das Melken der Kühe. Wenn Saisonarbeiten direkt in die Schulzeiten fielen, brauchten wir nicht zu helfen, wohl aber die Schwestern, wie z.B. beim Miststreuen, Kartoffelpflanzen, bei der Heuernte.

Aber in den großen Saisonzeiten wurde jede Hand gebraucht, z.B. bei der Getreideernte und bei der Kartoffelernte. So mußten Alfred und ich mithelfen, sobald die Körperkräfte und die Ferien es ermöglichten.

In früheren "Kummerschen" Jahren wurde das Getreide mit dem Getreidemäher, auch Ableger oder Flügelmaschine genannt, gemäht. Dabei wurden die Getreidebündel abgelegt, die dann mit Hand gebunden werden mußten. Ich selbst kenne diese Arbeit nur vom Zusehen. Obwohl das Garbenbinden körperlich gar nicht so schwer erschien, war es für Frauen wie auch für Männer eine sehr harte Arbeit, weil das Wesentliche der Arbeit gebückt getan werden mußte, zumal nur bei trockenem Wetter gemäht wurde und es fast immer sonnig und sehr warm war. Obwohl das anschließende Hocken eigentlich mühseliger war, wurde die Arbeit nicht als so körperlich schwer empfunden, weil die Körperhaltungen vielfältiger und bewegungsreicher waren. Die Frauen trugen als Sonnenschutz oft große weiße Hauben, die unter dem Kinn mit einem Bändchen gebunden wurden; sie hießen bei uns Flunderhüte.

1931 oder 1932 bekamen wir einen Mähbinder (Cormick, 5 Fu). Schultes hatten einen schon ein Jahr früher, was bei Garrels dazu führte, nachzuziehen. Das war eine große Erleichterung bei der Ernte, die Bunde oder Garben waren dazu noch viel gleichmäßiger und "schöner", wie ich es fand, und ließen sich viel besser tragen, mit der Gabel befördern und auf dem Wagen und im Scheunenfach packen.

Schultes und Garrels gemeinsam schafften sich dann eine Dreschmaschine und einen Benzolmotor an. Das alte Göpel-Triebwerk wurde abgeschafft. Ich kann mich noch an das Getreidedreschen mit dem Breitdrescher und den Göpelbetrieb erinnern. Außerhalb der Tenne stand der Göpel. An zwei langen Bäumen wurde das Triebwerk, ein riesiger Zahnkranz, durch Pferdekraft angetrieben, beim Dreschen sogar mit zwei Gespannen, also vier Pferden. Der angetriebene kleinere Zahnkranz war zu den Aggregaten hin mit langen Göpelstangen gekoppelt. Ich will es mir ersparen, den Breitdrescher, nach heutigen Vorstellungen ein vorsintflutliches Stück, zu beschreiben. Vater hat dann eine der langen Göpelstangen zwischen zwei der großen Birken angebracht, gebraucht zu allen möglichen Zwecken.

Wir jedenfalls haben uns das gute Stück schnell erobert, indem wir es als Turnstange benutzen. Aber auch die "Größeren" bemühten sich, daran ihre Künste zu beweisen. Am besten war aber Alfred. Zur Körperertüchtigung haben die Übungen ohne Frage beigetragen.

Maschinelle Vorrichtungen faszinierten mich immer. Leider fehlte es fast immer an der notwendigen Aufsicht. Unglücklicherweise steckte ich unbeobachtet meinen linken Zeigefinger zwischen zwei Kammräder. Der Finger war breitgedrückt, und später, als der Arzt den Verband abnahm, war die Fingerspitze abgestorben und fiel ab. So war und bin ich für mein Leben lang gekennzeichnet. In jedem Identifizierungsdokument steht: Spitze linker Zeigefinger fehlt!

Meine Schwester Elisabeth hat auf ähnliche Weise die Spitze des rechten Daumens verloren. Mir persönlich sagte man wiederholt: "Du hast aber Pech, wäre es der rechte Zeigefinger gewesen, brauchtest du nicht Soldat zu werden (der Abzugsfinger zum Schießen). Andere meinten wiederum, es wäre für mich ein Glück, daß es der linke Zeigefinger sei. So gehen die Meinungen auseinander!

In der Getreideernte 1931 mußten Alfred und ich erstmals mitarbeiten. Wir mußten die Erntewagen auf dem Felde laden. Wir sagten packen. Alfred als der etwas Kräftigere und wahrscheinlich auch schon Geschicktere packte hinten auf dem Wagen, ich vorne, wobei Hermann, der für beide aufstakte, mir hier und da eine Garbe gleich richtig hinlegte, so daß ich sie nicht mehr anzufassen brauchte.

Viel Kummer bereiteten uns die Disteln, sie waren zwar nicht so zahlreich wie später in Rosenhagen, aber dafür kannten wir in Kummer auch nicht extra Handschuhe gegen die Distelplage. Zwar entwickelten wir Greiftechniken, um so wenig wie möglich Disteln abzubekommen, aber dennoch hatten wir in den Pausen mehr oder weniger zu tun, sie auszuspuken.

In den ersten Jahren ging die Arbeit hart an die Grenzen meiner körperlichen Möglichkeiten. Später habe ich Erntewagen sehr gerne geladen. Die meisten Männer mochten diese Arbeit nicht. Bei uns zu Hause war das für Vater keine Frauenarbeit; denn die Schnelligkeit beim Laden bestimmte das Tempo des Ernteeinbringens. Auf dem Felde zum Aufstaken wurde der schnellste Mann eingesetzt, entsprechend mußte das Laden fix gehen. Da die Hofstätte etwa mitten im Land lag, waren die Anfahrtswege kurz, und das Laden brauchte nicht so sehr auf Sicherheit und "Schönheit" eingestellt zu sein. Trotz der Schnelligkeit ist mir nur ganz selten ein Teil der Ladung abgerutscht. Allmählich setzte sich bei uns Jungs nach und nach die Ästhetik durch. Wir waren bemüht, daß unsere Fuhren schön aussahen.

Wir hatten nicht die in Mecklenburg üblichen Leiterwagen, sondern auf den Kastenwagen wurde ein Rahmengestell aufgesetzt, daß sich die Ladefläche nach allen Seiten hin ausdehnte. Mein Vater ist nie von seiner Tradition abgewichen. Die Umrüstung für den sonstigen Gebrauch war bei unserer Variante bedeutend schneller.

Nach dem Kriege habe ich zu Hause in der Ernte gegen zwei Männer als Lader aufgestakt. Wir haben täglich über zwanzig Wagen geschafft, zwar Zweispanner, aber ob der kurzen Anfahrt doch schwer beladen. Das ging dann so etwa eine Woche lang, wenn es das Wetter erlaubte. An einem Sonntag war für den Nachmittag noch ein Wagen fällig, der letzte der Ernte. Aber ich hatte Eile und Sehnsucht nach meiner Braut. Damit es schnell gehen sollte, stieg ich auf den Wagen und sagte zu den Männern: "Ich will zur Lore, schmeißt auf den Wagen, soviel ihr nur könnt."

Junge, hab ich da zugreifen müssen, die beiden hätten mich wohl gerne eingepackt. Mustergültig war die Fuhre nicht geworden, nur anfassen, hinwerfen, festtreten, schon die nächste! In unwahrscheinlich kurzer Zeit war der Rest Hocken aufgeladen und der Wagen voll. Auf dem Getreidewagen oben thronend, fuhr ich so schnell wie möglich nach Hause, war nicht mehr ansprechbar, schick gemacht, und Hugo ward nicht mehr gesehen. Man sagt: Ein Weib zieht mehr als zehn Pferde.

Auf die Kartoffelernte konzentrierten wir uns besonders. Sogar in den Schulen wurde sie berücksichtigt und es gab extra Ferien.

Ich konnte noch gar nicht einen gefüllten Eimer oder Korb tragen, da mußte ich schon an Vaters Seite Kartoffeln sammeln und in Vaters Eimer werfen. Die Einheimischen sammelten die Kartoffeln meistens in Weidenkiepen. Der Grund für unsere Verwendung von Eimern war, daß diese mehrzweckverwendbar waren, zum anderem waren sie beim Ausschütten auf die Wagen griffiger. Drahtkörbe waren auch ganz praktisch, sie waren aber teurer, deshalb gab es diese bei uns nur in geringer Zahl, beim Ausschütten waren sie auch nicht so handlich.

An den Vormittagen wurde auf Vorrat gerodet, und nachmittags kamen dann Frauen aus Hornkaten, etwa fünfzehn und mehr. Sie bekamen abends 3 RM bar auf die Hand, ein damals guter Zuverdienst für die Frauen. Wenn dann die Frauen in einer Linie nebeneinander die Kartoffeln aufsammelten, war die beste Gelegenheit gegeben, zu erzählen, von Dorfklatsch über Arbeit, Haus, Hof bis hin zur Politik. Die Frauen erzählten ohne sich stören zu lassen. Die vollen Eimer wurden ihnen sofort weggenommen und ausgeschüttet. Es ging sehr gesellig zu, und dennoch wurde viel geschafft. Ich hatte immer das Gefühl, daß die Frauen gerne kamen, und wir, die mitsammelten, hielten die Ohren offen, um alles mitzubekommen. Besonders groß war das Geschnatter zur Vesper, wenn es Kaffee und Plattenkuchen gab.

Allerdings war ich nicht immer dabei; denn Alfred und ich mußten Tag für Tag abwechselnd die Kühe aus der Koppel hinter dem Kanal holen und auf den anliegenden Wiesen hüten. Abends trieben wir die Kühe, etwa 2 km Weg, nach Hause. Dennoch habe ich als Hütejunge nie Langeweile gehabt, zumal meine Heidi, mein Lieblingshund, stets mit von der Partie war.

Schultes und wir betrieben den Kartoffelanbau im Vergleich zu den anderen Bauern schon im größeren Umfang. Der Anbau und insbesondere der Absatz hatten sich bis 1929, der Weltwirtschaftskrise, schon so gefestigt, daß wir diese Zeit ganz gut überstanden. Die Kartoffelpreise schwankten damals um 1 RM pro Zentner, das sind 2 RM pro dt oder 100 kg. Ich weiß davon, daß es zeitweise nur 80 bis 90 Pfennige je Zentner (50 kg) gab. Wir hatten ständig feste Händler. Hamburg und Berlin brauchten viel Kartoffeln.

Einmal war der Absatz besonders schwierig. Wenig Aussichten! Krise! Krise! Da kam ein Händler mit einem besonderen Lieferangebot bei durchaus günstigen Preisen: In Berlin suchte man kleine Delikatesse-Kartoffeln. Dort gingen meines Wissens die Kartoffeln über eine Schälmaschine und wurden dann - ich weiß es nicht genau - gekocht oder roh in Kasserollen (= Schmortopf oder Schmorpfanne) geschwenkt, angebraten bzw. geschmort. Wer Kartoffelgerichte kennt, weiß diese kleinen geschwenkten Knollen zu schätzen. Einen zünftigen Grünkohl ohne solche Kartoffeln wäre direkt eine sündhafte Verfehlung gewesen. Ich erinnere mich noch gut, daß wir tagelang gerummelt hatten, das ist die Bezeichnung für die Arbeit mit der Reinigungs- und Sortiermaschine für Kartoffeln. Die Maschine hatte umgangssprachlich die Bezeichnung: Rummel. Die großen Kartoffeln kamen wieder in die Miete, die kleinen hatten dann ein oder zwei Waggons zu füllen.

Später konnten auch die übrigen Kartoffeln abgesetzt werden, aber zu welchem Preis - das ist die Frage. Die damaligen Preise waren so niedrig, daß man sich das heute gar nicht so recht vorstellen kann:

1 Ei für 4 bis 5 Pfennig; 1 l Milch etwa 8 Pf.; 50 kg Schweinefleisch zwischen 20 und 30 RM. Ferkel waren manchmal gar nicht verkäuflich. Es kursierte folgende Schote: Bauern wären auf dem Ferkelmarkt die Tiere nicht losgeworden und hätten diese einfach laufen lassen, zum Ärger des Ortspolizisten. Für ein Pferd, das wir in jener Zeit verkauften, bekamen wir 30 RM. Aber auch, was wir Kinder bekamen, war sehr wenig. Für die ganze Zeit des Kartoffelerntens gab es 3 RM, für die Hilfe in der Getreideernte nicht mehr. Was Hermann bekam, ganz fest will ich das nicht behaupten; es werden zuerst 5, später 10 RM pro Monat gewesen sein. Unser Vater hat uns wenigstens eine Kleinigkeit gegeben, viele Bauernkinder haben zur damaligen Zeit für ihre Arbeit kein Geld bekommen. Meine Schwestern wurden noch weniger bedacht. Aber unsere Mutter wird ihnen schon etwas zugesteckt haben.

Dennoch muß ich es meinen Eltern hoch anrechnen, daß das nötige Geld für uns Kinder da war, z.B. für Otto, der die Landwirtschaftsschule besuchen konnte, für Lieschen, die eine Haushaltsschule und eine Kochlehre beim großherzoglichen Koch Tuegel in Ludwigslust absolvierte, für "uns beide" ab Ostern 1931 das Schulgeld für das Gymnasium samt den damit verbundenen Ausgaben. Irgendwie müssen wir auch ein kleines Taschengeld bekommen haben.

Ende der Kindheit in Kummer

Ich kann nicht sagen "Kummerzeit", dafür war meine Kinderzeit viel zu ereignisreich gewesen.

Kummer-Ausbau oder Mäthus: Woher der Name kommt, ist kaum noch erklärbar. Meine Mutter meinte: Mäthus bedeute: "met (bi'd) Hus", auf hochdeutsch: mit beim Haus; mit zum Haus gehörig. Mit Hus war wohl das Dorf Kummer gemeint, und Kummer-Ausbau gehörte dazu. Bis etwa 1933 war der Name Mäthus noch nicht gebräuchlich, danach war er sogar postalisch anerkannt.

Mäthus, Kummer, Ludwigslust - die "Griese Gegend" das ist meine Heimat, auch wenn mir unser Zuhause als einsames, abseits gelegenes, wenig attraktives Domizil vorgekommen war.

Meine Eltern mit ihrer Posenschwärmerei und weil sie den leichten Sandboden nicht schätzten, waren ein Grund für meine Anschauung, daß ein rechter Bauer auf Sandboden nicht existieren kann. Eine Fehleinschätzung, die sicherlich auch mit unserer Armut in der Nachkriegszeit und der Weimarer Republik zu tun hatte. Immerhin war das Wirtschaften in der Krisenzeit so schwer gewesen, daß meine Eltern allen Ernstes auswandern wollten, und zwar nach Südamerika, wobei Argentinien den Vorzug vor Brasilien hatte. Der Hof war schon verkauft. Die Auswanderung scheiterte aber daran, daß der Käufer plötzlich zurücktreten mußte. Die Auswanderung wurde dann ganz und gar verworfen, als nach 1933 die Landwirtschaft eine rentablere Basis erhielt. Von seinerzeitigen Auswanderern aus der Gegend von Picher hatten wir Spielsachen und Bücher bekommen, für uns ein kleines Geschenk des Himmels.

Erst aus dem Abstand von Jahren begriff ich, daß wir es in Kummer durch Fleiß und oft auch durch Anspruchslosigkeit zu Wohlstand gebracht hatten. Man sagt sogar recht oft, auf den Sandböden gebe es die reichsten Bauern.

Heute weiß ich um unsere Freiheit und das weite Umfeld von Mäthus, das wir als Kinder genießen konnten. Wir hatten das Land, die Natur, die Felder, Pflanzen, Tiere, die Menschen. Ihre Arbeit, ihre Eigenheiten, ihre Wünsche und Hoffnungen, ihr gesellschaftliches Sein und Denken richteten viele Fragen an uns, forderten von uns Antworten, Entdeckungen, eigene Gedanken, Verhaltens- und Handlungsweisen. So wurde für mich Jahr für Jahr die Welt offener. Die örtlichen Bannmeilen wurden größer und größer, der geistige Horizont weiter.

Der Beginn der Schule war für mich ganz wichtig. Neben Eltern und Geschwistern, Verwandten, Knechten und Mägden lernte ich jetzt Tagelöhner, Häusler, Büdner, Bauern, Handwerker, Gewerbetreibende und deren Angehörige kennen. Fasziniert haben mich (bis in die heutige Zeit) der Schmied und der Kaufmann. Ständig hätte ich beim Handwerkern zuschauen könne oder die Vielfalt der Dinge beim Kaufmann.

In der letzten Mäthuser Zeit und auch noch späer wurden meine drei Brüder bei den 14ern Reitern eingezogen. So ein bißchen Tradition war schon dabei; auf jeden Fall war mein Vater darauf sehr stolz.

Und zwei Ereignisse bewegten unsere Familie noch: Bruder Otto heiratete Magarethe Overbeck. Es war eine Einheirat. Der Vater und Bauer Overbeck war verstorben.

Das andere Ereignis war Schwester Lenis Verlobung mit Georg Stievenard, zweiter Lehrer in Warlow.

In Kummer bei Overbecks verkehrte der Lehrer Georg Stievenard. Wahrscheinlich lernte Schwester Leni ihn dort kennen. Es wurde zwar getuschelt, dass die beiden durch Vermittlung einander gefunden haben, aber ich glaube mehr daran, daß die zwei sich als auffällige Anziehungspunkte eigenständig gefunden haben. Liebe ist schließlich nicht das Ergebnis einer Kuppelei.

Als die Liebesverbindung offenkundig wurde, stellte Georg sich auch im Haus der Familie Garrels vor.

Für mich, und ich glaube auch für Alfred, waren seine Besuche von großer Bedeutung. Jedenfalls brachte er reichlich Zeit für uns mit. Er spielte mit uns Tischtennis und Gesellschaftsspiele, gab uns Leseanregungen und bezog uns in Bildungsfragen, Sport u.a. mit ein. Ob meine Schwester Leni etwa dabei zu kurz kam, vermag ich nicht zu beurteilen.

Meine Schwester Leni ist eigentlich die Person, die mich maßgeblich erzogen hat, wofür ich ihr heute noch sehr dankbar bin. Sie vermittelte mir Höflichkeits- und Anstandsregeln und erzählte mir interne Familienhistorien, die ich am besten mit mir begraben lasse, weil sie eventuell doch nahe Verwandte treffen könnten.

Als junger Lehrer war Georg geübt im Umgang mit Kindern und Jugendlichen und wird seine Bildungs- und Erziehungsideale gehabt haben. Zudem besaß er Talent und die notwendige Liebe für die Jugend. Durch sein gepflegtes Wesen und aufmerksames, höfliches Eingehen auf andere war er uns Vorbild.

Sicher steckte in ihm auch ein Teil höfischen Charmes, den er von seinem Urgroßvater ererbt haben mag. Dieser, Alexandre Stievenard, Franzose, war Musiker und Sprachlehrer, zuvor Sekretär des Kapitäns Defou. 1788 kehrte er von einer Schiffsreise zurück, flüchtete aber vor der französischen Revolution 1789 nach Belgien und Holland. Er arbeitete als Musiker und Kapellmeister in Konzerten und am Theater und gelangte über das neue Schauspielhaus in Hamburg als Lehrer in Adelsfamilien nach Ludwigslust. Dort war er Mitglied der Hofkapelle des Herzogs von Mecklenburg. Nach seiner Pensionierung war er noch Sprachlehrer am fürstlichen Hof in Schwerin und wirkte als Musiker, Kompositeur und Schriftsteller.

In Kummer lernte ich die gleichaltrigen Bekannten von Otto kennen und somit kam ich zu meinem ersten Glas Bier. Bis dahin hatte ich es im Höchstfall zu einer Brause gebracht. Hier aber war G.M. mit von der Partie, er war in Ton und Umgang etwas drastischer, wie wir es nicht gewohnt waren. Es war warm und wir wollten etwas trinken. In einer Gastwirtschaft, es war die von Westphal, wurde für mich ein Bier mitbestellt, nach meiner Meinung nur ein dünnes Bier. War es das damals schon verpönte Fliegerbier? Ich muß mich sehr geziert haben, da machte sich Mutters Einfluß bemerkbar. Jedenfalls sagte G. zu mir, ich sollte mich man nicht so anstellen. Zwar habe ich das Glas ausgetrunken, aber ein gewisses Schuldgefühl konnte ich nicht los werden. Von Ottos Hochzeit habe ich in Erinnerung, daß gut gegessen und getrunken wurde. Es wurde dabei viel erzählt, für mich vom Inhalt her wenig informativ, Namen und Örtlichkeiten waren mir wenig vertraut, aber es wurde viel Platt gesprochen, das ich zwar wenig beherrschte, aber so richtig zum ersten Mal als Gebrauchssprache registrierte. Bisher hatten Platt immer nur andere gesprochen, Leute, die nicht zu uns gehörten.

Nach der Trauung mußte das Paar durch ein Spalier von SS-Leuten schreiten. Später wurde Otto von der SS ausgeschlossen, weil er nicht bei der SS die Genehmigung zur Heirat eingeholt hatte. Ich kann mir vorstellen, daß Otto bei der Befragung sehr stur und trotzig geworden ist. Das führte dann zu seinem Auschluß aus der SS.

Weniger Glück in der Liebe hatte Lieschen. Nach Abschluß ihrer Kochausbildung war sie Köchin in einem Gutshaushalt. Dort lernte sie einen Stellmacher kennen und wollte ihn auch heiraten. Als das meine Eltern erfuhren, in erster Linie meine Mutter, wurde die Beziehung und auch die Arbeitstätigkeit rigoros abgebrochen. Es wäre eine Heirat unter dem Standesniveau gewesen. Ich glaube, daß

Lieschen später nie mehr den unbeschwerten Mut zu einer Ehe gehabt hat. Obwohl mehrere Bewerber mit ernsten Absichten vorhanden gewesen waren, wird sie bei jedem den einen oder anderen Haken gefunden haben. So ist sie unverheiratet geblieben. Eigentlich schade. Sie war eine selbstlose, fleißige, tüchtige und hilfsbereite Frau. Ihre Liebe und Sorgfalt richtete sich besonders auf Nichte Erika und später auf die Eltern in Rosenhagen, denen sie in den letzten Lebensjahren viel Hilfe und Trost gewährt hat.

Meine Schwester Leni hatte sich ab ihrer Konfirmation als Fotografin ausgebildet. Sie hat viele Fotos gemacht. Ihr Apparat war eine Plattenkamera. Das Bild wurde, der Apparat auf einem Stativ stehend, mit Hilfe einer Milchglasscheibe fixiert. Das Motiv stand dabei auf dem Kopf. Dann wurde dieses Teil abgenommen, dafür die Platte eingeschoben, das schützende Blech vor dem Negativ herausgezogen, und dann: Bitte recht freundlich, lácheeelllnnn!!!!!

Manchmal kostete das doch recht viel Umstände, bis Blende, Entfernung, Zeit richtig eingestellt waren und es endlich knips machte. Erwartungsvoll harrte man der Entwicklung der Platte und des Abzuges in der Drogerie, bis man endlich das Ergebnis der Foto-graphier-Prozedur zu sehen bekam. Auch das Negativ, damals noch auf einer Glasplatte, war interessant und schemenhaft gespenstig anzuschauen. Von dieser Zeit an sind auf jeden Fall einige sehenswerte Aufnahmen von der Familie und unseren Bekannten gemacht worden.

Angeregt durch Leni kaufte ich mir selbst mit etwa zehn Jahren von meinem hart ersparten Geld eine Agfa-Box zu vier Mark und den ersten Rollfilm mit acht Bildern. Es wurde aber nicht jede beliebige Mark in Zahlung genommen, es mußten auf der Wappen-Seite der einzelnen Stücke die Buchstaben A, G, F, A stehen.

Das waren so meine ersten geschäftsmäßigen Aktionen. Eine meiner ersten Aufnahmen war die mit meinem Lieblingshund Heidi, zusammen mit einem Kaninchen.

Im Krieg hatte ich in Garnison und Lazarett eine französische Box, sogar mit Selbstauslöser. Einen Apparat mit an die Front zu nehmen wäre zu kompliziert gewesen. Bilder, die ich von der Front besitze, stammen von einem Schirrmeister, der bessere Möglichkeiten besaß, einen Apparat bei sich zu führen. Ansonsten machte das Fotografieren beim Militär gerade nicht viel Spaß; jedes Foto mußte in der Schreibstube abgegeben, genehmigt und abgestempelt werden. Ich hatte wenig Neigung, eventuell Bilder zum Amüsement von Vorgesetzten abzugeben.

Nach 1945 hat mir meine Schwester Leni Georgs Fotoapparat geliehen, eigentlich ein Plattenapparat, der mit einem Zusatz-Rollfilmteil bestückt werden konnte. Der Apparat hatte eine sehr gute Optik und machte hervorragende Bilder. Anfang der 50er Jahre kaufte ich mir auf Kredit eine Werra mit Zeiss-Objektiv, eine vorzügliche und leichte Kamera und variabel einsetzbar. Sie ist mir bis heute ein in Ehren gehaltenes und wertvolles Gebrauchsstück geworden. Leider ist durch Herunterfallen am Sucher ein kleiner Splitter abgeplatzt.

Mit wertvollen Apparaten, ausgeliehen aus der Berufsschule, habe ich später mit Zwischenringen, Filter und Teleobjektiv arbeiten können. Auch Entwickeln und Abzügemachen habe ich gelernt. In der Schule habe ich einen Fotozirkel geleitet.

Für die Arbeit wurden wir vom Kreis mit einem Vorführapparat für 8 mm-Filme ausgezeichnet. Für mich war das besonders wichtig; denn ich hatte mir eine Filmkamera AK 8 zugelegt. So konnte ich von der Familie und von anderen Motiven Filmaufnahmen machen und sie auch zu jeder Zeit vorführen. Die Aufnahmen haben - besonders jetzt nach Jahren - einmaligen dokumentarischen Wert.

Mein erster Film stammt aus dem Jahre 1958. Später schenkten mir meine Kinder zum 60. Geburtstag einen neuen Vorführapparat mit bedeutend größerer Lichtstärke. Beim Erwerb weiterer Fotoapparate habe ich Wert gelegt auf leichte, schnell schußfertige Kameras mit Blitzlicht. Davor habe ich noch oft mit Magnesium-Blitz (im Beutel) gearbeitet. Solche Art Fototechnik erscheint einem heute direkt mittelalterlich. Wie vieler Vorbereitungszeit bedurfte es, bis die Kamera schußfertig war und das Motiv zurecht gerückt werden konnte. Hier noch gültig die alte (Chemie-)Regel: Wenn es blitzt, knallt und raucht, dazu kräftig stinkt ....

„Siedler" in Rosenhagen

Nach 1933 sprachen meine Eltern nicht mehr davon auszuwandern, aber sie wollten sich dennoch landwirtschaftlich verbessern. Das durfte für Schultes und Garrels nur ein besserer Boden sein, weil sie immer noch von den guten Posener Böden träumten.

So waren es vorrangig Tante Alma und meine Mutter, die auf die Idee kamen, über die Finanzierung durch eine Siedlungsbank eine Reihe von Parzellen an Kleinbauern aus Kummer und den Resthof zu verkaufen. Die Kredite waren so günstig, daß es für die kleinen Leute eine einmalige Gelegenheit war.

Schultes schafften ihren Umzug zuerst, 1934 oder 1935. Über eine Siedlungsgesellschaft erwarben sie den Resthof in Rüting, Kreis Grevesmühlen, in der Größe von 300 Morgen, das sind 75 ha, mit schwerem Lehmboden.

Herbst 1936 hatten wir auch den Hof in Mäthus verkauft. Ein Teil der Flächen war an Kleinbauern verteilt. Im Herbst zogen wir mit Sack und Pack nach Rosenhagen, damals noch Kreis Schwerin. Meine Eltern hatten einen ca. 40 ha großen Hof erworben.

Die Hackfruchternte in Mäthus war an die Käufer gegangen. Das lebende und das tote Inventar ging zum großen Teil per Bahn nach Groß-Brütz. Der Rest und das Mobiliar wurden durch eine Umzugsfirma aus Parchim direkt vors Haus in Rosenhagen gebracht. In der Kabine der Zugmaschine und in den Kabinen an den Hängern erreichte die Mehrzahl der Familienmitglieder und Dienstboten die neue Heimat Rosenhagen. Als letztes Essen in Kummer gab es einen Rindfleischeintopf. War er zu fett oder hab ich ihn zu heiß heruntergewürgt? Jedenfalls wurde mir davon schlecht. Es hat Jahre gedauert, bis ich die Antipathie gegenüber Rindfleisch überwunden habe.

Zum Glück begleitete den Umzug nach Rosenhagen gutes Wetter. So konnte der Lastzug bis zum Hof, der mitten im Ackerland lag, fahren. Die Zufahrtsstraße, teils Schotter-Kies-Aufschüttung, teils gepflastert, war noch nicht erschlossen. Das passierte erst im Jahr darauf.

In Rosenhagen-Ausbau lebten fünf Bauern, vier Bauernhöfe mit 20 ha und einer zu 40 ha, der unsrige. Unser neues Zuhause lag mitten in seinem Land. Das Wohn-Stall-Gebäude hatte noch kein Wasser-, kein Elektroanschluß. Das Wasser mußte in einem ehemaligen Jauchefaß und das Trinkwasser in Milchkannen täglich herangeholt werden. Die Scheune war noch gar nicht angefangen. Erst 1937 bekamen wir Wasserleitung und Stromanschluß. Die üblichen Herbst- und Erntearbeiten waren im Auftrag der Siedlungsgesellschaft erledigt worden.

Das Umfeld, das wir 1936 in Rosenhagen vorfanden, war trostlos. Ich erinnere mich, daß Schwester Elisabeth erschütternd geweint hat. Sicher war es eine Vorahnung und auch ein alter Komplex: Abgeschiedenheit, Mangel an gesellschaftlichen Kontaktmöglichkeiten. Das stand meiner Schwester bevor.

Als der Herbst mit entsprechend viel Regen aufwartete, wurden die Wege vom Dorf Rosenhagen zu unseren Höfen unergründlich. Die Pferde gingen fast bis an die Knie im Matsch; abends mußten die Lehmkleister an den Beinen der Pferde mit viel Wasser abgewaschen werden. Die Fuhrwerkslenker suchten den zerfurchten Wegstrecken und den vorhandenen, z.T. recht großen Wasserpfützen auszuweichen, indem sie ein Ende weiter seitlich auf den Acker fuhren, bis diese Furt wieder unergründlich wurde.

Kaufmann und Bäcker, Schmied und Stellmacher gab es im Dorf Rosenhagen nicht, erst in den Nachbarorten. Im Ort verkaufte ein Bäcker regelmäßig Backwaren, aber zum Rosenhagen-Ausbau kam er nicht. Deshalb brachten wir zu den Liefertagen einen Bestellzettel und ein Brotsack zur Familie Hennemann, "oben im Dorf". Sie nahm für uns das Brot entgegen. Die Brotbelieferung geschah im Tauschhandel, für 1 Zentner Getreide gab es eine bestimmte Anzahl Brote, dabei waren Material, Arbeitslohn und Gewinn alles im Tauschpreis enthalten.

Der nächste Kaufmann: Münster oder Poels in Klein Welzin oder Wulf in Lützow. Mitunter wurde auch in Gadebusch eingekauft. Später kam ein Kaufmann aus Alt-Meteln mit einem eigens für den Verkauf hergerichteten Kraftfahrzeug. Das Nötigste an Kleinwaren brachten wir "Fahrschüler" aus Schwerin mit, besonders von Kaisers Kaffee und von Tams und Garfs, Lebensmittelverkaufsstellen, die es in vielen Orten Mecklenburgs gab. Mitunter blieben auch 24 Pfennige übrig für eine Tüte Karamell-Bonbons von Kaisers Kaffee, die schmeckten so gut, genau so gut wie heute Werthers Echte.

Die Milch wurde an die Schweriner Zentralmolkerei geliefert. Jeder Lieferer war genossenschaftlicher Teilhaber und hatte sich mit Genossenschaftsanteilen an der Genossenschaft zu beteiligen. Die Milch wurde in 20-Liter-Kannen nach Groß-Brütz gebracht, dort in einen "Milch-Waggon" eingeladen. Der erste Zug nach Schwerin, im wesentlichen ein Personenzug, koppelte die Milch-Waggons aus Lützow und Groß Brütz an. Das erforderte einen gewissen Zeitaufwand, weil der Zug rangieren mußte, um die Waggons anzukuppeln. Das war wiederum für die Fahrschüler, die immer auf den letzten Drücker kamen, die letzte Chance.

Um Haaresbreite wäre ich tragisches Opfer der Eisenbahn geworden. Da die Bahnlinie Schwerin-Gadebusch-Rhena zwischen Dorf und Ausbau Rosenhagen entlang führte, ergab sich der Zwang, daß sich alle Ausweichwege auf die vorhandene Durchfahrt, einen Eisenbahntunnel im Bahndamm, zentrieren mußten. Die Fahrt ging durch Modder, der kaum vorstellbar ist. Zur Beförderung des vielseitigen, allmöglichen Ladungsgutes besonders auf den Lehmböden waren sogenannte Schleifen oder Schleppen (platt Sloep, Sloepe, Sloepen) im Gebrauch. Es war eigentlich niedrige Schlitten, zwei Kufen, eisenbezogen, darüber kräftige Bohlen, die Ladefläche, und vorn und hinten je eine angebrachte Zugvorrichtung. Sie waren besonders gut geeignet für den Transport von Ackergeräten, für die Stallentmistung und bestens geeignet für den Transport auf den zerfahrenen, zermatschten Fahrwegen.

Wir hatten zu dieser Zeit nur Warmblutpferde, Pferde mit mehr Temperament als z.B. die Kaltblutpferde. Den ständigen Zugverkehr, das Rumpeln der Eisenbahnwagen, das Pfeifen der Lokomotive und den weißen wolkenartigen Dampfausstoß waren unsere Pferde nicht gewohnt, und es ergab sich für den Pferdelenker die Schwierigkeit, die Pferde "bei der Stange zu halten".

So sollte ich eines Herbsttages etwas aus dem Dorf holen und fuhr mit zwei Pferden vor der Schleppe Richtung Dorf. Als ich auf den Tunnel zukam, dampfte der Abendzug aus Richtung Groß Brütz an.

Die Pferde wurden dadurch scheu, drehten stracks um und gingen durch.

Die Schleppe, viel leichter ziehbar als ein Ackerwagen, bot kaum ein Hemmnis bei der Raserei, sie schlingerte über den breiigen Matsch hin und her, und ich saß auf der Schleppe auf einem Strohsack und hatte keine Möglichkeit, die Füße gegen irgend etwas zu stemmen. Ich war machtlos, die Pferde zu zügeln. Dabei wurde mir laufend Lehmbrei auf den Körper und ins Gesicht geschleudert und ich mußte aufpassen, daß ich bei dem hopsigen Auf und Ab nicht von der glatten Oberfläche der Schleppe rutschte. Ein solcher Absturz wäre bei dem Tempo nicht gut ausgegangen.

Trotz allem muß ich - wie sagt man heute - recht cool geblieben sein. Ich habe es fertig gebracht, mir den bestmöglichen Halt an der Pferdeleine zunutze zu machen. Ich hatte sogar registriert, wie meine Mutter auf dem Hof händeringend und aufgeregt stand und sicher laut und voller Angst geschrien hat. Auf jeden Fall konnte ich mich auf dem schaukelnden Gefährt halten, bis endlich das ungehorsame Gespann den Hof erreichte und plötzlich in den Schritt fiel. Verdreckt - wie ein Mohr - konnte ich nach der wilden Fahrt aufstehen.

Der Vorfall wurde nicht weiter kommentiert. Es war eben auf dem Bauernhof nicht üblich, über solch ein Ereignis große Worte zu verlieren. Schließlich verging kein Tag, wo bei unseren Warmblütern nicht irgendwie Komplikationen auftraten, sie wurden bewältigt, und weiter nichts.

Im Laufe des nächsten Jahres gab es einige Verbesserungen: Anschluß an das elektrische Stromnetz, Bau der Wasserleitung, Bau der Straße. Die normale wirtschaftliche Tätigkeit kam in Fluß. Damit bekamen wir auch mehr Kontakt zum Dorf.

Trotzdem habe ich Rosenhagen als trist empfunden. Und für meine Schwester Elisabeth war es noch einschneidender. Sie war nur auf Familienumgang angewiesen, selten unterbrochen durch Fahrten nach Schwerin oder Gadebusch – zunächst Städte, wo sie keinen Menschen kannte. Selten konnte sie eine Freundin etc. besuchen. Für Leni wird diese Zeit in Rosenhagen weniger depressiv gewesen sein, nicht gerechnet die schwere Landarbeit. Sie war verlobt, bahnte ihre Heirat an und sah vor sich die Perspektive des Lehrerhaushaltes. Hinzu kam für Leni, daß sie in Sobernheim bei Bad Kreuznach an der Nahe ein Lehrpraktikum als Köchin absolvieren konnte (ungef. 1935/36 und mind. 1 Jahr lang). Dort m.W. in einem Kurhaus hat sie bestimmt mannigfaltige Erfahrungen sammeln und gute Kontakte pflegen können. Sie konnte auch Verbindung zur Familie Lau aufnehmen. Er - Musiker am Theater Karlsruhe, sie Cousine von Georg Stievenard, eine fast erwachsene Tochter und ein Mädchen-Zwillingspaar. Letztere besuchten uns auch in Rosenhagen, aufgeschlossene, frische Mädchen, fast vierzehn Jahre. Herr Lau hatte sicher schon damals viel die Gesundheitsratschläge studiert; er pellte sich z.B. die Tomaten ab, die Schale erzeuge Krebs, behauptete er. Ich glaube, daran ist er auch gestorben. Die beiden Zwillinge steuerten nach dem Kriege durch Kartenmalerei zum Haushalt bei.

Außenseiter im Vorwerk

Die damalige Siedlungsgesellschaft „Plug und Egge" hatte das Gut Rosenhagen gekauft und es versiedelt. Der 40 ha große Hof in Rosenhagen gehörte zum ehemaligen Gut.

Der ehemalige Pächter Winter erhielt aus Gründen irgend welcher Beziehungen einen Resthof von 100 ha, eine Hofgröße, die bei der Versiedlung an Bauern nicht üblich war. Er hatte bestimmte Gönner aus einflußreichen Kreisen des Militärs, zumal die von Winter in Angriff genommene Remontenaufzucht Bedeutung für das Militär bekam.

In der ursprünglichen Planung waren für unseren Hof Wirtschaftsgebäude auf dem ehemaligen Gutshof vorgesehen. Aber da für Winter ein größerer Betrieb auf dem Gutshofterrain nicht angenehm war, hatte er es erreicht, alleiniger Herr auf dem alten Gutshof zu bleiben. Aus diesem Grunde wurde unser zukünftiger Hof inmitten der Ackerfläche an der Peripherie der Gemarkung angesiedelt.

Im sogenannten Ausbau wurden dann vier weitere 20 ha-Betriebe erstellt: Driftmeier, Steinbart, Hahn und Bredfeld. Im Dorf wurden zwei

20 ha- und sechs 15 ha-Stellen angesiedelt: Schünemann, Kopas, Richter, Rönkendorf, Hennemann, Blenau, Schütt und Vitense.

In der ersten Zeit war Winter Bürgermeister. Die Stellung des Resthofbesitzers blieb in übertragener Besitzposition mehr oder weniger gutsherrlich. Wir waren im Dorf die Großbauern, neu und fremd und Herrn Winter nicht ebenbürtig. Von den Mittelbauern wurden wir ob des kapitalkräftigeren Anfangs schräg angeguckt. Für die Winterschen Landarbeiter waren wir uninteressant, weil wir für sie zu „weitab" wohnten, um dort zu arbeiten.

Vater war ein großer Bauer und hatte auch einen entsprechenden Standesdünkel. Manche der kleineren Bauern aus dem Dorf und den Nachbarorten haben ihm das übelgenommen, z.B. auch in Klein-Welzin, wie meine Frau es glaubte, festzustellen.

Unser Vater war ein eigener Kopf, der seinerseits wenig bereit war, innigen Konsens zu anderen zu pflegen. Zu einer der ersten Gemeindeversammlungen wurde der Versuch gemacht, diese im Traditionsgasthof Rosenberg durchzuführen. Vater intervenierte heftig, weil er nichts vom gemeinschaftlichen Bier- und Schnapstrinken hielt und schon gar nicht, Lagen auszugeben oder andere freizuhalten. Versammlungen wurden später nie mehr dort abgehalten. Dem damaligen Bürgermeister Winter kam die ablehnende Haltung unseres Vaters sicher auch zupass.

Ansonsten waren unsere Mitbewohner im Dorf erheblich mit ihrem eigenen Fortkommen beschäftigt: Die ersten Jahre als Siedler sind manchem Bauern schwergefallen. Desweiteren hatte jede Familie in den kommenden Jahren dem 2. Weltkrieg Tribut zu zollen. Manch fehlender, so notwendig benötigter Mann, Zwangsabgabe von Pferden und weitere Probleme mit der Kriegswirtschaft haben mancher Bauernfamilie ernstlich zu schaffen gemacht. Auch Gefangene und Fremdarbeiter konnten die Lücken in der Arbeit keineswegs restlos schließen.

Wiederholt ist Vater mit den Gemeinde-Honoratioren in Konflikt gekommen. Ich will ihn dabei nicht von Schuld freisprechen, aber jede Medaille hat zwei Seiten. Der Arbeitsanfall in der 160-Morgen-Wirtschaft war härter als bei den kleineren Bauernbetrieben. Die Verfügung über Arbeitskräfte war vor und im Kriege eingeschränkt.

Deshalb mußte ich auch u.a. 1937/38 ein Jahr zu Hause arbeiten. Im Krieg waren alle seine vier Söhne Soldat.

Wir Jungs, zumindest ich, haben oft vermittelt und dazu beigetragen, daß sich die Wogen zwischen meinem Vater und den Bauern etwas glätteten. Ich hatte einen guten Kontakt zu den Jungs in Rosenhagen, Groß-Brütz, Klein-Welzin und auch in Lützow. Durch den Krieg und durch die Abwesenheit der jungen Männer hatte sich die Stimmung zwischen den Bauern wieder verschlechtert.

Dabei muß ich sagen, daß meinem Vater sehr viel Unrecht geschehen ist. Allzu oft hatten die "Sager" im Gemeinderat, zu denen Otto Garrels und im Kriege auch Winter nicht gehörten, die Belange der Rosenhagener Klein- und Mittelbauern vorrangig gesehen und vertreten. So sollte Vater bei Gemeinschaftsarbeiten und Gemeindeauflagen oft das Mehrfache an Leistungen erbringen. Das hat Vater mit seinem Rechtsgefühl und seiner Hartschädeligkeit nicht mitgemacht. Gegenüber Resthofbesitzer Winter sind mir übertriebene Anmutungen dieser Art nicht bekannt.

So gab es in den Kriegsjahren einen Streit um die Holzabfuhr, die man Vater nicht genehmigt hatte, die er aber dennoch vornahm, weil ein Sohn auf Urlaub gekommen war. Von der Gemeinde wurde ein harter Beschluß gefaßt, insbesondere der Ausschluß vom Holzanspruch für die nächste Zeit.

Aber da hatten die Eiferer nicht mit meiner Mutter gerechnet. Sie korrespondierte sofort mit den zuständigen amtlichen Stellen, so daß die gefaßten Beschlüsse aufgehoben werden mußten.

Schweriner Schulen

In das Realgymnasium in der Grenadierstraße gingen mehr die Kinder der Beamten und Mittelständler. Es wurde Wert auf Stoffinhalte gelegt, die sowohl für Wirtschaft als auch für die Wissenschaft (Studium) bedeutend waren. Wichtige Fächer: Latein ab Sexta, Englisch ab Quarta, Französisch ab Untertertia, Geschichtsunterricht von der Klassik bis zur Neuzeit, Naturwissenschaften breit und aktuell ... und Mathe noch und nöcher!

Das **Fridericianum** am Pfaffenteich – das 2. Gymnasium in Schwerin - besuchten meist Schüler, deren Eltern zu den Honoratioren der Stadt gehörten, aus dem Regentenumfeld: hohe Beamte, Wissenschaftler, Mediziner, Adel, Gutsbesitzer, Pädagogen etc. Ob sich dort Plebs, wie an unserer Schule durchaus existent, zugesellte, habe ich nicht beobachtet. (Plebs - hier gemeint Bürgerliche, die ihren Kindern mehr oder weniger wirtschaftlich schwer die Oberschule ermöglichten.)

Die beiden Gymnasien in Schwerin waren reine Jungenschulen.

Im Fridericianum wurden erstrangig die Sprachen Latein und Griechisch gepflegt. Über eine Drittsprache, wie Englisch oder Französisch, weiß ich nicht so Bescheid. Auf diesem Gymnasium pflegte man die Traditionen stärker als an unserer Schule, obwohl unser Dr. Mehr auch bei uns darauf achtete, die Traditionen des Realgymnasiums zu fördern, sicher im Bewußtsein des privilegierten Status des Fridericianum .

Das Einjährige fand Einführung zu Kaiserzeiten, als der Aufbau des Heeres viele Reserveoffiziere benötigte. Die Schüler gingen mit der (heute geläufigen Bezeichnung) mittleren Reife von der Schule, dienten ein Jahr als Reserveoffiziersbewerber (Deshalb bei Militär die Bezeichnung Einjährige und Einjähriges) und gingen danach in das Zivilleben, erfaßt als Reserveoffizier.

Weiterhin gab es in Schwerin eine **Oberrealschule** in der Gegend zwischen Wittenburger Straße und Wallstraße. Sie bot neusprachliche Fächer an und allgemeinbildende und naturwissenschaftliche Fächer für Wirtschaft, Verwaltung und führte bis zum Abitur.

Als später im Winter 1939/40 wegen Kohleneinsparung unser Schulgebäude geschlossen wurde, hatten wir in der Oberrealschule Unterricht, und zwar mit reduziertem Stundenpensum. Der Unterricht belief sich dann auf drei bzw. vier Stunden.

In Schwerin gab es für die gebildeten Haustöchter das Lyzeum, das bis zum Abitur führte. Viele Mädchen-Fahrschülerinnen aus Rhena und Gadebusch besuchten diese Schule. Inhalt und Stoffpläne dieser Schule kenne ich nicht. Bei Kriegsbeginn wurde der eindrucksvolle

Bau des Lyzeums "Am Totendamm" Kriegslazarett, 1945 wurde es von der Roten Armee besetzt und 1994 oder 1995 von der Roten Armee zurückgegeben.

Dann gab es weiterhin die Niklot-Schule, m.W. eine Mittelschule für Mädchen, Abschluß Einjähriges, und eine Mittelschule (Einjähriges) in der Nähe des Demmlerplatzes. Die Niklot-Schule wurde im Krieg Reservelazarett. Die Schülerinnen wurden im Gebäude der Mittelschule weiterbeschult. Als wir dann in der Prima waren, durften wir uns in den Pausen außerhalb des Schulgebäudes aufhalten; es war ein Privileg der obersten Klasse, aber wir achteten genau auf die Gewährung dieser Begünstigung. Wenn dann zu unserer Unterrichtszeit auch die Mädchen der Niklot-Schule "dort" Unterricht hatten, machten wir in den größeren Pausen unsere Visite bei den Damen der Niklot-Schule. Leider lagen die Zeiten der Pausen der beiden Schulen gar nicht so parallel.

Unserer Schule in der Grenadierstraße benachbart war die **Landwirtschaftsschule**. In den Wintermonaten wurde sie von den Bauernsöhnen belegt, und zwar für zwei Winterdurchgänge.

Als erwähnenswerte Schule ist dann noch die **Handelsschule** zu nennen. Sie wurde besucht von Schülern und Schülerinnen nach Abschluß der 8. Klasse der Volksschule und dauerte zwei Jahre und schloß mit der mittleren Reife ab. Unterrichtsschwerpunkte waren das Kaufmännische und die Verwaltung, Buchführung, Steno, Maschinenschreiben, Deutsch und Schriftverkehr, Englisch und andere berufsbedingte Fächer.

Diese Schule besuchte auch Robert Engel, Sohn des Groß-Brützer Schweizers, nach Absolvierung der Landwirtschaftsschule. Durch einen Unfall war er wenig in der Lage, einen Produktionsberuf zu ergreifen, deshalb bei ihm diese Art der Weiterbildung, obwohl er bedeutend älter als seine Mitschüler war.

Die Forderung des Schreibmaschinenunterrichts konnte er wegen seiner Armbehinderung nicht erfüllen, wurde aber gefördert, daß er auch die Maschine zum Schreiben gebrauchen konnte. So erhielt er insgesamt eine gute Ausbildung für seine spätere Tätigkeit in der Verwaltung.

Auch der Sohn des Bahnhofvorstehers, Werner Fentzahn, besuchte diese Schule, arbeitete dann bei einer Versicherung und hatte gute Berufsperspektiven, die durch den Krieg beendet wurden. Er fiel im Winter 1941/42 vor Sewastopol/ Krim.

Viele Landschulen hatten das mehrstufige Ein- bzw. Zweiklassensystem. In den zweiklassigen Schulen hatte die "kleine Schule" die Klassenstufen 1-3 und die "große Schule" die Klassenstufen 4-8.

In Groß-Brütz, Gottesgabe, Grambow, Brüsewitz gab es nur einklassige Schulen mit acht Stufen. Diese Unterrichtsart nannte sich Mehrstufenunterricht und stellte an die Lehrer hohe Anforderungen. Die Lehrer mußten sich dazu genau vorbereiten und mit viel Geschick dafür sorgen, daß alle Schüler beschäftigt wurden. Tüchtige Lehrer in diesen Schulen hatten oft den Ehrgeiz, die Schüler mit dem gleichen Niveau wie das der Stadtschulen zu entlassen.

Manchmal hatte der schlechte Ruf der Dorfschule schon seine Berechtigung, wenn es dem Lehrer an entsprechenden Fähigkeiten mangelte. Lehrer Lüdecke in Kummer hatte in seiner "großen Schule" ein außerordentlich hohes Niveau bei den lernwilligen Schülern. Andere gingen aber auch mit mehr oder weniger schwachen Leistungen von der Schule ab. Da halfen zumeist auch keine Schläge.

Die sogenannten Volksschulen wurden von mir nicht dargestellt. Als städtische Schulen hatten sie den Vorteil, daß für jede Jahrgangsstufe eine Klasse gebildet wurde.

Der Zug nach Schwerin

Nach Michaelis begann für Alfred und für mich die Schule am Realgymnasium in Schwerin.

Frühmorgens mußten wir zum Zug nach Groß Brütz. Zum Bahnhof gelangten wir entweder zu Fuß entlang der Bahnstrecke oder per Fahrrad, zumeist über das Dorf Rosenhagen, nahezu 3 km. In der Herbst- und Winterzeit 1936/37 sind wir gelaufen. Wegen des "Drecks" mußten wir entweder die Schuhe in Groß-Brütz an der Pumpe abwaschen oder das Schuhwerk wechseln.

Die kürzere Strecke zum Bahnhof war entlang der Gleise. Mein Vater hatte für uns Ausbaubewohner einen Gehweg eingerichtet, die über die Ackerfluren der Besitzer Garrels und Winter führten. Neben Winter mußte er auch die Erlaubnis des Groß-Brützer Gutsbesitzer Bock einholen, damit wir über seine Koppel zum Bahnhof gelangten. Bei nassem Wetter gingen wir aber gern neben den Gleisen, wo ein kiesiger, aber trockener Steig ausgetreten war.

Oft brachen wir erst in den letzten Minuten auf, um den Zug zu erreichen; mitunter mußte ein Spurt zu Fuß oder mit dem Fahrrad angesetzt werden. Unser Mitfahrschüler Werner Fentzahn verstand es noch besser. Als Sohn des Bahnhofvorstehers wohnte er mit seinen Eltern in der Dienstwohnung im ersten Stock des Stationsgebäudes. Zumeist kam er nach dem Abfahrtssignal die Treppe heruntergestürzt und erreichte im Spurt gerade noch den Zug.

Um nach Schwerin zu gelangen, mußten wir mit dem Zug Rhena-Gadebusch-Schwerin fahren. Da vornehmlich Schüler mitfuhren, hieß dieser Zug in aller Munde „Schülerzug", auch der, der nachmittags gegen zwei Uhr wieder zurückfuhr.

Wir Groß-Brützer Fahrschüler hatten zumindest für die Hinfahrt gemeinsam ein Abteil. Das waren aus Groß-Brütz der Sohn des Bahnhofvorstehers, uns etwa gleichaltrig, Gutsbesitzersohn Gunther Bock, manchmal auch Hans-Christian Bock, ca. zwei Jahre älter als ich, Sohn des ältesten Bruders des Gutsbesitzers Bock, der in einem Jagdschloß etwa 2-3 km von Groß- Brütz entfernt lebte. Dieser war altklug und brüstete sich gern mit Amouren. Aus Brüsewitz kam ein Inspektorsohn, etwa zwei Jahre jünger. Er wurde zu Hause wohl stark gefördert und hatte vorbildliche Leistungen in der Schule aufzu-weisen. Ein infektionöser Dauerdurchfall machte aber seinem Ego zu schaffen. Aus Gottesgabe kamen zwei Söhne des Inspektors Giese, etwas jünger, zwei burschikose, kräftige, gesunde Jungen. Die Eltern endeten nach dem Kriege tragisch: Als Russen die Frau verge-waltigen wollten, eilte der Mann ihr zur Hilfe und wurde dabei von einem Russen erschossen. Aus Gottesgabe kamen auch die Söhne des Lehrers Bauer. Mitunter gesellte sich zu uns der eine oder andere Lehrling, der zur Berufsschule fuhr. Die Mädchen saßen meist separat von der Jungenhorde.

Eigentlich war die Bahnfahrt immer ganz interessant. So lernten wir auch eine Reihe von Schülern und Schülerinnen aus Lützow, Gadebusch und Rhena usw. kennen. Über Winter waren auch immer Landwirtschaftsschüler aus den umliegenden Bauerndörfern dabei.

Zur Rückfahrt wurde oft ein Triebwagen mit einem Anhänger eingesetzt. Der war an bestimmten Tagen, z.B. Einkaufstagen, stark besetzt. Dann ließ uns der Schaffner mitunter in die gepolsterte 2. Klasse, sicher dann, wenn nicht gerade zuviel Gutsbesitzer-Herren und -Damen billettiert hatten.

Einmal auf einer Rückfahrt, ich war etwas erkältet und fiebrig, fand ich im Triebwagen in der 3. Klasse keinen Platz. Schon resignierend stellte ich fest, daß die 2. Klasse fast unbesetzt war. Gemischten Gefühls nahm ich dort Platz. Als der Schaffner kam, stellte er schnell fest, daß ich falsch am Platze war. Seltsamerweise fragte er nicht weiter, er nahm nur meine Monatskarte mit. Mensch, war mir mulmig zumute; eventuell zu Hause alles beichten müssen. Bedrückt stieg ich in Groß-Brütz aus. Da kam der Schaffner, und ich dachte: Nun geht's los! Zwar nicht freundlich, aber wohlwollend gab er mir meine Karte zurück. Ich möchte sagen, daß er kein böses Wort fallen ließ. Höflich dankend und doch mit schlechtem Gewissen machte ich mich davon.

Bemerkenswert kühl war unser Kontakt zu den Mädchen, den Fahrschülerinnen, die die reinen Mädchenschulen (Lyzeum, Niklot-Schule) besuchten, und das, obwohl wir mit deren Brüder auf Du und Du standen.

Erwähnenswert ist die Stellung einer Tochter einer alleinstehenden polnischen Frau aus Rosenhagen. Sie besuchte die katholische Schule in Schwerin, ermöglicht vielleicht durch die Alimentezahlung des Vaters, ein hübsches Mädchen, die sich aber von allen fernhielt. Für mich mit heutigem Wissen das Beispiel einer Diaspora von Katholiken in einem evangelischen Umfeld.

Mehr als in Kummer konnte ich die besitzgebundenen Klassenunterschiede registrieren. Die Brüsewitzer Herrschaft wurde, falls sie die Bahn benutzte und sicher leider nur 2. Klasse, stets mit Karosse oder Landauer zur Bahn gebracht oder abgeholt. Imponierend waren die Kutschpferde, ausgesuchte gute Tiere. Der Kutscher war nur für diese Aufgabe bestallt, einschließlich der Pferdebetreuung und der

Kutschenpflege. Der Kutscher, stets adrett und aufmerksam, demonstrierte uns, wie der Hut bzw. die Mütze vor den Herrschaften zu lüften war. Mit Erhabenheit bewegten sich die Damen und Herren auf dem Bahnsteig und auf dem Weg zum Einstieg, huldvoll die devoten Aufmerksamkeiten des Bahnhofvorstehers zur Kenntnis nehmend.

Später verflüchteten sich solche Arrangements. Das Auto ersetzte mehr und mehr die Kutsche. Aber der immer noch aufmerksame Chauffeur war dennoch nicht mehr als ein Pferdekutscher.

Bei dem Gutsbesitzer Bock bekamen wir solche Attraktivitäten nicht zu sehen. Sie waren bürgerlich und hatten kaum Verbindungen zu den Herrschaften derer von Schack. Seltener waren herrschaftliche Auftritte der Besitzer von Gottesgabe, Wendenhof (oder hieß der Ort damals noch Wodenhof?), Dümmer Stück etc.

Lehrer und Schüler

Wie in Ludwigslust gab es auch in Schwerin auf dem Realgymnasium ein eigenes Lehr- und Lehrermilieu. Mir war aus der Presse bekannt, daß die Schule 1935 oder 1936 den Namen Wilhelm Gustloff erhielt. Betreffender war in der Schweiz einem Attentat erlegen. Ich habe aber fast nie Lehrer oder Schüler darüber sprechen hören.

Der Oberstudiendirektor **Dr. Mehr** war ein hehrer Mensch, sauber und gradlinig. Er war Mitglied der NSDAP, sicher eine Voraussetzung für die Funktion des **Oberstudiendirektors** des Realgymnasiums. Er war mehr deutscher Patriot als Nationalsozialist. Ich hatte später bei ihm Englisch. Alles Wissen aus seinem Englischunterricht ist mir als besonders wertvoll haften geblieben: die Vermittlung der englischen Geschichte, die wir unter der Thematik "England through the ages" behandelt haben.

Mit Tochter Annelie haben wir gemeinsam daraus einen Vortrag für ihren Englischunterricht vorbereitet. Er ist bei der Englischlehrerin und vielleicht auch bei den Mitschülern gut angekommen. Wer hatte damals schon solch kompetente Literatur!

126

1939 oder 1940 erzählte Dr. Mehr auf einem Wandertag von seinem Kriegserlebnissen 1914-1918. Was uns besonders beeindruckte, war seine Verwundung, deren Narben er uns auch zeigte. In uns Jungen, fast vor dem Wehrdienst, fand er aufmerksame Zuhörer. In den Kriegsjahren war es ihm ein Anliegen, die Verbindung zu den ehemaligen Schülern zu pflegen.

Auch ich habe von unserem Direktor persönlich Briefe erhalten, die sehr anteilnehmend waren. Dabei hat er mich darauf hingewiesen, mein Deutsch gewissenhafter zu handhaben. In einem Antwortbrief hatte ich als Grußadresse geschrieben: "...es grüßt Ihnen ..." Junge, hat er mir dafür den Kopf gewaschen! Von Stund an habe ich an meinem Deutsch gearbeitet. Für mich hatte dieser, vielleicht banale Anstoß eine große Bedeutung gehabt, sehr zu meinem Nutzen.

Später hatte Dr. Mehr Kontakt zu meiner Mutter gehabt. Nichte Erika erhielt von ihm als Geschenk ein Steinbaukasten, der sehr kunstgerecht hergestellt und wertvoll war. Ich habe kein besseres geschmacbildendes Spielzeug gesehen. Er hatte es einst seinem Sohn geschenkt.

Nach 1945 wurde er als Direktor abgesetzt. Er hat nicht sein Heil im Westen gesucht, was seiner Karriere bestimmt sehr dienlich gewesen wäre. Bei der Volkhochschule hat er bis zur Rente seinen Lebensunterhalt durch Stundengeben verdient.

Es war Usus in der Schule, daß Schüler, die im Laufe der Woche wegen mehr oder weniger schlimme Vergehen in das Klassenbuch eingetragen worden waren, am nächsten Montagmorgen beim Direktor "antanzen" mußten. Dr. Mehr muß es verstanden haben, sehr auf die "moralische Tube" zu drücken. Ich weiß, daß manch ein Pennäler mit Herzbeklemmung angetreten ist. Auch meinem späteren Berufskollege Paul Klink ist solcherlei geschehen, wobei ich gern "Mäuschen" hätte sein wollen, war er doch ein besonderer Liebling unseres Direktors. Als Leichtathletik-Champion war er eine gewisse Galionsfigur für die Schule. Mir selbst ist solcher Montagsmorgenauftritt erspart geblieben.

Unser Englisch- und Französischlehrer in der U II a war Papa Schult, ein Gemütsmensch und uns Schülern gegenüber recht wohlwollend. Wenn er es auch nicht verstanden hat, harte Forderungen an uns

Schüler zu stellen, so hat er dennoch stets unsere Aufmerksamkeit genießen können, so interessant machte er seinen Unterricht mit Geschichten und "Histörchen" aus und über Frankreich und England.

Unser Lateinlehrer war Ali oder Adi Nürnberg, groß, hager, trocken. Er unterrichtete CAESAR BELLUM GALLICUM, den wir in Ludwigslust schon ad acta gelegt hatten. Sein Unterricht war sehr trocken, er ließ aber regelmäßig Arbeiten, besonders Übersetzungsarbeiten schreiben, so daß wir wegen der Zensuren gezwungen waren, uns wenigstens einigermaßen zu präparieren. Er war Experte im "Schmöker"-Kassieren. Ein Lateinlexikon kannten wir nicht, wir legten nur Vokabelhefte an. Für viele Schüler war diese Forderung zu schwierig oder zu beschwerlich, den Wortschatz zu konservieren; direkte Vorbereitungen auf ein Kapitel waren nicht möglich, wir konnten einfach nicht voraussehen, was drankam. Aus diesem Grunde besorgten sich manche Schüler die Deutschübersetzungen "in Mogelformat", etwa 6 x 10 cm, genannt Schmöker, und mit viel Getrickse wurden dann bewußte Stellen aus dem Schmöker herausgesucht und mit mehr oder weniger Geschick zu Hefte gebracht.

Aber da auch Ali diese Übersetzungen und ihren Stil genau kannte, und die meisten Schülerexperten ob der heimlichen Mogelei - sie mußten stets aufpassen und auf der Hut sein, nicht ertappt zu werden - nicht mehr die Konzentration für eine geschickte Stiländerung aufbringen konnten, war es für Ali keine besonders große Schwierigkeit, die Schmökerexperten zu orten.

Nicht alle Sünder wurden bei der folgenden Befragung weich, was selten vorkam. Lieber beließ er es bei der nächsten schriftlichen Arbeit bei zielgerichteten Beobachtungen, und so konnte er hie und da einen Sünder ertappen und ein solches Exemplar sicherstellen und damit seinen Bestand vergrößern. Entweder hatte der Sünder zu Hause oder bei älteren Schülern noch Reserven, oder er mußte beim Buchhändler neu kaufen. Pech war es dann, wenn alle Lieferquellen wegen zu großer Nachfrage versiegt waren.

Ich hatte es auch einmal versucht, mit einem bei Alfred entlehntem Exemplar. Ich konnte aber daraus für mich keinen Nutzen erheischen und verzichtete auf solche Hilfe, während Alfred stärker darauf setzte. Der Erfolg von Alis Beutezügen war geringer, weil er stets auf dem Lehrerpult saß, und ehe er vom Pult runterkam und zum Delinquenten eilte, hatte der Mogelant in Expertenmanier oder in Teamarbeit das Exemplar schon untertauchen lassen. So klappten Alis Requirierungen nicht immer. Plus und Minus hielten sich in seiner Erfolgsbilanz sicher die Waage.

In der Untersekunda in Schwerin hatten wir damals noch Religionsunterricht, in Ludwiglust war er damals schon abgeschafft. Religionslehrer war Robert Beltz (Ob er verwandt war mit dem Mecklenburg-Historiker Robert Belz, entzieht sich meiner Kenntnis.) Sein Unterricht war durchaus interessant. Ich möchte annehmen, daß er kein "gelernter" Religionslehrer war. Sein Unterricht bezog betont Historisches, Zeitgeschehen, Zeitmilieu ein, eine Vermittlung des notwendigen kulturhistorischen Wissens unserer Geistesentwicklung. Die Teilnahme war zuerst noch obligatorisch, wurde bald darauf aber gelockert. Als Sohn einer christlich-aktiven Mutter nahm ich weiterhin am Religionsunterricht teil. Ab 1937 befand sich der Religionsunterricht (m.W.) nicht mehr im Stundenplan.

Im Sportunterricht hatten wir Arthur Becker als Lehrer, eine Autorität, "kein Pauker". Er war tüchtig und menschlich, der psychisch und physisch die Schüler gut einbezog und entsprechend motivierte.

Die Parallelklasse und die Klasse des Bruders Alfred hatten den doch rabiateren Sportlehrer Kusch. In der Sporthalle hatten fast immer zwei Klassen Sportunterricht; Platz war genug da. Als einmal die Parallelklasse Boxunterricht hatte (Ich selbst hatte schon in Ludwigslust Boxunterricht erhalten.), bekamen die Schüler zu Beginn die Boxhandschuhe ausgehändigt, die natürlich gleich angezogen wurden. Mein späterer Mitschüler und Kollege Paul Klink, Schüler der anderen Klasse und Sport-As der Schule, tänzelte selbstbewußt mit seinen "Boxern" herum, und die hineingezogenen Opfer zogen sich ob seiner Champion-Stellung schnell zurück.

So provozierte er auch mich - nur ich nahm an! Da ich ohne Handschuh boxte, waren meine Schläge sehr wirksam, sie taten weh, wobei ich selbst dagegen praktisch Null-Komma-Nichts abbekam. Ich war selbst überrascht, wie schnell unser stolze Paul das Duell abbrach. Es kam ja auch die Trillerpfeife zum Antreten!

Ich selbst war nicht der beste Sportler, ich brachte es nur auf die "3". Dennoch, in den Schlag- und Wurfdisziplinen war ich gar nicht schlecht. Für die Dreikampf-Disziplinen (Weitsprung, Hochsprung, Kurzstrecke) waren meine Körperproportionen und meine "Plattfüße" nicht gut geeignet.

Der Sportunterricht hatte einen bestimmten Spielanteil wie Faustball, Völkerball, Schlagball, selten Fußball oder Handball. Bei unserem derzeitigen Sportlehrer war Schlagball aktuell. Die Position der schlagführenden Mannschaft war im Spielfeld auf dem hinteren Teil des Schulhofes. In Schlagrichtung befand sich das Schul-Hauptgebäude, knappe hundert Meter entfernt.

Der Eingangs- und Treppentrakt war durch hohe Fenster im gotischen Stil und mit bleigefaßten farbigen Butzenscheiben eindrucksvoll gestaltet. Als Ansporn hatte unser Lehrer als Geck proklamiert: Wer ein Fenster trifft, keine Bange, ich bezahl es! Durch das viele Spielen zu Hause war ich im Ballschlagen recht geübt. Ich suchte mir stets die längsten und stärksten Schlagstöcke aus und erzielte stets beachtliche Weiten. Jetzt war aber mein Ehrgeiz geweckt, nicht im Spiel Punkte zu machen, sondern ein Fenster zu erwischen, und mit einem bestens gelungenen Schlag setzte ich den Ball - einen harten Lederball - etliche Meter über das Eingangsportal an die Frontwand der Schule. Hatte mein Lehrer ein Glück, der Ball traf auf das Mauerwerk, genau zwischen zwei Fenster, Abstand etwa ein Meter. Hat "er" da ganz schön gestaunt, und ich glaube, er war doch froh, daß er keine Scheibe zu bezahlen brauchte.

In den Sommermonaten war einmal in der Woche Schwimmunterricht in der Badeanstalt am Lankower See. Der Unterricht war auf die erste Stunde gelegt. Die Schüler mußten bei Unterrichtsbeginn dort sein. Für mich als Fahrschüler war die Teilnahme nicht möglich. Ich war sehr traurig darüber. Nur einmal war ich dabei; es war dann aber doch zu umständlich, sehr früh mit dem Fahrrad über 15 km dorthin zu fahren.

Auf Hygiene nach dem Sport wurde an der Schule Wert gelegt: Wir mußten anschließend unter die Dusche, mit Warm- und Kaltwasser, zuerst richtig warm, bald heiß, danach die kalte Dusche. Sobald es kalt kam, sprangen die ersten ab, obwohl der Lehrer stark für die kalte

Dusche plädierte. Ich selbst mochte die kalte Dusche sehr gern, leider kam ich dann meist später als die anderen heraus, so daß ich für das Anziehen höchste Eile ansetzen mußte.

Bedauerlicherweise wurde dieser Fortschritt mit Kriegsbeginn gestrichen, wie dann auch die Trinkmilchversorgung nicht mehr fortgesetzt wurde. Unser Hausmeister und Schuldiener, Herr Schwarz, hatte für diese Vorteile gesorgt. Er, in manchem Schülerjargon der Pedell, kümmerte sich um uns Kinder und Jugendliche. Sein Sohn konnte auch an der Schule sein Abitur machen. Sicher hat da der Direktor für Schulgeld- und Schulbuchfreiheit etc. gesorgt, schließlich war das Wohl vieler Dinge in der Schule von der Arbeit und dem Wohlwollen des Schuldieners abhängig. Sein Sohn soll Marine-Ingenieur-Offizier auf der „Bismarck" gewesen sein. Vielleicht hat er den Krieg überlebt? Vor der letzten Fahrt der „Bismarck" soll er abkommandiert worden sein.

Ich muß beiden Realgymnasien, in Ludwigslust und in Schwerin, nachsagen, daß sie bei den Schülern mit dem Zeichenunterricht praktische Fähigkeiten, aber auch Neigungen und Begabungen gefördert haben. Der Unterricht befaßte sich verstärkt mit praktischen Übungen, wobei die Fähigkeiten des Zeichenlehrers Kolb in Ludwigslust manchmal schon Kunstfertigkeiten bei den Schülern entwickelt haben. In Schwerin wurde viel Wert auf "Schau" gelegt. Gute Arbeiten wurden stets dekorativ ausgestellt. Hier gab es für mich neue Anregungen, wie plakative Zeichnungen und Darstellungen und verschiedene Kunstschriftarten.

Sehr wichtig war das Stoffgebiet "Technisches Zeichnen". Zum ersten Mal erfuhr ich die Begriffe: Grundriß, Aufriß, Seitenriß. Die Arbeit mit Reißbrett und Schiene machte mir viel Spaß.

Experte war Bodo Schliemann, Architektensohn. Er konstruierte auf Transparentpapier eine Wendeltreppe mit allen Riß-Perspektiven. Das hätte ich nicht gebracht! Bestimmt hatte bei ihm der Vater oder einer seiner Zeichner die Hand mit im Spiel. Ich glaube, die dargestellte Arbeit hätte auch nicht einmal der Zeichenlehrer gebracht, oder doch?

In Ludwigslust hatten wir regelmäßig Singen - nicht Musikunterricht. Wir haben sehr viel Lieder gelernt, besonders Volks-, Wander-, Burschenschafts- und Landsknechtslieder. Für mich war es ein Alp, wenn ich für die Zensur allein vorsingen mußte. Ich habe immer nur die "3" geschafft.

Bruder Alfred hatte da keine Schwierigkeiten. In Schwerin hatten wir keinen Musikunterricht mehr. Vielleicht fehlte der Musiklehrer? Leider habe ich im Musikunterricht nichts in der Notenlehre und über unser Musikerbe gelernt, zu meinem Nachteil. Alles, was ich später auf diesen Gebieten praktisch und theoretisch erworben habe, mußte ich mir im mühsamen Selbststudium aneignen.

Ich möchte doch sagen, daß ich im Spielen von Instrumenten und selbst im Singen gewisse Talente habe, obwohl mir von zu Hause sehr offen gesagt worden war, ich sei für das Spielen eines Instrumentes ungeeignet, mir fehle die Spitze des linken Zeigefingers. Abgesehen von meiner geliebten Mundharmonika habe ich die Geige, die Handharmonika und das Akkordeon relativ gut beherrscht. Auch Laute und Gitarre, Flöte waren mir nicht fremd.

Leider habe ich durch das Fernsehen meine Ambitionen ziemlich vernachlässigt, und später mußte ich feststellen, daß meine trainierte Fingerfertigkeit rapide nachgelassen hatte.

Referendar (unterste Lehreranwärterstufe) Broederdoerp, seine Größe kaum über 1,60 m, hatte bei den Schülern keine Autorität, desgleichen bestimmt auch nicht im Lehrkörper.

Die Schülergruppe, auf die ich auf dem Realgymnasium Schwerin in der Klasse U II a (Untersekunda mit 2 Klassen a und b) traf, kamen aus Beamten und Angestelltenkreisen. Zwar hatten sie nicht den gehobenen Dünkel des Adels, aber trotzdem kamen sie sich entsprechend ihrer erhabenen gesellschaftlichen Einstufung, basierend auf der Stufe Beamter, Angestellter, Selbständiger, wie Schliemann, Architektensohn aus Zippendorf, Henningsen, Großbauernsohn, Schewe, Bäckersohn, außerordentlich vor.

Ich muß sagen, daß ich mich schwer an das Schweriner Milieu gewöhnte. Ich hatte wenig Kontakt zu den Elternhäusern in Schwerin oder zur HJ, der Kirche, den Sporteinrichtungen u.ä., wie z.B. Tanzschule etc.

Als Sohn eines „Siedlers" - so wurden die Vertragspartner der Siedlungsgesellschaften genannt – wurde ich etwas von oben herab behandelt. Die Bezeichnung führte leicht zur Verwechslung mit den

Siedlern, die über eine Wohnungsbau-Siedlungsgesellschaft ein kleines Hausgrundstück erworben hatten. So war der Sohn des Groß- und Lehrbauern Henningsen aus Dragun, erstaunt, daß wir ebenfalls Großbauern waren. Er konnte es nicht fassen, daß ich nicht aus minderbemittelten Verhältnissen kam.

In der Schule war vieles neu, z.T. anders als in Ludwigslust. Mit einigem Erstaunen habe ich auch feststellen müssen, daß bei gleichartigem Schultyp die Lehrstoffe in Schwerin "zurücklagen", in einigen Fächern waren die Schweriner aber weiter. So war einiges für mich Wiederholung, auf der anderen Seite bestanden Lücken. Wohl mehr aus Wohlwollen als aus absoluter Notwendigkeit blieb ich dann in der Untersekunda sitzen, zumal mein zwei Jahre älterer Bruder eine Klasse tiefer Schüler war.

Sehr gut erinnere ich mich an die Gebrüder Hempel. Die Hempel-Brüder stellten ihre Mitgliedschaft als "Deutsche Christen" zur Schau. (Deutsche Christen war eine durch die NSDAP geförderte Christenvereinigung, da die evangelische und die katholische Kirche sich nicht so konformieren ließen.) Beide waren in der Flieger-HJ und aktive Segelflieger und wurden entsprechend bewundert. Der Ältere hatte sogar m.W. schon den C-Schein. Gegenüber Lehrern nahmen sie sich manchmal viel heraus, was ihnen bei manchem Mitschüler Anerkennung und Bewunderung einbrachte. Der Krieg hat ihnen den notwendigen Abschluß beschert.

Leider wurden wir Gebrüder Garrels, wie ich aus einer Bemerkung des Zeichenlehrers Boddin entnehmen konnte, mit den Gebrüdern Schlosser verwechselt, und das waren besondere Rabauken. Ich muß ehrlich sagen, daß ich gekränkt war. Leider weiß ich aus eigener Lehrerpraxis, daß aus Verwechslung Fehleinschätzungen für einen Schüler vorkommen.

Mein Banknachbar, Günther Schewe, war natürlich und zugänglich. Wir hatten für langweilige Momente im Unterricht ein Spielchen aus-gedacht. Die Klasse hatte in der Obertertia Stenounterricht erhalten, eine zusätzliche Förderung der Schüler, die es z.B. in Ludwigslust nicht gegeben hat. Ich habe die Klassenkameraden darum sehr beneidet. Da ich das Steno-Schriftbild schon oft gesehen hatte, schrieb ich aus meiner Fantasie solche Schriftzüge nach, und Günther

Schewe versuchte, daraus Wörter herauszulesen. Sicher kamen dabei absurde Bedeutungen heraus, aber es hat uns Spaß gemacht.

Einmal habe ich eine blamable Vorstellung gegeben. Schwester Leni wollte ihre Kurhauskenntnisse an uns ausprobieren. Sie hatte für ihre Verdauung und ihre Schönheit eine Knoblauchkur angesetzt. Ich hatte keine Ahnung von der bekannten geruchlichen Nebenwirkung. Vielleicht habe ich auch nicht die allerbeste Nase! Jedenfalls "liefen mir die Knoblauchzehen eines Morgens über den Weg", und ich konnte nicht widerstehen, eine zu probieren. Einen besonderen Genuß konnte ich aber nicht feststellen. Meine Mitfahrschüler ließen keine Bemerkungen fallen, aber dann im Klassenraum war mein Mund-Fluidum doch wohl zu penetrant, und es fielen die entsprechenden Bemerkungen. Ich war zunächst erstaunt, aber dann doch bedrückt und später wütend auf mich selbst. Was mögen "die" bloß von mir gedacht haben. Aber einige wußten sehr gut bescheid.

Zu Ostern 1937 wurde ich nicht versetzt, ich war also sitzengeblieben. Ich hatte in vereinzelten Fächern, resultierend aus abweichender Stoffvermittlung am Realgymnasium Ludwigslust, Lücken, die es galt, auszugleichen. Ich schätze aber ein, daß man mir helfen wollte. Ich war "überjung", fast zwei Jahre jünger als der Durchschnitt und gegenüber Sitzenbleibern sogar drei Jahre. Mein Bruder Alfred war zwei Jahre älter, aber eine Klasse tiefer (Obertertia).

In der neuen Klasse war ich dann mit Paul Klink, Jahrgang 1919, also zweieinhalb Jahre älter als ich, zusammen. Er war auch "hackengeblieben". Später war er mein Berufskollege und gewisse freundschaftliche Beziehungen haben zwischen uns bis zu seinem Tode bestanden. Er war ein guter Jugendsportler und später ein mit Herz und Hand dem Sport zugetaner Sportlehrer an der Berufsschule Crivitz und an der POS Sukow.

In dieser Klasse wurde den Abgangswilligen und Sitzenbleibern die Möglichkeit gegeben, das Einjährige nach einem halben Jahr abzuschließen. (Das Einjährige war die mittlere Reife und entsprach dem späteren 10.Klasse-Abgang.)

In der Schar der Abgangswilligen im Juli 1937 bzw. Ostern 1938 war ich wieder der Jüngste. Die Mitschüler waren in der Mehrzahl Jahrgang 1920 und älter.

Im Juli 1937 ging ich von der Schule mit der mittleren Reife ab. Man bedenke dabei, ich war 14 Jahre und 3 Monate alt!

Der wichtigste Grund war aber wohl, daß meinem Vater Arbeitskräfte fehlten. Bruder Hermann hatte sich freiwillig zum Militär gemeldet. So waren für Alfred und für mich viele Pflichten und Arbeiten übrig, die wir außerhalb der Schule zu verrichten hatten. Der Oberschulbesuch war zum notwendigen Übel geworden, weil Mutter darauf bestanden hatte.

Ich sollte ein Jahr zu Hause bleiben, und dann sollte Alfred, der zu Ostern 1938 das Einjährige machte, mich ablösen. Wenn Hermann dann im Herbst 1938 vom Militär entlassen wurde, wäre Alfred wieder frei. So geschah es. Aber er wurde dann zum Arbeitsdienst gezogen und danach zum Militär. Seine Ausbildung erhielt er beim Reiterregiment 14 in Ludwigslust.

Ein Landjahr

Mein Vater war von allen am zufriedensten, da er einen Arbeiter dazu bekam. In diesem Jahr habe ich viel gelernt. Vor allem richtig arbeiten. Ich hatte viel Umgang mit der Technik, mit Maschinen, Trecker, Elektroanschlüssen und -geräten. Vater machte mich vertraut mit der Spann- und Fahrtätigkeit und dem Großvieh, vermittelte mir die Grundzüge des Reitens, und Mutter sorgte dafür, daß ich ihr ständig die rechnerischen Unterlagen der Feldvermessung, der Aussaatmengen, der Ernteerträge u.a. zu erbringen hatte.

Neben der körperlichen Arbeit hatte ich genügend geistige Beschäftigung. Ich verfolgte ein Ziel. Ich machte Eignungstests für die Lehre als Schlosser mit, erhielt sogar ein Lehrstellenangebot bei Fahrradschlosser und -händler Emil Eck in Schwerin. Danach war mir aber nicht der Sinn. Ich wollte gern als Praktikant nach Dornier in Wismar und dann nach einem und ein halben Jahr Praktikantenzeit die Ingenieurschule besuchen. Ich nehme an, daß das nicht recht in Mutters Vorstellung paßte. Sollte ich etwa am Schürzenbändel bleiben! Auf jeden Fall arrangierte sie mit oder ohne Beziehungen, daß ich das Realgymnasium in Schwerin weiterbesuchen konnte.

Einige Landarbeiter des ehemaligen Gutes hatten sich in Rosenhagen eine 60-Morgen-Stelle genommen. Die übrigen, die nicht selbständig werden wollten fanden in der Mehrzahl Arbeit bei dem Resthofbesitzer Winter, der 400 Morgen Land bewirtschaftete und eine Remontenzucht betrieb. Remonten waren die Jungpferde, die etwa 3-jährig vom Militär aufgekauft wurden.

Meine Eltern stellten den Landarbeiter Karl Boye ein. Es war vielleicht sogar eine Bedingung der Siedlungsgesellschaft. Er war kurz vor 60 Jahre. Er muß als junger Mann ein aufgeweckter Mensch gewesen sein, der sicher auch einige Zicken gedreht haben mag, aber andererseits war er ein guter Beobachter und Interpret der gutsherrschaftlichten, kleinbürgerlichen und landproletarischen Gesellschaft. Er wird wohl nicht seinen Charakter bis zur Selbstaufopferung gebeugt haben, wie sie heute so huldvoll bei den Bediensteten der Gutsherrschaft in Filmen etc. dargestellt wird. Dafür war er aber von der Hand- und Gespannarbeit schon recht gebeugt.

Ein Landarbeiter bekam eine Arbeiterwohnung gestellt, z.B. 1 Wohnstube, 1 Schlafzimmer, 1 weiteres Gelaß - Kinderzimmer -, Küche mit Nebengelaß und Keller, eine Stallung für 1 Kuh und 2 – 3 Schweine und schuppenartige Bergeräume. Laut Landarbeitertarif von 1936 erhielten die Landarbeiter für den 10-Stunden-Arbeitstag 0,36 RM pro Tag - und als Deputat: Weide für eine Kuh, Heu und Rüben für die Winterfütterung, Getreide für Brot und Schweinemast und Kartoffeln für Küche und Stall.

Direkte Lebenshaltungssorgen hatten die Landarbeiter nicht, aber große Sprünge waren damit auch nicht möglich. Der Garten bot einiges für den Haushalt. In Rosenhagen konnten die Landarbeiter ein Stück Gemeindeland pachten. Die Bestellung übernahm der Dienstherr. Mit diesem kleinen Nebenerwerb konnte er möglicherweise etwas beiseite legen.

Unser Vater war von Karl Boye nicht gerade begeistert. Als Gespannführer hatte der früher mit Kaltblutpferden zu tun gehabt. Unsere

Warmblutpferde konnte er nicht mehr so recht beherrschen, da war er wegen seines Alters nicht mehr beweglich und durchsetzungsfähig genug. Das ging z.B. schon damit los, daß ein Pferd die Leine mit dem Schwanz festklemmte oder ein Pferd mit einem Bein über die Stränge trat, wie es z.B. oft vorkam beim Wenden oder durch lästige Fliegen, Bremsen, Stechfliegen etc.

Mit dem Zweierzug kam Herr Boye noch gerade zurecht, aber beim Viererzug, der oft notwendig war, konnte er Vater einfach nicht vertreten. Da waren wir Jungen resoluter und anstelliger.

Boyes Frau half zu Saisonzeiten niemals aus, wie es meine Eltern erwartet hatten. Sie war adrett und konversationsfähig; als Brautwerber hat sich Herr Boye wohl damals anstrengen müssen!

Wenn mein Vater gegenüber Herrn Boye aus den genannten Gründen reserviert war, ließ er es aber nicht zu Ungerechtigkeiten kommen.

Für mich war Herr Boye ein guter Erzähler, der ein gutes Platt sprach. Ich habe es verstanden, ihn in den vielen Stunden der Zusammenarbeit zum Erzählen zu bringen, z.B. beim Mistaufladen im Frühjahr stundenlang, tagelang. Er war in keiner Weise gehemmt, immer Platt zu sprechen, während er es keineswegs übelnahm, daß ich nur in Hochdeutsch fragte, antwortete oder selbst erzählte. Die Unterhaltung lief stets neben der Arbeit, wir mußten immer unser Pensum in einer bestimmten Zeit schaffen.

Er machte mich bekannt mit den alten Rosenhägenern und den Leuten aus den Nachbardörfern, mit den ehemaligen und bestehenden Gutsherrschaften. Über den letzten Gutsbesitzer von Rosenhagen wußte er noch viele Begebenheiten. Jener starb ohne Erben, und aus seinem Besitz entstand die Greffenhagensche Stiftung, seinerzeit ein bedeutender Neubaukomplex in Schwerin, die sicher aus dem Verkauf des Gutes an die Siedlungsgesellschaft seine letztendliche Finanzierung fand. Der spätere Resthofbesitzer Winter war zwischenzeitlich Pächter des Gutes gewesen. Der Obelisk bei Rosenberg zeugt noch heute von der Greffenhagenschen Existenz.

Auch erzählte er die örtliche Weise über Theodor Körners Heldentod bei Rosenberg, der seinerzeit in den letzten Augusttagen bei Gottesgabe, Rosenhagen, Rosenberg an Kampfhandlungen mit französischen Truppenteilen beteiligt war und durch die Hand eines westfälischen Trainsoldaten bei Rosenberg den Todesschuß erhielt.

Beeindruckend waren für mich seine Berichte und Erzählungen über den Bau der Eisenbahnstrecke Schwerin, Gadebusch, Rhena. Es gab dabei Schwierigkeiten in der Streckenführung. Die Bahnlinie sollte eigentlich über die Brüsewitzer Gemarkung führen. Der Gutsherr von Brüsewitz war aber wohl der Meinung, daß er dafür zu viel Grund und Boden hergeben müßte, und so wurde die Eisenbahnlinie dann über Groß-Brützer und Rosenhagener Gemarkung verlegt. Wie mag wohl später besagter Gutsherr mit Groll die anfallenden Zuckerrübentransporte und den der anderen Güter, wie Abfuhr der Handelsdünger, der Rübenschnitzel, der gewerblichen Futtermittel, der Briketts etc. etc. betrachtet haben.

Groß-Brütz, Lützow und andere Dörfer mit Bahnhof erhielten durch den Bahnanschluß eine gewisse zentrale Marktlage.

Dank der Erzählungen unseres Herren Boye, wurde ich vertraut mit vielen Dingen des dortigen Landes. Vor allem erlernte ich eine gute plattdeutsche Mundart - im Hören perfekt, im Selbst-Sprechen doch mit einigen Schwierigkeiten.

Leider kann ich mich nicht mehr so sehr an kleinere Begebenheiten, Anektdötchen, Dorfklatsch, charmante und effektheischende Erzählungen erinnern. Jedenfalls war ich, so glaube ich, besser informiert über die Örtlichkeiten und seine Bewohner als manch Alteingesessener.

Politisch zeigte Karl Boye wenig Parteinahme. Er sprach nicht für, noch gegen die Nazis. Vielleicht war das in seinem Alter nicht mehr aktuell genug, für ihn ohne besonderen materiellen und ideellen Nutzen. Radio und Tageszeitungen waren für ihn eventuell schon schwer zu bestreiten.

Bemerkenswert war die widersprüchliche Haltung eines seiner Söhne, der besonders in der Kriegszeit beharrlich Träger der SA-Uniform war. Oder hatte er keinen besseren Anzug? In psychologischer Sicht sehe ich es so: In der Familie grassierte die Schwindsucht. Boyes Sohn war krank und wurde nicht zum Militär eingezogen. Angesichts der Fronturlauber, die, befördert und mit Orden und Ehrenzeichen paradierten, werden sich bei dem jungen Mann Komplexe herausgebildet haben. Er ist noch vor Kriegsende verstorben.

Die HJ

1937 traten Alfred und ich der HJ bei. Der Gefolgschaftsführer der dortigen HJ war Kurt J., Sohn des Chauffeurs bei der Brüsewitzer Herrschaft. Er war Gärtnerlehrling oder -geselle in der Gutsgärtnerei. Er war sehr ehrgeizig und hat es später zum Offizier in der Wehrmacht gebracht.
Jedenfalls war er sehr zackig und wollte uns auf Vordermann bringen. Das war uns beiden zuviel. Auf die passive Tour haben wir ihn sabotiert. So hatte er fast die ganze HJ-Truppe zur Teilnahme an ein Pfingstlager nach Barnin gebracht. Auch wir waren eingegliedert, traten aber nicht an. Ich weiß nicht mehr, welche Ausrede wir benutzten, aber seitdem misstraute er uns. Das übertrug sich dann auch auf unseren Kameradschaftsführer Erwin B., seinerzeit Schmiedelehrling in Groß-Brütz, ein Siebzehnjähriger von kräftiger, bulliger Gestalt - zünftig für einen Schmied.
Für die HJ-Heimabende in Groß-Brütz war Langeweile vorprogrammiert. Zur Aufmunterung hatte sich Alfred eine Störung ausgedacht. Wir waren nicht in Uniform, sondern mit damals sehr beliebten Pumphosen (Knickerbocker) zum Dienst erschienen. Alfred hatte sich eine elektrische Klingel, Kabel und Batterie mitgenommen. Die Klingel versenkte er in die Pumphose, die angeschlossenen Kabel führte er zur Hosentasche, und wenn er die Kabelenden aneinander gehalten hat, rasselte die Klingel los.
Der Heimabend begann mit den üblichen Einführungen, wie Antreten, Wegtreten, Hinsetzen etc. Vielleicht sangen wir noch ein HJ-Lied. Ansonsten begann die propagandistische Vorführung des Kameradschaftsführers.
Er war so richtig in Schwung gekommen, da klingelte es! Was war das? Noch nichts Böses ahnende Hin- und Herblicke unseres Führers.

139

Fortsetzung. Da! Wieder klingelte es. Heimlicher Ruf: Pause! Alles aufstehen! Erwin B. stieg durch die Bänke und visitierte seine HJler. Die Klingelutensilien hatte Alfred längst in die Pumphose versenkt. Alfred wurde auch kontrolliert. Nichts zu finden! Die Pumphose abzutasten, daran hatte Erwin B. nicht gedacht. Wahrscheinlich hatte er nie solche getragen und kannte nicht ihre intimen Besonderheiten.

Mit innerem Zorn tritt Erwin B. wieder vor seine Mannschaft, begleitet mit entsprechenden Kommentaren zu dem Rüpel, der so zu stören wagte. Er würde ihn sich schon noch kaufen! Der Vortrag wurde fortgesetzt.

Als er endlich wieder in Schwung gekommen war, da - es klingelt wieder. Rufe: Pause, Pause! Überzornig, ich will nicht sagen wütend, stieg Erwin durch die Reihen und visitiere und visitierte. Nichts zu finden!

Der Heimabend war geschmissen und wurde notgedrungen beendet. Vor dem Raum, draußen, noch hitzige Diskussionen. Irgendwie hatte aber Erwin B. doch wohl Alfred als Täter in Verdacht. Plötzlich packte er sich Alfred - grotesker Vergleich: David und Goliath - und wollte ihm ans Leder!

Aber siehe da, er hatte nicht mit Alfreds Bruder gerechnet. Als geschulter Ringer sprang ich ihm auf den Rücken, mit beiden Arme nahm ich ihn in den "Schwitzkasten", Knie ins Kreuz, und Erwin sackte rücklings auf den Boden. Siegreich thronten Alfred und ich auf unserem Verlierer. Der Kampf war beendet, stolz als Sieger, besonders ich genoß unseren Triumph. Aber nicht Alfred! Ich bekam die Order: Wir gehen nach Hause! Alfred hatte Recht. Wir wären den groben Ausfällen, wie mit der Faust schlagen, körperlich nicht gewachsen gewesen. Bloß ich hätte gern die Bataille noch einmal geschlagen.

Irgendwie ebbte die HJ-Arbeit ab. Jahnke ging zum Militär, Alfred kam zum Arbeitsdienst, Erwin B. hatte keine Lust mehr.

Dörfliches Leben 1938

Bruder Alfred war Ostern 1938 mit der mittleren Reife von der Schule abgegangen, er arbeitete nur kurze Zeit in der Landwirtschaft und wurde auf Grund seiner Freiwilligmeldung zum Militär eingezogen. Danach kam er zur Kavallerie, 14. Reiterregiment Ludwigslust. Mit seiner Feldeinheit hat er dann seinen ersten Kriegseinsatz in Frankreich gehabt.

Bruder Hermann kam Herbst 1938 vom Militär zurück.

Obwohl ich in dieser Zeit der einzige Sohn war, der Vater unterstützen konnte, habe ich die Tätigkeit in der Landwirtschaft als unbeschwerlich in Erinnerung. Die Arbeit fiel mir nicht schwer, der Umgang mit der Technik befriedigte mich, und die verbliebene Freizeit wußte ich schon zu nutzen. Meine Mutter sorgte dafür, daß ich die landwirtschaftlichen Prozesse rechnerisch zu durchdringen hatte. Mancher Abend war mit Lesen ausgefüllt.

Ab 1936/37 machte sich Arbeitskräftemangel bemerkbar, besonders auf dem Lande. Zunächst wurde der ausgeglichen indem ausländische Arbeitskräfte angeworben wurden, z.B. von Schnittern für die Landwirtschaft.

Ich fing auch an, intensiver zu lesen. Hatten wir zu Hause hauptsächlich die Bibel oder die „Gartenlaube", die Mutter antiquarisch bei einem Trödler erwarb, hatte ich mir heimlich ein magazinartiges Heft "Glaube und Schönheit" besorgt. Im Grunde ein "teutsches" Tendenzblatt, das die deutsche Schönheit glorifizierte, und in diesem Sinne auch regelmäßig Aktfotos zeigte, welches in kaum anderen Illustrationen erlaubt war. Mutter durfte davon keinen Deut erfahren, bewahre ein Exemplar in die Finger bekommen. Zum erstenmal sah ich darin männliche und weibliche Nackt-Fotos. Nicht etwa Aktfotos. Dafür hatten wir noch gar nicht den Verstand.

Ich war in der **Büchergilde** Mitglied und bezog von dort ein modernes Literaturangebot, insbesondere Romane, z.B. Gulbranson "Und ewig singen die Wälder" und "Das Erbe von Björndal". Ich muß harte Lesekonkurrenz gehabt haben. Nach dem Krieg habe ich meine Bücher vermißt und fand sie schließlich einkassiert von meiner Schwester Elisabeth. Ich habe es nicht gewagt, die Bücher von ihr zurückzufordern. Sie hatte sie sicher als Familieneigentum angesehen und sich zu dessen Hüterin gemacht.

1938 lernte ich Robert Engel kennen. Er kam mit seinen Eltern. Sein Vater hatte die Schweizerstelle des Gutes Groß-Brütz übernommen. Während der gemeinsamen Bahnfahrten freundeten wir uns an. Obwohl Jahrgang 1919, fand er zu uns meist Jüngeren ein gutes kameradschaftliches Verhältnis. Er hatte schon mehr Reife als ich. Er hatte eine Behinderung am rechten Arm durch einen Unfall und konnte körperliche Arbeit nicht so gut leisten.

Für sein Alter hatte er schon gut entwickelte Leitungs- und Führungsqualitäten. Nach zwischenzeitlicher Gefolgschaftsführung der HJ durch Franz Bauer, Lehrer in Gottesgabe - dto. Hannelore Klockes Lehrer - , übernahm Robert Engel die Gefolgschaft.

Seit dieser Zeit begann eine aktivere HJ-Arbeit, die im Wesentlichen aber schon der Vorbereitung auf das Militär diente: Exerzieren, Märsche, Marschlieder ..., Schießen, Geländeübungen, Sport - besonders Dreikampf und Fußball.

Durch Veranstaltungen wie Sportfeste, öffentliche Feiertage, Sammlungen für das WHW (Winterhilfswerk) fanden wir Kontakt zu anderen Jugendlichen, besonders in den Dörfern Gottesgabe, Klein Welzin, Lützow, Wittenförden, Brüsewitz u.a.

Durch gemeinsame Treffen und Veranstaltungen von DJ (Deutsche Jugend, Jungs bis 14 Jahre) JM (Jungmädchenbund ... bis 14 J.) und später HJ (Hitlerjugend, Jungs bis 18 Jahre) und BDM (Bund deutscher Mädchen ...über 14 Jahre) entstanden die ersten Mädchenkontakte. Im Jungenjargon hieß BDM: Bubi drück mich!

Auf einer solchen Veranstaltung sah ich dann auch zum ersten Mal meine zukünftige Verlobte. Damals hatten sich aber noch keine Fäden zusammengesponnen!

Regelmäßig fuhren wir zu organisierten **Theaterbesuchen**. Sie wurden auf den Sonntagvormittag gelegt. Es kamen Jugendliche von Rhena bis Ludwigslust, von Crivitz und Parchim bis Hagenow, also aus dem Gebietsbereich SW Mecklenburg. Ein Dreieck auf dem linken Ärmel der HJ-Uniform mit der Aufschrift SW kennzeichnete eben S(üd) W(est) Mecklenburg.

Das Theater war stets sehr gut besetzt. Die Eintrittspreise sehr niedrig. Für mich waren das die ersten Schritte auf dem Parkett der Theater-Kultur. Manchmal war ich überfordert. Dennoch waren es meine ersten Kunsterlebnisse, die auch Ansprüche setzten und mir ein Leben ohne Kunst nicht vorstellbar machten.

Mein Vater hatte dafür überhaupt kein offenes Ohr. Meine Mutter verhielt sich skeptisch, da das Theater - das "fahrende Volk" - unmoralisch war und nichts taugte.

Mitschüler aus Schwerin waren zum Theater durch das Elternhaus anders beeinflusst. Wenn wir über Theater, besonders über Theaterleute sprachen erschien mir die Theatersphäre, als eine andere (höhere) Sphäre. Ein Klassenkamerad, Zahnarztsohn Ried, war sehr stolz darauf, daß seine Schwester mit dem Kammersänger Ludwig vom Schweriner Theater verheiratet war. Zu Hause waren Theater und Kunst kein Thema. In der Folge entstand eine gewisse Distanz zum Elternhaus, eine Abtrennung, der erste selbständige Schritte folgten.

„Wir müssen zum Dienst" war oft unsere Ausrede, wenn wir uns verdrücken wollten. Unser Interesse für Mädchen, bewahre, da gab es nicht den geringsten Gedanken, etwas vor den Eltern zu erwähnen. Aufklärung haben wir uns mehr oder weniger von der Straße geholt. Robert Engel hat viel dazu beigetragen. Es sei aber betont, nicht auf frivole Art und Weise.

Tief im Herzen und unvergessen war für mich ein Mädchen, I.S., Tochter des Inspektors von H. Sie stieg in F. dem Schülerzug zu. Ihre langen, blonden Zöpfe, die lieblich sanft und leicht gekräuselten Stirnlocken, das herzige Gesicht und ihre gertige Gestalt ließen mein Herz schneller schlagen. Mein Herz war stets paar Takte schneller und stieß mit echt innerem Druck hoch bis an die Kehle.

Wie oft habe ich mir die Augen nach ihr ausgeguckt! Etwa zwei Jahre dauerte meine heimliche Verehrung. Sie merkte dann wohl, daß ich nicht in der Lage war, aktiv zu werden, und sprach mich an. Wir verabredeten uns für das Kino.

Seit 1936 hatte sich der Landfilm entwickelt. Die zentralen Dörfer wurden regelmäßig durch eine mobile Filmvorführeinrichtung betreut. Kinovorstellungen wurden intensiv genutzt von jung und alt.

Nachmittags im Rahmen der Kindervorstellung und abends von den 14-jährigen bis zu Oma und Opa.

Ich kann mich nicht mehr an den Film erinnern, zu sehr war ich mit mir beschäftigt. Sie entwischte mir aber beim Kinobesuch. Gebunden an die Fahrzeiten des Zuges, besuchten wir das Ende der ersten Vorstellung und gingen in der zweiten Vorstellung vorzeitig hinaus. Das bedeutete, daß wir im Dunkeln im Kinosaal den Platz suchen mußten, und dabei ist sie mir abhanden gekommen! Das war von mir so richtig daneben getappt.

Einige Zeit später hatten wir uns zu einer Kinovorstellung verabredet, von meiner Seite bestimmt der Gedanke dabei, die erlittene Pleite auszubügeln. Wer aber nicht kam, das war meine I.

Ich war wohl so geschockt und bis ins tiefste verletzt und verschnupft, daß ich beim nächsten Rendezvous stur, sprachlos und kalt war – mit dem Resultat: Mit der Liebe war es aus.

Ich glaube, daß die eigentlichen Gründe tiefer saßen. Sie hatte sich die Zöpfe abschneiden und modernen Bubikopf frisieren lassen, und was bei mir dumme Liebe war, hatte bei ihr schon mehr Reife und gewisse Erfahrung. Vielleicht hatte sie auch von mir einige Aktivitäten erwartet, und ich war zu blöd dazu.

Ich sah sie nach dem Krieg noch mehrmals und hätte mir bestimmt nichts vergeben, sie anzusprechen. Zumindest hätte ich meine Blödheit entschuldigen können. Aber damals war ich schon halb oder sogar ganz gebunden. Trotzdem habe ich eine gewisse Verehrung ihr gegenüber bewahrt. Und vielleicht war es gerade die ausgebliebene Entschuldigung, dass ich meine erste große Liebe nie vergessen konnte.

Diese Episode hatte mich verändert. Ich wurde im Charmeuren mutiger, und die Mädchen hatten ja auch ein offenes Herz dafür. Mein erstes "Training" legte ich bei E.A. aus L. ab. Ich fürchte, sie hatte es sehr ernst genommen. Ich habe es mir aus Bemerkungen meiner Schwägerin Karla zusammengereimt, bei der sie zu späteren Zeiten wohl einmal "nachgefragt" hatte.

So erlangte ich nach und nach Übung und Erfahrung im Umgang mit dem schönen Geschlecht, mehr oder weniger ernst. Mutter durfte sowieso nichts davon merken. Mein Junge tut so etwas doch nicht, und außerdem ist das Sünde! Vater interessierte das wenig. Nur einmal machte er mir gegenüber, in der Mutmaßung, daß ich doch wohl nicht mehr so ganz dumm sei, die Bemerkung über einen Soldaten, der bei uns Erntehelfer einer Dorfschönen verfallen war: "Der geht da immer hin und verpulvert seine Kräfte!"

Georg Stievenard, Schwester Lenis Verlobter und späterer Mann, war zu uns Jungen stets freundlich und uns wohlgesinnt. Sein Spitzname "Köster Klickermann" fiel wirklich nur selten.

Georg verstand es, seine entwickelten Bildungsansprüche auf uns zu übertragen, wie Anstand, Benehmen, Rücksichtnahme, Höflichkeit, Intellekt und uns wichtig, in seine Unternehmungen einzubeziehen. Er spielte mit uns oft Tischtennis. Dazu eignete sich hervorragend unser großer ausziehbarer Dielentisch, vielleicht etwas breiter als die genormte Tischtennisplatte, aber die Länge konnten wir auf das etwa richtige Maß variieren. Er war uns im Spiel weit überlegen. Um uns gleiche Chancen zu geben, spielte er mit der linken Hand, aber auch so war er noch besser als wir.

Als wir dann 1936 in Rosenhagen ins zunächst gesellige Abseits gerieten, brachte er zu Weihnachten ein Radio mit. Es stammte wohl von seinen Eltern. Wir hatten damals noch keinen elektrischen Stromanschluß. Dieses Radio war für uns ein Glücksumstand. Es war damals schon ein Oldtimer und bestand aus dem Empfangsgerät (Tuner), einem Lautsprecher, einer Anodenbatterie und einem Bleisammler. Der elektrische Betriebsstrom kam aus einer Anodenbatterie, bei der die Spannung höher gesteckt werden mußte, wenn sie schwächer wurde. Der 6 Volt-Bleiakku (Akkumulator) diente dem Heizen der Röhren, wodurch die Steuerung der Schwingkreise ermöglicht wurde. Der eigentliche Empfänger war eine funktechnische Konstruktion der Anfangjahre, bei der der Empfang von Mittel- und Langwelle durch je einen Steckkasten mit den zuständigen Spulen ermöglicht wurde. Der Lautsprecher war auch solo, mit Kabeln mit dem Empfangsgerät verbunden. Die ganze Apparatur benötigte eine Außen-Hochantenne, wohl 30 m lang mit einem langen Zuführungskabel. Für den Antennenbau hatten wir die längste Fichtenstange bei Vater requiriert, etwa 10 m lang. Nur gut, daß es nicht gefroren hatte, sonst wäre das Aufstellen noch komplizierter geworden. Der

Antennendraht führte von der Spitze der Stange zum First des Hausgiebels, dort isoliert befestigt. Außerdem mußte das Radio noch geerdet werden. Bis wir die Radioanlage am Heiligenabend hatten, kostete uns schon einigen Aufwand, aber zum Frühabend konnten wir den Empfang verkünden. So konnten die Weihnachtsansprache und Weihnachtslieder zum erstenmal in unserem Hause gehört werden. Vorher hatte ich nur zweimal Radio hören können, und zwar als Gemeinschaftsempfang in Saal der Gastwirtschaft Schmedemann und bei Familie Dahl in Mäthus.

So begann unsere Laufbahn als Radiohörer, deren Krönung zunächst nach dem Elektroanschluß 1937 ein Telefunken-Radio war. Die sogenannten Volksempfänger zu 30/35 RM gab es erst später. Im Volksmund hieß er Göbbelsschnauze. Gehört wurden von uns besonders der Deutschlandsender auf Lang- und Hamburg auf Mittelwelle.

Beliebte Sendungen waren die Nachrichten, die Wetternachrichten, das Wunschkonzert und vom Sport besonders die Autorennen. So haben sich mir die Namen Stuck, Caraciola, Bernd Rosemeier, Manfred von Brauchitsch fest eingeprägt.

1938/39 war ich in der Lage, die Tatsache des kommenden Krieges zu erfassen, obwohl ich eigentlich zu dumm dazu war, die reale Tragweite zu beurteilen. Ich erinnere mich noch heute an das erschrockene Gesicht einer RAD-Arbeitsmaid aus dem Lager Schloß Klein Welzin, als ich bei gemeinsamer Arbeit in der Getreideernte Anfang August 1939 ihr plausibel machte, daß der Krieg unmittelbar bevorstehe. Sie wollte das gar nicht glauben.

Am 1.9.1939 begann der Krieg.

Das Verbotene reizte natürlich auch. So habe ich wiederholt BBC London - mit den drei Paukenschlägen "bum, bum, bum" – empfangen. Es durfte keiner davon wissen, ich habe es auch nie anderen gesagt, auch nicht Mutter, Vater, Geschwister.

1938 bekam Georg eine Schulstelle, einklassig, acht Stufen in Ganzow, hinter Gadebusch, Richtung Roggendorf/Ratzeburg. Das war die Voraussetzung, heiraten zu können. So fand im Sommer 1938 die Hochzeit in Rosenhagen statt. M.W. erhielt Leni eine Mitgift von 4.000 RM. Die reichten durchaus für eine standesgemäße Einrichtung der Wohnung: Eß-/Wohnzimmer, Herrenzimmer, Schlafzimmer,

Küche, Wäsche, Geschirr, Bestecke, Gardinen etc. Bewahre keine "Feld-, Wald- und Wiesenstücke", es waren alles solide, moderne Möbel von hohem und beständigem Gebrauchswert.

Leider gewährte die Zeit dem Paar nicht viel Glück. Drei Tage vor Kriegsausbruch wurde ihre Tochter Erika geboren, und die Tage an der Schule Ganzow waren für Georg gezählt.

Dennoch sind mir öfters Besuche bei Leni und Georg in wohler Erinnerung. Die Fahrt über Gadebusch nach Ganzow und am selben Tage zurück waren nie zu weit. Traute und heimelde Gemeinsamkeit lohnten die Anstrengung der weiten Tour mit dem Fahrrad.

1941 besuchte ich, damals Rekrut in Stettin-Kreckow, Georg in einer benachbarten Kaserne. Er war Soldat in einer Sanitätseinheit. Es war schön, in der Fremde einen vertrauten Menschen zu treffen. Leider sah ich ihn damals zum letzten Mal.

Seit 1943 wurde er vermißt. Beim Rückzug im Raum Rschew soll er bei Verwundeten geblieben sein. Seitdem gab es kein Lebenszeichen von ihm, unendlich schwer, unendliches Herzeleid für meine Schwester Leni. Sie hat ihn nie vergessen können und ihm über seinen Tod hinaus, bis zu ihrem Lebensende die Treue gehalten.

Die Bindung zwischen Schwester Leni und mir war nicht nur nah durch den beruflich gemeinsamen Weg, sondern besonders durch die Kriegsschicksale lieber Betroffener. Wir haben uns vertraut und verehrt und liebten uns trotz der schweren Zeit.

Schon während meines Landjahres waren die Arbeitskräfte infolge der Militarisierung knapp. Deshalb waren aus Ungarn Schnitter für die Gutsarbeit in Groß- Brütz geworben worden. Sie kamen Anfang Mai zur Hackfruchtpflege und gingen im Spätherbst nach der Hackfruchternte. Vornehmlich waren die Schnitter Männer, Frauen und Mädchen im besten Alter, jung genug, tatkräftig, unternehmungs- lustig und gesellig. Besonders an den Wochenendabenden kam es zu geselligen Treffs der Ungarn und der Dorfjugend.

Eine Treckfiedel war schnell gefunden, und ungarische wie auch dörfliche Könner präsentierten ihre Künste und spielten zum Tanz auf. Wie kamen da die Temperamente zum Ausbruch! Mehr als eindrucksvoll und mitreißend die ungarischen Czardasz-Melodien. Welch heiße Musik und welch rhythmisches Stakkato der jungen, temperamentvollen Tanzpaare. Damals noch sehr jung, haben wir begeistert und hingerissen zugeschaut.

Unsere Sympathie für die Ungarn war sehr groß. Ich weiß davon, daß ein junger Bursche aus Groß-Brütz sein Herz total an eine ungarische Schöne verloren hatte. Was hat er wohl leiden müssen, weil er nicht restlos ankam und seine Liebe letztendlich wieder nach Ungarn ziehen lassen mußte. Der Clan der Ungarn paßte schon auf, daß sich bei ihren jungen Leuten nichts Ernsthaftes entspann.

Mein Vater betrachtete die Schnitter mehr von der wirtschaftlichen Seite. Hoher Anfall an Arbeit und zu wenig schlagkräftiges Arbeits-potential ließen ihn auf ausgefallene Ideen kommen. So hatte er für die Weizenernte mehrere ungarische Männer für Sonntag aus der Groß-Brützer Schnittertruppe angeheuert, natürlich "top secret", der Groß Brützer Gutsbesitzer und seine Vögte durften davon nichts erfahren. Das Wetter war bestens, und so war an einem Tag der größte Teil der Weizenernte unter Dach und Fach in zwei großen Weizenschober untergebracht. Vaters Organisationstalent ließ alle Arbeitsabläufe wie am Schnürchen abspulen. Die Weizenernte war damit gemeistert.

Den Nachtrag davon habe ich nicht in zu guter Erinnerung. Die Weizenschober wurden dann im Spätsommer gedroschen, und ich durfte als Sechszehnjähriger die 100-kg-Weizensäcke von der Dreschmaschine abnehmen, auf die Waage setzen, abwiegen, zubinden, von der Waage herunternehmen und dann zum Abstell-platz, etwa 5 m entfernt, transportieren.

Das geschah so: Mit festem Griff in die Bundfalten wurde der 100 kg schwere Sack auf die Knie gezogen, so daß Bodenfreiheit entstand, und dann wurde er mit kurzen Schritten zum Abstellplatz befördert.

In noch schlechterer Erinnerung ist mir das Verladen der Weizensäcke. In diesem Fall holten Laster von der Reichsbahn Schwerin - schon damals Großlaster, wie man sie heute sieht - die Weizenlieferung für den Getreidehändler ab. Die Ladefläche des LKW befand sich etwa in meiner Schulterhöhe.

Mit unserem Landarbeiter, Herrn Boye, mußte ich dann, die Lade-kapazität füllend, etwa 100 Säcke mit Hilfe eines 60 – 70 cm langen Ladeknüppels auf die Ladefläche heben. Diese Arbeit muß mir bis an die Grenzen meiner Belastungsfähigkeit gegangen sein, so daß ich dies nie vergessen habe.

Ich glaube aber auch, daß meinem Mitarbeiter Boye nicht viel anders zumute gewesen sein wird. Er war zwar zäh, aber nicht von der stärksten körperlichen Statur und über 60 Jahre.

Notabitur

Mein zweiter Besuch des Realgymnasiums war nicht von langer Dauer. Am 1. September 1939 erklärte Deutschland Polen den Krieg.

Man kann nicht sagen, daß wir den Krieg nun begrüßten, aber der durch die Propaganda erzeugte Streß nahm uns den Druck von der Seele. Auf der anderen Seite wirkte der Kriegsbeginn wie ein Alb, besonders bei den Menschen, die den 1. Weltkrieg und dessen Folgen über sich ergehen lassen mußten.

Bruder Alfred war eingezogen, Bruder Hermann mußte sich im Rahmen der Mobilmachung sofort stellen. Er kam zu einer mecklenburgischen Infanteriedivision, die neu aufgestellt wurde.

Ansonsten traf uns der Ernst des Krieges noch nicht voll. Die Siege in Polen und das Ende des 18-Tage-Krieges verdrängten viele Ängste, erzeugten ein inneres Hochgefühl, eigentlich bei den meisten Deutschen und insbesondere bei uns jungen Leuten. Es lief ja alles so erfolgreich und vor allem so schnell, daß bei vielen sogar die Angst aufkam, sie hätten eine Gelegenheit verpaßt, an einem horrenden Abenteuer teilzuhaben, eine Gelegenheit, die, wie viele fürchteten, sich nicht so bald wieder ergeben würde.

Nur hier und da drangen todernste Nachrichten bis zu den einfachen Leuten durch. Die ersten Gefallenenanzeigen erschienen in der Zeitung, selten persönlich bekannt. Also, in weiter, weiter Ferne! NS-Führer sollen die ersten Benachrichtigungen persönlich überbracht haben. Stets begleitete die Trauernachrichten das Lob für die Opferbereitschaft für Großdeutschland.

Besonders tragisch empfanden wir den „Heldentod" des Dr. Pfautsch, unseres Hausarztes aus Ludwigslust. Er fiel mit den Sanitätssoldaten und Verwundeten seines Verbandsplatzes, als dieser von versprengten polnischen Soldaten überfallen wurde.

Mit der Zeit entspannten sich unsere Gemüter. Hermann kam wiederholt auf Urlaub und brachte gleich zwei bis drei Kameraden mit, zum Durchfuttern, manchmal auch zum Arbeiten. Käsefabrikant Reinschmidt, der Mann meiner Kusine Eva Onnen, fuhr gleich mit einer Kradgruppe vor, und alle erfreuten sich guten Appetits. Und meine Eltern freuten sich, gastfreundschaftlich sein zu können, konnten sie auf diese Weise mit einer „patriotischen Tat" den Soldaten etwas Gutes tun. Reinschmidt selbst kam ungeschoren durch den Krieg, sicher durch seine Unabkömmlichkeit bei der Produktion seines Stinkerkäses (Harzer).

Die ersten polnischen Gefangenen trafen ein. Sie wurden als Arbeitskräfte besonders auf den Gütern eingesetzt. Die Bauern bekamen keine Gefangenen, weil die bewachte und geschlossene Unterbringung nur auf den Gütern möglich war. Aber zum Frühjahr wurden den Bauern polnische Arbeitskräfte zugeteilt. Auf Werbebasis (freiwillig oder auch unfreiwillig) wurden polnische junge Leute nach Deutschland gebracht. Heute sagt man dazu Zwangsarbeit.

Wir erhielten ein 15/16-jähriges junges Mädchen, mit Namen Sophie. Sie war unscheinbar und sehr ängstlich. Sie kam bei unserer Mutter in gute Hände, wurde mit viel Wohlwollen behandelt, obwohl sie wiederholt zu nationalistischen Ausfällen neigte. Darauf wurde weiter nicht reagiert, und bald war sie gut ausgefüttert und wurde ein adrettes und properes Mädchen.

Wenig später kam ein etwa 16-jähriger Junge zu uns, recht spak und auch äußerlich vernachlässigt. Ich bekam den Auftrag, ihm die Haare zu schneiden. Dabei stellte ich fest, daß auf dem Kopf einiges rumkrabbelte. Erst nach einiger Zeit begriff ich, daß es Kopfläuse waren. Ich war sehr geschockt, hatte so etwas noch nie erlebt. Mit Beherrschung und ohne einen Ton zu sagen, führte ich die Schur zu Ende.

Erregt berichtete ich anschließend davon der Mutter. Sie nahm den Fall nicht so tragisch, hat aber doch dafür gesorgt, daß die Läusegesellschaft keine Überlebenschance erhielt.

Im kommenden Krieg verkürzte sich die Zahl der Unterrichtsstunden und die Stoffgebiete. Das Niveau des Unterrichts ging zurück. Besonders im Winter war der Unterrichtsausfall besonders groß wegen Kohlenmangels. Mit der Einführung der Wehrpflicht war dem "Soldatenklau" die Oberprima zum Opfer gefallen. Ich selbst bin sehr froh, daß ich noch drei Jahre Französisch-Unterricht haben konnte. Die dritte Fremdsprache Französisch fiel auch weg.

Wahrscheinlich, um Stoffkürzungen durch den Ausfall der Oberprima auszuweichen, wurden ab 1937 Klassen mit "m" und "s" gebildet. Bei den m-Klassen wurde der Sprachunterricht gekürzt, bei den s-Klassen Naturwissenschaften und auch Mathematik.

Viele Lehrer wurden eingezogen. Abschlüsse wurden vorgezogen

Für mich als Fahrschüler lohnte sich fast nicht mehr die Anreise. Ich blieb im Wesentlichen zu Hause und machte Stippvisiten in der Schule, holte mir Hausarbeiten etc. studierte die Allgemeinsituation. Ich versäumte viel Unterricht, was keineswegs günstig war.

Mit viel Neid registrierten wir Jüngeren, daß die Schüler der oberen Klassen immer mehr verschwanden. Als dann noch Norwegen und der Frankreichfeldzug beendet waren, legten sich auf unsere Gemüter trübe Gedanken. Wir hatten wirklich Angst, daß wir vom Krieg nichts mehr mitbekommen würden. Wir waren überzeugt davon, daß die Möglichkeiten für eine heldenhafte Bewährung für unseren Jahrgang, 1921 und 1922, vorbei wären.

Bald nach dem Frankreichfeldzug trafen die ersten französischen Kriegsgefangenen ein, für uns Jungen interessante Leute. Die Bewachung durch die Landwehrsoldaten, meist ältere Leute, war leger, so daß wir Kontakt aufnehmen konnten. Mit meinen mangelnden Französischkenntnissen versuchte ich mich wichtig zu machen.

Die Franzosen waren sicher erstaunt, daß ein Junge sie auf Französisch ansprach. Die Gefangenen waren durchaus zugänglich, ihre Antworten waren für mich leichter zu verstehen, als selbst Sätze in französischer Sprache zu bilden. Ich glaube, daß ich da einigen banalen Stuß zusammengestottert habe. Vielleicht haben sich einige Franzosen über meine Zuwendung gefreut, sie hatten ja auch schwere Erlebnisse zu verkraften.

In Hochstimmung kam ich bei dem Urlaub meines Bruders Alfred, den ich meinen Kameraden und Freunden als erfahrener Frontsoldat vorstellen konnte. Er hatte aus Frankreich einen Plattenspieler und z.B. auch die Platte "Les contes d'Hofman" von Jacques Offenbach mitgebracht. Mich beeindruckte Offenbachs Musik sehr. Für uns spielte es keine Rolle, daß er Franzose und sogar Jude war. Die Platte wurde immer wieder aufgelegt. In der ersten Zeit nach dem Frankreichfeldzug waren solche Einkäufe in Frankreich möglich und gängig.

Unendlich große Anziehungskraft hatte für mich eine erbeutete belgische Pistole, Fabrikat FN, die Alfred mitgebracht hatte. FN war ein mir schon vor dem Krieg bekannter Fahrzeug- und Waffenhersteller. FN-Motorräder hatten bei uns den Ruf eines guten, soliden Fahrzeuges. Ich muß wohl so lange gebettelt haben, bis ich mit der Pistole einmal schießen durfte. Entsprechende Erklärung! Ein Zielgegenstand am Zaun angebracht, dann durfte ich schießen. Gezielt, Schuss - ich nehme den Arm mit der Waffe 'runter, da fällt noch ein Schuss. Der Schreck saß mir und auch Alfred in den Gliedern. Es war natürlich eine Repetierwaffe, und beim Herunternehmen kam ich an den Abzug, und der nächste Schuß löste sich. Wie leicht hätte ich mich dabei verletzen oder aber bei Gespräch und Zuwendung einen anderen treffen können. So etwas ist, wer weiß wie oft, passiert. Manch Unerfahrener ist dabei wegen Selbstverstümmelung oder Verletzung anderer vor das Kriegsgericht gekommen.

War der Drang nach Waffen bei uns schon eine Sucht?!

Mehr oder weniger hatten wir uns an den Kriegsalltag gewöhnt. Hatten wir schon die Kriegserklärungen Frankreichs und Englands mit Unmut zur Kenntnis genommen, so mußten wir mit Zorn die Bombardierungen durch englische Bomber miterleben. Noch waren es Stippvisiten. Später aber waren die großflächigen Bombardierungen von Hamburg und Wismar bis zu uns hin - Rosenhagen bei Gadebusch - als flammendroter Himmel sichtbar.

Der erste Kriegsinvalide, den wir zu Gesicht bekamen, war ein Sohn von Boss aus Klein Welzin. Er hatte bei den Stellungskämpfen Westwall auf deutscher Seite und der Margenot-Linie auf französischer Seite durch Granatsplitter einen Arm verloren. Nach seiner

Genesung hatte er eine Anstellung in Schwerin bekommen, soviel ich weiß, bei der Landesbauernschaft. Ich kannte ihn als Fahrschüler.

Ich muß zugeben, daß für mich und auch für viele meiner Jugendfreunde und -bekannten die Sachverhalte des Krieges klar waren. Doch mit Neid sahen wir die erlebnisschwangeren Frontsoldaten. Sie hatten was zu erzählen. Und wir harrten in inständiger Hoffnung darauf, daß uns der Krieg doch auch endlich vereinnahmen würde.

Unsere Lehrer am Realgymnasium Schwerin haben uns nicht zum Wehrdienst aufgefordert. Weit mehr wurden wir durch die vielen Freiwilligen unter den Mitschülern dazu aufgefordert, uns selbst zu melden.

Die Klasse wurden immer kleiner, die Freiwilligenmeldungen zum Militär nahmen rapide zu. Ich war einer im letzten Drittel. Viele Mitschüler, fast alle älter als ich, gingen einer nach dem anderen von der Schule wegen Einberufung zum Militärdienst ab. Zuerst gingen die, die aktiver Soldat oder Offizier werden wollten.

Ich hatte mich zur Luftwaffe gemeldet, fiel aber bei der Eignungsprüfung durch - bestimmt zu meinem Glück. Aus unserem jugendlichen Bekanntenkreis ist keiner der "Flieger" aus dem Krieg nach Hause gekommen.

Als die Klasse immer mehr abmagerte, habe ich mich zur motorisierten Infanterie gemeldet. Und der Rest der Klasse, ja, wer war überhaupt noch da? Sicher nur solche, bei denen die Eltern den Eifer ihrer Jungs bremsten, eiligst in den Krieg zu kommen, oder es bestanden gesundheitliche Vorbehalte. Ich glaube nicht, daß die Klasse überhaupt bis zum regulären Abschluß bestanden hat.

So hatte ich es dann endlich geschafft, daß ich Ende November 1940 der Penne den Rücken kehren konnte. Eine Freiwilligenmeldung, mit Zustimmung der Eltern. Ich war damals 18 1/2 Jahre alt. Auf Grund dieser Freiwilligenmeldung wurde ich zuerst zum RAD (Reichsarbeitsdienst) eingezogen.

1941 bekam ich das sogenannte Notabitur.

Hugo Garrels und Verwandtschaft

Die Eltern
- Garrels, Otto *Jakob*; Bauer in Stephanshofen (Kreis Posen, Westpreußen), Kummer, Rosenhagen; * 03.01.1881 Wolthusen bei Emden; + 1971 in Pampow
- °° 05.03.1907 in Schlehen, Kreis Posen, Westpreußen
- Schmalenbach, Elise Helene; Bäuerin in Stephanshofen, Kummer, Rosenhagen; * 11.03.1882 in Schmalenbach bei Halver; + 30.08.1968 in Rosenhagen

Die Geschwister
- Garrels, Otto *Heinrich Jacob*; Bauer in Kummer bei Ludwigslust; * 30.11.1907 Stephanshofen, + 10.01.1959 Ludwigslust
- °° 20.11.1934 Picher (Mecklenburg)
- Overbeck, Margarethe *Ida Marie*; Bäuerin in Kummer; * 26.09.1907 in Kummer bei Ludwigslust; +

- Garrels, Elisabeth; Bäuerin und Hausfrau in Rosenhagen, Pampow; * 23.04.1911 in Stephanshofen; + 19.11.1980 in Crivitz (Mecklenburg)

- Garrels, Hermann; Bauer in Rosenhagen, Sennelager; * 11.01.1914 in Stephanshofen; + 10.01.84 in Sennelager
- °° 11.10.1943 in Rosenhagen bei Gadebusch (Mecklenburg)
- Bening, Karla; Hausfrau in Rosenhagen, Sennelager; * 27.06.1920 in Rosenow

- Garrels, Helene; Lehrerin in Pampow; * 11.12.1915 in Stephanshofen; + 01.03.1969 in Schwerin
- °° 1938 Groß-Brütz bei Schwerin (Mecklenburg)
- Stievenard, Georg; Lehrer in Warlow, Ganzow; * 04.02.1902 in Stieten; vermißt um 1943 bei Woronesh

- Garrels, Alfred; Lehrer in Lützow; * 07.05.1920 in Stephanshofen; + 11.03.1949 in Schwerin
- ∞ 1948 in Groß-Brütz bei Schwerin (Mecklenburg)
- Grube, Henny; Sachbearbeiterin

- Garrels, Hugo *Walter*; Dipl.-Landwirt; Studienrat; * 26.04.1922 in Kummer bei Ludwigslust
- ∞ 06.03.1947 in Groß-Brütz bei Schwerin (Mecklenburg)
- Klocke, Hannelore; Bäuerin in Klein-Welzin, Angestellte; * 03.05.1926 in Hagenow

Die Großeltern mütterlicherseits
- Schmalenbach, Heinrich; Landwirt in Schmalenbach bei Halver, Falkenried (Kreis Samter im Wartheland); * 06.02.1851 in Schmalenbach bei Halver
- ∞ 23.08.1877 in Halver (Kreis Altena, Westfalen)
- Feckinghaus, Lisette; Bäuerin in Schmalenbach, Falkenried, Mäthus; * 18.01.1856 in Kamscheid bei Halver; + in Mäthus

Die Geschwister Schmalenbach und deren Kinder
- Schmalenbach, <u>Walter</u>; Bauer in Deutscheck(Kreis Schroda, Warteland) und Hornstorf; * 30.12.1877 in Schmalenbach bei Halver;
- ∞ 02.05.1906 in Deutscheck (Kreis Schroda, Warteland)
- Hockemeier, Karoline; Bäuerin in Deutscheck und Hornstorf; * 18.11.1882 in Buchholz bei Minden
  - Schmalenbach, Wilhelm; 29.01.1907 in Deutscheck; + 08.12.1971 in Insel bei Soltau
  - Schmalenbach, Walter; Bauer in Deutscheck, Hornstorf; 09.06.1911 in Deutscheck

- Schmalenbach, <u>Elise Helene</u>; <u>die Mutter</u>; Bäuerin in Stephanshofen, Kummer, Rosenhagen; * 11.03.1882 in Schmalenbach bei Halver; + 30.08.1968 in Rosenhagen

°° 05.03.1907 in Schlehen, Kreis Posen, Westpreußen
- Garrels, Otto *Jakob*; <u>der Vater</u>; Bauer in Stephanshofen (Kreis Posen, Westpreußen), Kummer, Rosenhagen; * 03.01.1881 Wolthusen b. Emden; + 1971 Pampow

- Schmalenbach, <u>Marie Selma</u>; * 08.02.1879 Schmalenbach bei Halver; + 15.10.1964 in Kassel
°° 25.03.1904
- Dieffenbach, Adolf; * 20.06.1866 in Brotterode,
  - Dieffenbach, Herbert;
  - Dieffenbach, Helene;

- Schmalenbach, <u>Alma Louise</u>; Bäuerin; * 24.09.1886 in Schmalenbach bei Halver
°° 05.05.1906 in Falkenried (Kreis Samter im Wartheland)
- Schulte, Hermann; Landwirt in Falkenried (Kreis Samter im Wartheland); * 13.07.1879 in Lotte; + 08.04.1958 in Wolfenbüttel
  - Schulte, Walter; Bauer in Hof Rüting später Werkmstr.; * 02.02.1907 in Falkenried; + 02.11.1972 in Wolfenbüttel
  - Schulte, Erich; Dipl.-Ing. und Siemag-Geschäftsführer; * 18.06.1908 in Falkenried, + 01.04.1982
  - Schulte, Marie *Luise*; Hausfrau in Godesberg; * 19.06.1918 in Falkenried;

Die Ur-Großeltern mütterlicherseits und deren Kinder
- Schmalenbach, Hermann *Heinrich*; Landwirt und Handelsmann in Schmalenbach bei Halver; * 20.04.1800 in Schmalenbach bei Halver
°° 09.11.1829 in Halver (Kreis Altena, Westfalen)
- Kreimendahl, Anna *Helene*; Bäuerin in Schmalenbach; * 03.11.1810 Eickerhöhe bei Halver; + 08.05.1840 in Halver

  - Schmalenbach, <u>Caroline</u>; Bäuerin; * 23.11.1834 in Schmalenbach bei Halver, 02.05.1900 in Halver

°° 2. Ehe am 15.01.1843 in Halver (Kreis Altena, Westfalen)

- Linneper, Elisabeth; Bäuerin, * 11.09.1810 in Ölmühle Golsberg; + 31.03.1877 in Halver (Kreis Altena, Westfalen)

  - Schmalenbach, <u>Emma</u>; * 28.04.1846 in Schmalenbach bei Halver; + 26.07.1912 in Hagen i.W.
  °° 03.04.1870 in Halver (Kreis Altena, Westfalen)
  - Stahl, August Heinrich; Lehrer; * 11.09.1843 in Driedorf

  - Schmalenbach, <u>Lina</u>; * 15.04.1849 in Schmalenbach bei Halver; + 03.04.1896 in Ehringhausen

  - Schmalenbach, <u>Heinrich</u>; <u>der Großvater</u>; Landwirt in Schmalenbach bei Halver, Falkenried (Kreis Samter im Wartheland); * 06.02.1851 in Schmalenbach bei Halver
  °° 23.08.1877 in Halver (Kreis Altena, Westfalen)
  - Feckinghaus, Lisette; <u>die Großmutter</u>; Bäuerin in Schmalenbach, Falkenried, Mäthus; * 18.01.1856 in Kamscheid bei Halver; + in Mäthus

  - Schmalenbach, <u>Ernst</u>; * 13.3.1853 in Schmalenbach bei Halver, + 07.11.1914 in Wellmünster

Großeltern väterlicherseits und deren Kinder
- Garrels, Jacob Theodorus; * 03.10.1842 in Wolthusen bei Emden/ Ostfriesland; + 20.08.1920 in Birnbaum/Posen
°° Marienchor bei Leer/Ostfriesland
- Hagius, Elske Magarethe; * 01.04.1850 in Jengum bei Leer/ Ostfriesland
  - Garrels, Otto *Jakob*; <u>der Vater;</u> Bauer in Stephanshofen (Kreis Posen, Westpreußen), Kummer, Rosenhagen; * 03.01.1881 Wolthusen bei Emden; + 1971 Pampow
    °° 05.03.1907 in Schlehen, Kreis Posen, Westpreußen
  - Schmalenbach, Elise Helene; <u>die Mutter</u>; Bäuerin in Stephanshofen, Kummer, Rosenhagen; * 11.03.1882 in Schmalenbach bei Halver; + 30.08.1968 in Rosenhagen

- Garrels, Marta; Hausfrau;
  oo
- Ulfert;
  - Ulfert, Tilly
  - Ulfert, Arnold
  - ... 6 – 7 Kinder

- Garrels, Theodor; Bauer in Posen, Gutsbesitzer in Kauern bei Brieg; * 15.02.1883 in Wolthusen; + 20.12.1955 in Kauern
  oo
- Lübking, Frieda
  - Garrels, Emma
  - Garrels, Hans
  - Garrels, Leni

- Garrels, Meta;
  oo
- Onnen; Bauer in Posen, dann Bickhusen bei Boizenburg
  - Onnen, Johanna, * 1911;
  - Onnen, Eva; * 1913
  - Onnen, Bubi; * 1920; vermisst seit 1945

Bildanhang

meine Mutter: Helene Garrels,
geb. Schmalenbach

Papa als „Reitender Artillerist"
kurz nach 1900

Mama in der Haushaltsschule in Ravitsch
(Ravicz – Polen, kurz nach 1900)

Mein Vater um 1950

Meine Eltern um 1965

Familie Garrels, ca. 1918
v.l.n.r.: Elisabeth, Herrmann, Otto, Helene, meine Mutter

Mutter, Alfred und ich kurz vor 1930

Bruder Otto um 1933

Bruder Otto um 1955

Schwester Elisabeth
(30er Jahre)

Bruder Hermann

Meine Brüder Hermann und Otto,
Cousin Walter Schulte und Rudi/Walter (?) Röscher
um 1936

Leni's und Georg's Hochzeit 1937

Meine Schwester Leni
(50er Jahre)

Bruder Alfred
(als Jungendlicher, als Soldat und nach dem Krieg)

ich als Soldat

ich als Junge

Nach dem Krieg
(1946)

meine und Alfreds Konfirmation
(1936)

Konfirmation 1936

Leni's Verlobung in Kummer/Mäthus
Grete und Otto l.o.., Hermann 2.v.r.o., Mitte Georg's Eltern,
2. Reihe links und rechts außen Vater und Mutter
unterste Reihe 2.v.r ich und 4.v.r. Alfred

Grete, Otto, Hermann, Elisabeth, ich, Leni,
Mama und Rosemarie um 1939

Hof Mäthus bei Kummer (20er Jahre)

Hof Mäthus bei Kummer (um 1934)

Hof Rosenhagen
(60er Jahre)

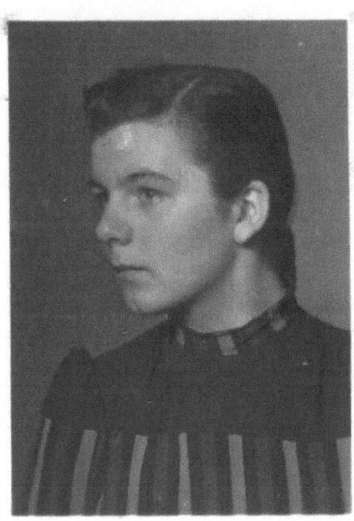

Meine Frau Hannelore, geb. Klocke Um 1943

Lisette Schmalenbach, meine Großmutter
mit ihren Töchtern Mariechen (Marie Selma)
und Helene (meine Mutter)

Mutters Schwester Alma und ihr Mann Erich Schulte

Mutters Schwester Mariechen Dieffenbach
und ihre Kinder Helene und Herbert

Der Lindenhof bei Grevesmühlen Mitte der 20er Jahre
v.l.n.r. Meine Großmutter (Lisette Schmalenbach), Tante Lina
(Karoline Schmalenbach), Söhne Walter und Willi, Mamas Bruder
Walter

Meine Großeltern väterlicherseits
Jacob Theodorus Garrels und
seine Frau Elske Margarethe geb. Hagius

Die Familie von Vaters Bruder Theodor Garrels
Tante Frieda, die Kinder Emma, Leni und Hans

Die Familie von Vaters Schwester Meta 1926
o.R. v.l.n.r.: Hanna, Johann Onnen, Tante Meta, ?, ?, Eva, ?
u.R.: Alfred Onnen, meine Großmutter, ?, ?

Viererzug, wie er auch bei uns verwendet wurde

Kartoffelernte um 1940

Papa und ich mit unserer Stute „Fanny"
und dem Hengst „Hans"

Hermann mit unserem Hengst „Hans"

Ich, als mittelmäßig begabter Reiter auf unserem „Hans"

Hermann zu Pferde

Danksagung

Dank möchte ich meinen Kindern Annelie und Bernd sagen, für die mühevolle Bearbeitung des Manuskriptes.

Ich möchte mich an dieser Stelle bei allen bedanken, die mir Bildmaterial zur Verfügung gestellt haben, besonders dem Warnemünder Fotografen Herrn Wolfhard Eschenburg für die freundliche Bereitstellung des Bildes „Kartoffelernte" sowie des Titelbildes. Das Titelfoto wurde in dem Bildband „Das alte Mecklenburg in Photographien von Karl Eschenburg", Hinstorff Verlag GmbH, 2001, Seite 204 veröffentlicht. Der Hinstorff Verlag hat die freundliche Erlaubnis für die Verwendung des Bildes gegeben.

Vielen Dank

Hugo Garrels
Crivitz, November 2001

Dank möchte ich meinen Bruder Manfred Garrels sagen. Er hat die Neuauflage dieses Buches ermöglicht.

Bernd Garrels
Rostock, November 2018